偽りの血

笹本稜平

幻冬舎文庫

偽りの血

第一章

1

谷底から吹き上がる突風に巻き上げられた微細な雪片が、何千本もの棘《とげ》のように露出した皮膚に突き刺さる。

風上に向かえば、押し寄せる風圧で息を吸うことすらままならない。窒息の恐怖さえ感じて思わず風下に顔をそむける。流動する寒気《かんき》の渦が圧搾装置のように体力を搾り取る。標高二二二八メートルの頂は、いまも西からの猛《たけ》り立つ強風に支配されていた。

それでも昨夜までの魂の凍るような寒波と風雪に比べれば、それは小春日和《びより》のようなものだった。時刻は午前十時を過ぎていた。冬型の気圧配置がようやく緩み出したらしい。頭上の空は宇宙の深みを感じさせるほどの深い青で、西空に低く雪雲の残滓《ざんし》がわだかまるだけだ。

中部山岳地帯の三〇〇〇メートル級の峰々に冬山を目指す登山者が足を向け出す十二月中旬、日本有数の豪雪地帯に属するこの山域は外界から隔絶された白銀の魔境へと変貌する。ミズバショウのほころぶ春から華麗な紅葉が彩る秋にかけての、たおやかな山並と湿原が織りなす微笑《ほほえ》むような自然の表情はそこにはない。

底無し沼のような深雪の下にあらゆる生命の息吹が閉じ込められ、終日吹き荒れる風雪とすべてを凍《い》てつかせる寒気が人の出入りを拒絶する。いま辛うじて訪れている晴れ間もせいぜい保《も》って一日で、またすぐにいつ終るとも知れぬ吹雪の暗幕に閉ざされる。

しかし逃れがたい運命の糸に引かれてこの荒涼の地に迷い込んだ者への心尽くしの報酬のように、その束の間の好天が露《あら》わにした四囲の景観の豪奢さは私の魂を奪った。眼下の楢俣《ならまた》川の谷もその向こうの上越国境の峰々も、神々しいまでの純白の褥《しとね》に覆われて、振り向けばさらに白一色の尾瀬ヶ原《おぜがはら》。その奥に力強いシルエットで隆起する純白の魔物のような燧ヶ岳《ひうちがたけ》――。

藍色の天蓋《てんがい》の下に広がる周囲三六〇度の銀世界の眩《まぶ》しさが眼球をひどく圧迫する。ゴーグルはどこかでなくしたらしい。角膜それ自体が異物ででもあるかのように、ごろごろした違和感と焼けるような痛みが両眼を襲う。流れ出る涙が視界を滲《にじ》ませては、薄氷となって睫毛《まつげ》や目蓋《まぶた》に凍りつく。雪盲《ゆきめ》だ。まもなく目を開けていることさえ困難になるだろう。

左上腕部の出血は止まっている。銃弾はダウンジャケットを切り裂いて皮膚と肉を抉《えぐ》り取ったが、傷としてはそう深くはなかったらしい。しかしジャケットの破れ目からは羽毛がほとんど飛び出てしまい、左腕全体が凍りついたように冷え切っている。そのお陰かどうか、傷の痛みはほとんど感じない。

遠くでヘリの爆音が聞こえる。数を増しながらこちらに近づいてくるのがわかる。私を逮捕するために、そしてその現場をニュースの映像に収めるために――。きょうのテレビのワイドショーは私の話題で持ちきりになるだろう。テレビ受像機の前の夥《おびただ》しい目と耳が、私の人としての尊厳をハゲタカの群れのように貪り尽くすだろう。

不自由な左腕をかばいながら、私は苦労して背中のデイパックを降ろし、そこから取り出した古びた自動拳銃を、足元から切れ落ちる断崖の彼方へ渾身の力で抛《ほう》った。兄の思い出が凝縮した小さな鉄の塊は、磨き抜かれたラピスラズリのような空の下を黒い野鳥のように躍りながら飛んで、急峻な斜面に小さな雪崩《なだれ》を起こし、新雪の深い襞《ひだ》のあいだに吸い込まれていった。

山岳用スキーのビンディングはスプリングがへたってもう使い物にならない。重い足を引きずって西からの強風を遮ってくれる岩陰に移動して、柔らかい新雪の吹き溜まりに身を沈めるように座り込んだ。体全体に汚泥のような疲労が蓄積していた。

紫外線に焼かれた角膜をいたわるように目を閉じた。中学一年の春、穏やかな陽光を浴びて兄とこの頂へ登ったときのことを思い出す。そのとき交わした約束をどうやら果たし終えたことへのささやかな自負と安堵を噛み締める。とめどなく涙が溢れ出て、頬を伝う途中で凍りつく。それが雪盲のせいなのか、失ったものへの愛惜によるものなのか、いまの私には判然としなかった。

2

ものごとの始まりというのは、けっきょくその結末からの谺《こだま》のようなものらしい。その人物がやってきた三ヵ月前のあの日、アンハッピーエンドの映画のラストシーンにも似た切なさと物憂さのない交ぜになった気分が、下ろしたての衣服のような違和感を伴って心に纏《まつ》わりついてきたのを覚えている。

人生の行く末についての楽観と悲観の天秤は絶えず微妙なところで楽観が勝っていた。未来を暗転させる方向にわざわざ足を踏み出すような破滅的な性向は持ち合わせていなかったし、金に対する欲望も女に対する欲望も、せいぜい常識に照らして不健全とはみなされない程度のものだった。三十代半ばを過ぎたバツイチというのも同業者のあいだではある種のトレンドで、仕事や生活の面で格別不都合な状況も生じてはいなかった。

使い道に困るというほどではなかったが、収入はいまどきのサラリーマンの平均よりは多少は上で、フリーの物書きという職業の性格から長期的な保証はないものの、向こう数年、現在の暮らし向きを維持できる程度の見通しは立っていた。

仕事の大半はアウトドア関係の取材物で、最近は熟年登山ブームでどちらかといえば活況を呈している業界だ。世間全体をいまも覆う不景気風もさほど強くは吹き込まない。つまり順風満帆とはいかないまでも、私の未来はそう悪いものではなかった。その人物が私の自宅兼仕事場のマンションを訪れるまでは——。彼は私の意識の背後から、過ぎ去ったはずの過去の方向からやってきた。

その日の午後、唐突にインターフォンのチャイムが鳴った。私は締め切りの迫った原稿を何本か抱え、ささくれた気分でパソコンを前に苦悶していた。私に限らず物を書く人間は誰でもそうだろうが、そのときはいちばん人と口を利きたくない心理状態にあった。

「どちらさまですか？」

インターフォンの受話器を取り、無愛想な声で私は訊いた。

「突然お邪魔してすみません。深沢章人《ふかざわあきと》さんですね。私、弁護士の楠田《くすだ》と申します」

男は物怖じしない声で答えた。厄介なことを飯の種にするのが弁護士という職業だ。たぶん厄介な話だろうと直感した。セールスなら即座に断ることもできるが、この場合はそうもいかない。それはなんらかのかたちで私、もしくは私の関係者の利害に関わる用向きのはずだった。

「どういうご用件でしょう」

今度はやや慎重に口調を整えた。弁護士という人種には横柄な口の利き方をする人間がよくいるものだが、楠田は違っていた。胸のうちのどんな感情も覆い隠す、長年の修練の賜物とも思える慇懃《いんぎん》な調子で彼は続けた。

「折り入ってお話ししたいことがございまして。お兄さんの件についてなんですが」

兄の件――。不意を突かれて私は言葉を呑み込んだ。三歳年上の兄、雄人《ゆうと》はとうに死亡している。六年前の夏のさなかに故郷の群馬県の山間部のダム湖で溺死体となって発見された。死亡推定時刻はその日の未明から明け方にかけて。たまたま現場に駆けつけた地元警察署の刑事が兄の高校時代のクラスメートだったため、第一報は実家の父のもとへ届いた。

周辺を捜索した結果、ダムの堤体の遊歩道で財布や小物の入ったセカンドバッグが見つかった。財布には十数万円の現金とキャッシュカード、クレジットカードが手付かずで残っていた。遊歩道入り口の駐車場には兄の愛車のアウディが乗り捨ててあった。周辺に人が争った様子はなかった。遺書はなかったが、車のなかに厳しい経営状況を窺わせる資金繰り表や、商工ローンからの借入証書と強硬な文面の督促状が何枚も見つかり、兄が当時経営していた会社が多額の負債を抱えていたことが判明した。警察はそれに着目し、ほどなく自殺と断定した。

「兄とどういうご関係で？」

「深沢朱実《あけみ》さんという方からのご依頼で、お兄さんの死因の再調査を行なっております」

深沢朱実——。私と同姓。しかし初めて聞く名前だった。楠田が携えてきた用向きは、予想を超えて厄介なことのようだった。少なくともマンションの外廊下でインターフォン越しに喋られていい話題ではなさそうだ。

「お待ちください」

そう応じて受話器を置き、玄関へ向かい、ドアを開けた。楠田はさっそく名刺を差し出した。〈楠田法律事務所　弁護士　楠田英輔《えいすけ》〉とある。線の崩れた背広を着て、一目で合成皮革とわかるくたびれたショルダーバッグを肩から提げた、大柄だが風采の上がらない四十がらみの男だった。九月も半ばを過ぎていたが、その日もまだ陽射しは強く、浅黒い楠田の額には汗の粒が光っていた。

居間に迎え入れると、楠田は大きな体を縮めるように応接用のソファーに身を沈め、ポケットから取り出したハンカチでしきりに汗を拭った。喉が渇いているというサインのような気がしてありあわせの缶コーヒーを勧めると、ほとんど一息にそれを飲み乾《ほ》して、探るような調子で切り出した。

「すでにお父上からお聞きかもしれませんが、じつは深沢朱実さんはお兄さんと婚姻関係にありまして」

口に運びかけた自分の缶コーヒーが行き場を失って宙に留まった。

「初めて聞く話です。父からも母からもそんな話は聞いていない」

どこか打ちのめされたような気分で私は答えた。楠田はさもありなんという表情で頷いた。

「たぶん、お父上にしても、知ったのはお兄さんが亡くなられたあとでしょう。朱実さんはあの事件の直後に初めてお父上と電話で話されたそうです。ご両親とはそれまで一面識もなく、おそらくお兄さんも自分の口からは婚姻の事実は伝えていなかったと思われます」

楠田はまた反応を窺うように言葉を切った。兄が私に黙って結婚を。そして両親もまたそれを知りながら私に黙っていた。私は動揺を隠せなかった。楠田は続けた。

「そもそも婚姻届を出したのが、お亡くなりになる三日前のことでしたから」

心の奥でなにかが音を立てて崩れた。二人が故郷を離れ、東京で暮らすようになってからは互いに連絡を取り合うのはまれだった。しかし人生の大事といえるようなことは必ず報《しら》せ合ってきた。いや少なくとも私はそのつもりだった。私の結婚に際しても、そのわずか一年後の破綻に際しても、すでに結婚と離婚の両方を経験していた兄は頼りになる相談相手だった。しかし朱実との交際についても、結婚の意思があったことについても、兄は私になにも語らなかった。本人の口からは誰にも知らせることのなかった再婚とその三日後の自殺――。

私は感じたままの思いを口にした。

「つまり兄の死に不審なものがあると？」

それは兄が死んで以来、私が心に抱き続けてきた疑問でもあった。たとえ少なからぬ借金を抱えていたにしても、兄はそれを苦に自殺するような人間ではなかった。大学在学中に怪しげな輸入雑貨の販売会社を立ち上げて、一年足らずで倒産させた。そして数百万円に上る借金を、日雇いの肉体労働のアルバイトで完済した。その後も私の知る限り潰した会社は三社に上ったが、兄はその都度不死鳥のように蘇った。

死の二年ほど前に設立した会社には暴力団関係の資金も入っているようなことを聞いた。いわゆるフロント企業の役割を果たしていたようで、非合法ではないが、ときに危ない橋を渡ることもある商売らしかった。

「おれも落ちぶれたもんだよ――」

そんな話を聞かせたあとで、兄は妙に生真面目な口調で続けたものだった。

「しかしなあ、章人。肝心なのは生きてるってことなんだよ。人に後ろ指を差されようが、借金取りに追い回されようが、生きてるやつが勝ちなんだ。運不運は誰にも平等の確率でやってくる。だから生きてる限りいつかは運が向いてくる。人生の勝負というのは降りたときが負けなんだ」

そんな兄の言葉を私は強がりだと受け止めたことはない。まさしくそれを実践したのが兄の人生だった。経済的な苦境はさんざん経験したはずなのに、私にはむろんのこと、親に対しても金銭面で頼ることは一切なかった。むしろ私のほうが、仕事に恵まれなかった時期に何度も援助の手を差し伸べてもらったくらいだった。飄々《ひょうひょう》とした態度の裏にどれほどの苦渋を押し隠していたかはわからない。それを弟の私に気取《けど》られること自体が敗北だと思い定めてでもいるように、兄は決して弱みをみせようとはしなかった。自殺という人生の最後の選択肢は、そうした兄の人生観にあまりにそぐわないものだった。

「当時の警察の捜査が不十分だったのは疑いない事実です。じつは司法解剖も行政解剖も行なわれませんでした」

楠田は幅の広い額に縦皺を寄せた。私はしばし言葉に詰まった。

兄が死亡したとき、私はある雑誌から依頼されたアウトドア関係のコンベンションの取材でカナダのバンクーバーにいた。訃報に接して急遽《きゅうきょ》帰国したときは、すでに遺体は両親の手で荼毘《だび》に付されていた。つまり兄の遺体に解剖後の縫合痕があったかどうかを自分の目では確認していない。父も母もとくにそのことに触れるでもなく、私自身は、当然それが行なわれた上で、警察は自殺という判断を下したものと思い込んでいた。楠田はこともなげな調子で続けた。

「まあ、それ自体は珍しくもないんです。監察医制度が実施されているのは全国でも東京二十三区と横浜、名古屋、大阪、神戸の五都市だけで、制度のない地方の市町村で行政解剖が実施されることはまずない。司法解剖にしても要不要は警察の判断に委ねられるわけで、検視の段階で自殺という結論が下されれば普通はそれで終りです」

「だとしたら兄の死因が溺死だという話にしても――」

「検視官や検案を委嘱された医師がそう判断したという以上のものではないでしょう。まあ死体検案書に虚偽を記述するようなことはないと信じたいですから」

楠田は暗になにかを示唆するように言葉を濁す。

「溺死という検視結果が正しかったとしても、それが即ち自殺という結論には結びつかないわけですね」

「然《しか》り。当時、地元の警察署も県警本部も別件の連続殺人事件の捜査で忙殺されていた。お兄さんの事件に、できれば人手を割きたくないという気分が働いたとも考えられなくはない。ある重要な事実が故意に見逃されていた可能性さえあります」

こちらの心の動きを探ろうとするように、楠田は大ぶりな目を細めて私の顔を覗き込む。

私はストレートに問いかけた。

「つまり兄が誰かの手で殺害されたと考えているんですか」

「依頼人の深沢朱実さんはそう考えていらっしゃる。私もご相談を受けて同様の疑念を抱くに至りました。これをご覧ください」

楠田は傍らのショルダーバッグからファイルフォルダーを取り出して、そこから新聞のコピーらしいものを引き抜いて私に手渡した。それは地方紙の社会面に載った、二十行にも満たない兄の死についてのベタ記事だった。

「事件当日の夕刊に載ったものです。新聞報道としてはいちばん早いタイミングです」

楠田が補足する。彼が触れた連続殺人事件とは、そのころ群馬、埼玉、長野の三県にまたがる広域指定の凶悪事件として全国的に注目されていたものだった。おそらく当日の新聞はどれも扱いはそちらがメインで、兄の死についての記事はほとんどの読者が見逃す程度でしかなかっただろう。その日、私はバンクーバーにいたから、いずれにせよその記事は初見だった。その数行に蛍光マーカーでラインが引かれていた。

〈死因は溺死と確認されたが、遺体の両手足に索条痕《さくじょうこん》とみられる変色部分があったことから、警察は自殺と他殺の両面から捜査を進めるもよう――〉

私は全身に汗の粒が浮き出すのを覚えた。

「これは事実なんですか？　もしそうだとしたら――」

楠田は首を振った。

「事実かどうかは確認できませんでした。地元の警察署に問い合わせたんですが、犯罪性が認められなかった以上、死体検案書を保存する理由はないとのことで」

「廃棄されていたということですか」

「そう言っています。真偽のほどはともかく――。同様のものが死亡届にも添付されていたはずなので、お父上の名義で届け出がなされた郷里の役場にも問い合わせました。そちらもすでに保存期間を過ぎて廃棄処分されているという話でした。検察にも問い合わせましたが、あるかどうかを含めて、そうした情報を開示する法的根拠はないとけんもほろろでした」

「その記事の続報は？」

「私が調べた限り存在しません。警察が公表したものとは別の筋からの情報だったんでしょうな。裏付けが取れなかったので続報はなかった。広域連続殺人事件の喧騒のなかに事件そのものが埋もれてしまったということでしょう。警察が本来行なうべきだった捜査活動も含めて――」

楠田は皮肉な口調で言う。漠とした疑念が心にのしかかる。

「兄の葬儀には出席しました。しかしそのときもその後も、両親からはそんな話は聞いていません」

「ご両親はこの記事を目にしなかったか、あるいは見たとしてもなぜか気に留めなかった。つまりお兄さんが自殺したという結論になんの疑いも抱いてはおられなかったと？」

「少なくとも私の目には――。その点については私のほうから問い質《ただ》しもしました。そうした事実関係はともかく、少なくとも動機の点で納得がいかないという思いがあったものですから。しかし父も母も、警察がそう判断したのならそのとおりなんだろうという態度でした」

六年の歳月のなかで風化しかけていた情念が唐突に心の奥で立ち上がった。両親と、なかんずく父と、兄は鋭い感情的対立関係にあった。私たちの生みの母は、兄が中学生で私がまだ小学生のときに交通事故で死亡した。現在の母はその翌年に父が再婚した相手だった。義母は私たちにほとんど関心を持たず、私たちも義母にはなつかなかった。父はそのことに絶えず苛立っていた。

父は兄を自分が営んでいる養鶏業の後継者に想定していた。兄はそれを拒絶して故郷を捨てた。やむなく私が兄の代打に立たされそうになったが、こちらもまた大学を卒業しても郷里には帰らず、五年ほどのサラリーマン生活を経たのち現在の職業に転じた。それでも私の場合、両親との関係はまだ決定的な決裂には至っていなかった。

義母は子宝に恵まれず、父にとって私はなけなしの切り札だった。義母に対する態度が兄ほど頑なではなかった私に、父は多少の裏切りは許してでも期待をかけるしかなかったのだろう。しかし私と父との関係は兄の死を境にほとんど断絶した。そのときの父と義母の、兄の死に対する常識では測りがたい冷淡さを私は許容できなかった。

兄はおそらく私にとって兄以上のなにかだった。ある意味で父のような存在だったともいえる。本当の父が決して与えてくれないものを、私は兄から得ていたといまも断言できる。そして兄にとっても、私はたぶん弟以上のなにかだった。兄は兄で、狷介《けんかい》な父との心理戦を闘い抜くうえでの貴重な魂のパートナーとして私を必要としたのかもしれない。

父が義母と再婚して数年後、私と兄は偶然手にすることになった小さくて危険な鋼鉄の塊を媒介に、ある秘密の契りを交わした。そのころの私にとっては、どこかヒロイックな想像力のゲームのようなものだった。しかし兄にとってはたぶんそうではなかった。彼はその約束が将来この現実の世界で、なんらかのかたちで果たされることになると確信しているようなところがあった。

そんな追想に割り込むように、思いのこもった声で楠田が言う。

「七転び八起きの人生を送られた方だったと朱実さんからも伺っております。お兄さんはどんな苦境に追い込まれても自殺だけはしない人だと――」

深沢朱実が兄の心に近い場所にいたことがわかった。少なくとも実の父よりはるか近くに。法的にはわずか三日間だけ、兄の二度目の伴侶の座を占めたその女性に強い興味を惹かれた。彼女は楠田になにを依頼し、そこからなにを得ようとしているのかについても――。

楠田が唐突に訊いてきた。

「ところで、お兄さんがお父上を死亡保険金の受取人にした生命保険の被保険者だったことはご存知でしょうか？」

　私は慌てて首を振った。それは意外な事実だった。父と兄は十数年にわたって絶縁状態だった。兄が死ぬまでは私が辛うじて二人の情報交換の仲介役を果たしていただけで、こと金銭にまつわる話では、兄は意固地なほど潔癖に父との関係を断ち切っていた。依存しない代わりに依存されたくもない――。それが父との関係における兄の腹の括《くく》り方だった。その兄が父になにがしかの金を残そうという考えをもったことが信じがたかった。私はのめるような調子で問いかけた。

「契約を結んだのはいつごろですか」

「亡くなる四年ほど前のようです。自殺に対する保険金支払いの免責規定は、保険会社によっても違いますが、おおむね二年から三年。もし自殺だったとしても免責期間は過ぎていますから、保険金はたぶん支払われたと思います」

　私は兄の死亡保険金を受け取ったという話を両親から聞いていない。兄の葬儀を終えて東京へ戻ってからも、実家とは電話で何度かやりとりをしたが、父は兄の親不孝をなじるばかりで、そんな話はおくびにも出さなかった。兄もまた生前、私にそんなことを一度も漏らさなかった。

「保険金額は？」

「一億五千万円」

楠田はあっさりと答えた。頭のなかを無数の疑問符が飛び回る。兄の腹のうちがまるで読めなくなった。その事実を私に隠し通してきた父の心はそれに輪をかけて不審だった。

「半端な金額じゃない。まさか契約者は？」

「お父上です」

鉛の塊のような衝撃が脳天を直撃した。

「どうしてその保険契約の存在を知ったんです？」

「深沢朱実さんから伺いました――」

楠田は額の汗をハンカチで拭った。

「事件後まもなく、ご主人の死亡の経緯について話を聞きたいと生保会社の調査員が訪れたそうなんです。その調査員が確認したかったのは、ご主人の死が本当に自殺だったのか、あるいは――」

「他殺だったのではないか」

「はい。その点についての配偶者としての心証を訊ねられたと聞いています」

「彼女の答えは？」

「他殺かどうかはわからない。しかし夫に自殺するような動機があったとは、どうしても信じられない――。そう答えたそうです」

「私も同感です。しかし死亡保険金は支払われた――」

「朱実さんもその点が気になって、しばらくしてその調査員に問い合わせたそうです。お父上のプライバシーに関わるということで向こうは確答を避けたようですが、遠回しの表現を普通に解釈すれば、内部監査の結果、けっきょく警察の判断が妥当だと認められて、保険金は支払われたようで」

私はふと頭に浮かんだ疑問を口にした。

「彼女には生命保険は残されていなかったんですか？」

「じつはそこなんです。いちばん奇妙な点は――」

楠田は一瞬射るような眼差しを向けると、ショルダーバッグからノートを取り出して、びっしりと書き込まれたメモに目を落としながら語り出した。

3

兄が朱実と知り合ったのは死亡する七年前のことで、当時、兄が立ち上げたばかりの携帯電話販売代理店に彼女が雇用されたのがきっかけだった。朱実は個人的な事情で二年ほどで辞め、またなにかのきっかけで付き合うようになったのが兄が死ぬ三年ほど前。いわゆる内縁関係はその半年後くらいに始まったらしい。朱実が楠田の事務所を訪れたのはほぼ一ヵ月前の八月十四日だという。

六年前に群馬県のダム湖で溺死体として発見された夫の死に関して不審な点がある。しかし警察はすでに自殺として処理しており、再捜査を要請してもいっこうに動いてくれない。真実を明らかにするためになんらかの法的手段に訴えることはできないかというのが相談の趣旨だったらしい。事前の電話でそれを聞いたとき、むろん楠田はそんな事件があったことさえ記憶になかった。

その種の依頼は彼の業界では珍しいものではない。しかし警察が自殺という結論を出した以上、それを覆《くつがえ》すのはほぼ不可能だというのも業界における常識だった。手順としては被疑者不定の殺人事件として警察なり検察なりに告発すればいいわけだが、よほど説得力のある事実関係を提示しなければ門前払いを食わされるだけだ。しかし、事件当時の捜査資料を警察が開示してくれる可能性は乏しく、弁護士という立場ですべてを洗い直すのはスコップ一挺《ちょう》で山を動かすほどに困難なはずだった。

そんな事情を説明したが、朱実はそれでも一度会って話を聞いて欲しいと言う。三十分につき五千円の相談料がかかる旨を伝え、了承した朱実に楠田は翌日の午後の時間を約束した。

楠田にしてもそのころは大きな仕事が途絶えていて、少額の民事訴訟や離婚調停といった退屈な仕事で糊口《ここう》をしのいでいたが、もともと専門が刑事訴訟で、民事のほうは不慣れなうえに、ビジネスライクに割り切って手間を省いて実入りを増やす手管《てくだ》を知らない。ところがそんな不器用さが却《かえ》って口コミで評判を呼んでいるらしく、その種の仕事は引きも切らずに舞い込んでくる。朱実もそんな評判をどこかで耳にして電話をしてきたようだった。同じ億劫《おっくう》な仕事なら、いっそ好きな刑事訴訟関係で苦労するほうが気晴らしになる——。そんな思いもあって、その電話を終えたとき、楠田の腹は依頼を受けることにほぼ固まっていたという。

朱実は指定の時間ちょうどに渋谷にある楠田の事務所を訪れた。三十代半ばの地味な印象の女性で、服装や持ち物からみて、そう裕福な暮らし向きではなさそうだと楠田は直感した。それでも乗りかかった船と朱実の話に耳を傾けた。

彼女が語ったところによると、結婚しようという話を持ち出したのは兄のほうだったらしい。死体になって発見される四日前で、出張で大阪へ行くと本人が言っていた日の前夜のことだった。

それは朱実が心のなかで期待していたことでもあった。しかしそのころ兄の会社は大きな負債を抱え、資金繰りに奔走する日々が続いていた。闇金融業者とおぼしい人物からの脅迫めいた督促電話もしばしばかかってきた。兄がその日まで結婚の意思を明らかにしなかったのは、そんな経緯で朱実に迷惑が及ぶことを惧《おそ》れてのことだとは察していた。

大阪への出張も、どこか危ない筋から融資を引き出すためらしかった。かつて兄の会社で経理を担当していた朱実には、その苦境が手に取るようにわかった。そんなさなかに結婚を申し出た兄の心を半ば訝《いぶか》りながらも、朱実はそれを素直に喜んだ。愛する男が苦しんでいるとき、その重荷をともに背負ってやれることのほうが、外野席に置かれるよりずっと嬉しいことだった。

そんな朱実の心を知ってでもいたように、兄は用意していた婚姻届の用紙を差し出した。そこにはすでに兄の署名と捺印があり、証人欄にも兄の知人らしい二名の人物の署名捺印があった。あとは朱実の分の空欄を彼女自身の手で埋めるだけだった。

式はしばらく挙げられないが、いまの状況はもうじき乗り切れるから、そのときはハワイにでも出かけて派手に挙式をしようと兄は約束し、朱実の誕生石のエメラルドにダイヤをちりばめた、決して安くはなさそうな指輪を手渡したという。それは朱実にとって、それまでの人生における最高のプレゼントだった。

朱実としては、できれば区役所への届け出には二人で出向きたかった。しかし自分は多忙で身動きが取れないから、届け出は朱実の手で行なって欲しいと兄は言った。朱実にすれば寂しい話ではあったが、兄の置かれた状況を思えばやむを得ない。それ以上に、兄の気が変わらないうちに手続きを済ませたほうがいいような気がして、朱実は迷わずそれを承諾した。

さらに兄は、二週間ほど前に契約したばかりの、朱実を死亡保険金の受取人にした生命保険の証書を手渡したという。保険金額は五千万円。万一に備えて――。そんな兄の言葉に朱実は不安を感じた。もしや誰かに命を狙われるような状況にでもあるのかと。しかしそうした気遣い自体は率直に嬉しかった。その喜びが湧き起こる不安を打ち消した。

翌日兄は大阪へ発った。朱実はその日のうちに居住地の区役所へ出向いて婚姻の手続きを済ませた。

その三日後、兄の遺体が群馬県の山間部のダムで発見されたことを、朱実はたまたま見ていたテレビの首都圏ニュースで知った。地元の警察からは知らせは届かなかった。警察にしても結婚してまだ三日目の配偶者の存在までは把握できなかったのだろう。

家に置いてあった夫の持ち物を調べると、群馬の実家の住所と電話番号が書かれた古い手帳が見つかった。さっそく電話を入れると、出てきたのは父だった。最初は愛想よく応対したが、朱実が兄の妻だと名乗ると、その態度はとたんに非情なものに変わったという。そんな結婚は認められないとわめき散らし、財産目当てで兄をたらし込んだ泥棒だと朱実を罵《ののし》った。その常軌を逸した反応に、朱実は悲しむゆとりさえ失った。

翌朝、朱実は群馬に飛んだ。警察に出向いて妻だと名乗ると、その場で簡単な事情聴取を受けた。警察はその時点ですでに自殺との結論を下しているようだった。遺体はすでに検視を終えて両親のもとに帰っているという。すぐに実家に赴いて遺体を引き取りたいと訴えたが、父親は頑として応じないどころか、夫の亡骸との対面も許されず、半ば力ずくで家から追い出された。

朱実は地元のホテルに投宿し、告別式にも葬儀にも出向いたが、父が親戚筋の若い者に言い含めておいたらしく、受付ではその都度参列を拒否された。自分の夫が、それまで付き合ったこともない実家の墓所に葬られるまでの一部始終を、朱実は一人遠くから見守るしかなかった——。


そこまでの話を聞いて私は胸を抉られる思いだった。兄が愛した女性に対する父のあまりに理不尽な扱い。そこまでして彼女を排除したかった理由はなんだったのか。そして兄にかけられた一億五千万円もの生命保険。契約者が父であるにせよ、被保険者であった兄がそれを知らなかったということはありえない。だとすれば父と兄のあいだの秘密の了解ごとから、朱実と同様に私も排除されていたことになる。

そのうえ兄は朱実のために別の保険に加入していた。だとすると自殺の動機がますますわかりにくくなる。兄は一時期、保険代理業を営んでいたことがある。契約を結んでわずか数週間後の自殺に保険金が支払われないくらいは百も承知のはずだった。私はくずおれそうな心を奮い立てて問いかけた。

「その朱実さんという方はいまどこに？」

「練馬に住んでいらっしゃいます。お二人で暮らしていたマンションは事件後すぐに引き払い、同じ区内に賃貸マンションを借りられて――。いまもお兄さんの姓のままでいることも含め、深い思い入れがあるんだろうと思います。契約してまもなくの自殺ですから、当然のごとく朱実さんには保険金は支払われませんでした」

楠田は神妙にため息を吐《つ》いた。

「兄が抱えていた借金は？」

「ご存知かどうか。お兄さんの会社はある指定暴力団とのあいだに資本関係がありまして――」

楠田は私の心中を思いやるように視線を向けた。私は頷いた。

「それについては兄から聞いていました」

「それなら話が早い。朱実さんから伺ったところによると、自宅マンションはお兄さんが個人保証していた借入金の弁済の一部に充てられましたが、会社の破産手続きは株主で取締役でもあったその暴力団の幹部が取り仕切り、たちの悪い商工ローンからの負債をほとんど棒引きにしてしまったそうです。彼ら自身は売り掛け債権をいち早く確保して、投資した分はほぼ回収した。そんな報告をその暴力団の幹部から受けたそうです。朱実さんにすれば、残されたものはなにもなかった代わりに累が及ぶこともなかった。万が一のことを考えてお兄さんがそういう面での地ならしをしておいたんだと思います。暴力団員にも義理を感じさせるような男気のある方だったんでしょうな。朱実さんのほうは、いまは地元の税理士事務所に職を得て、まあまあの暮らし向きだとは聞いています。息子さんは今年の春に五歳になったそうです」

私は覚えず身を乗り出した。

「息子さん——。それは兄の？」

「ええ。お兄さんが亡くなられたとき、すでに身ごもっていたんだそうです」

「そのことを兄は？」

楠田は穏やかに首を振った。

「知らなかったでしょう。朱実さん本人もそのときはまだ気づかなかった。病院で検査を受けて妊娠の事実を知ったのは、事件から一ヵ月ほどあとのことだったそうで」

4

楠田はけっきょく私からはかばかしい材料は得られずに帰っていった。しかし彼のもたらした情報への私の反応は、心証という点に限っていえば、彼が深沢朱実とともに抱いている疑念をより補強する方向に作用したのは間違いない。

楠田の話を表面的に受け止めれば、兄はいくつかの点で私を裏切ったことになる。しかし事実の細部よりも全体を俯瞰《ふかん》的に眺めれば、私にとってことはなんとも厄介だった。

兄がもし何者かの手で殺害されたとしたら、疑わしいのは言うまでもなく父だった。朱実のもとを訪れた生保会社の調査員にしても、念頭にあったのはそれだろう。しかしいかに確執を抱えた親子の間柄とはいえ、それはありえないという思いが私の心の半ばを占めていた。

父は地元でも有数の養鶏業者で、町会議員を何期か務めた名士でもある。本業の経営面で困っているような話を聞いたことはない。兄の死によって、父が巨額の保険金を受け取ったのはあるいは事実かもしれない。しかしそのためにまさか実の息子の命を奪うとまでは考えられない。いや、考えたくなかった。しかし勝手に動きはじめた想像力は制御しがたく、疑念は時を遡《さかのぼ》って自己増殖し、私と兄が魂の深奥《しんおう》で共有していたほの暗い秘密にまで触手を伸ばそうとしていた。

私の心の半分は臆病風に吹かれていた。人として正視しがたい、あまりにもおぞましい真実に直面することに躊躇する自分がいた。兄は自殺した——。真相はどうあれ、それで物事はおさまるべくしておさまった。私としては父と義母との関係に新たな波風を立てるより、わずらわしさのない現在の疎遠な関係を維持したかった。

私は兄ほど強い人間ではなく、また野心的な人間でもない。浮世の厄介ごとからはできるだけ身を遠ざけて、自分にとって居心地のよい人生をまっとうすることに価値を見出すタイプの人間だった。兄がいまどこかで私を見つめているとしたら、この不甲斐ない私をどう思っているだろうかと想像した。兄は深い悲しみとともに許すかもしれない。そして私は生涯にわたって拭いがたい負い目を背負って生きることになるだろう。

間違いなく言えるのは、私がいまも兄を愛しているということだった。その兄を裏切ることは、そして悲しませることは、ほかのなににも増して堪えがたいことだった。

胸の奥に熾火《おきび》のように埋め込まれていた少年時代のあの兄との約束が、突然火勢を増したようにじりじりと私の心を焼きはじめた。

いますぐ父に電話して問い質すこともできる。しかし父がそこまで悪辣《あくらつ》な策謀が弄《ろう》せる人間なら、その口から真実が聞けるとは決して思えない。悲しいまでに偏狭で、悪意に満ちて、狡知《こうち》に長《た》けて、そうであることを人としての徳と信じ込んでいるような、そんな人物が私の父だった。私にとっても、おそらく兄にとっても、まっとうな神経を保って生きるためには父から遠ざかる必要があった。

私が兄ほど父との関係をきっぱり断ち切らなかったのは、単に私の優柔不断さのせいであり、父への愛ゆえではないことは私自身がいちばんよく知っている。私がそういう嫌疑を持ったという、ただそのことを理由に父は私との関係を破局に向かわせるだろうし、それによって真相はさらに深い闇の底に沈んでいくことだろう。

私は外堀から埋めていくことにした。それとは気取られずに、忍び足で真実に接近する方法があるはずだ。父への疑惑が晴れるならそれでよし。もしそうはならなかったら――。

私は少年時代に兄とよく過ごした、あの山のなかの洞窟のことを思った。そのほの暗い空間にこもった硝煙の匂いと重く冷たい鋼《はがね》の感触を思い起こした。優しかった実の母を失い、代わりにやってきた愛情の薄い義母と狷介な父のあいだで自分たちの居場所を見出せなくなった二人にとって、玩具《おもちゃ》にするには危険すぎるその道具は、失われたものを取り戻すための、生きる自由を獲得するための想像力の翼だった。

その翼が再び背中に生えでもしたかのように、背負っていた荷が突然軽くなった。どこかで見守っている兄が、不甲斐ない私の背中を一押ししたように、唐突に私は日和見《ひよりみ》の呪縛から解き放たれた。自分のなかに小さな、しかし鉱物のように硬い意志が形成されているのに私は気づいた。

我ながら驚くほどの集中力で書き残しの原稿を片付け、それをクライアントのもとへメールで送信し、愛車のパジェロに飛び乗って、未明の関越自動車道を故郷の町へと疾駆《しっく》した。

先ほどまで心をじりじりと焼いていた胸の奥のあの熾火が、いまは私に行動する勇気を与えてくれる力強い熱源のように感じられた。

第二章

1

午前五時を回ったころに前橋を過ぎた。

右手に赤城山《あかぎさん》、左手に榛名山《はるなさん》――。奥上州の山並の前衛をなす好一対の火山が曙光《しょこう》に山肌を赤く燃え立たせ、黎明《れいめい》の朱を滲ませた空には消え残った星々が名残りを惜しむように瞬いている。

夏が終わり、秋というにはまだ早いこの季節、朝まだきの関越自動車道は行き交う車のライトもまばらだ。愛車のパジェロは三・八リッターV6エンジンの心地よいエギゾーストノートを奏でながら澄んだ朝の空気を切り裂いていく。

自宅兼仕事場のある滝野川《たきのがわ》のマンションから群馬県みなかみ町の山間部の実家まで、関越道の渋滞がなければ三時間足らずの距離にすぎない。六年前の夏に兄が死んで以来、谷川岳や尾瀬への取材行で年に何度もこのルートを利用しながら、実家に立ち寄ることは皆無だった。年に何度かの電話のやりとりのほかは、父と義母との関係は他人以上に疎遠になっていた。

そもそも兄の死以前から、実家は心理的な鬼門だった。それは兄にとっても同様のはずだった。私たちの本当の母が死んだ日以来、父の脅威が兄と私を兄弟以上の絆で結びつけた。その翌年に義母が家へやってくると、私たちは仮面の下に慄《おのの》く心を封じ込めた。その仮面は蛹《さなぎ》の繭《まゆ》のように私たちの魂の密やかな成長のプロセスを覆い隠した。

渋川《しぶかわ》を過ぎるころには夜は明け切った。逆光を受けて紫に煙《けむ》る榛名山を背後に追いやりながら、関越道は利根川を左岸に渡り、伸びやかに広がる赤城山の裾野を巻いて北上する。行く手に奥上州の名峰武尊山《ほたかさん》が重量感のある山体を覗かせる。

私の故郷はその山麓にある。厭《いと》わしさと懐かしさがコインの表と裏のように結びついた小世界。そこに足を向けるとき、心はいつも矛盾した感情の混合物に満たされる。

山育ちの子供が山が好きだとは限らない。それは都会の人間の偏見にすぎない。山里に暮らす子供たちにとって、山は日常という名の息苦しい圧力そのものであり、自らの翼で飛び立てる年齢まで生きることを強いられる煉獄《れんごく》にすぎない。

しかし兄にとっては違っていた。彼は好んで山に分け入り、そこに自由に魂の翼を広げられる私たちだけの秘密の領土を切り開いた。私は兄の感化を受けた。私たちにとって家庭以上に厭わしい日常はなかった。山は心の血流の滞ったその獄舎から逃れ、少年が成長するために必要な夢を育む王国だった。

実の母――深沢朋子《ともこ》が世を去る以前から、父紘一《こういち》は私にとって恐怖の源泉だった。兄ほど強い心を持たない私は、その恐怖と真っ向から対峙することを避けていた。しかし兄は抵抗した。闘い、打ち据えられ、それでもまた立ち上がった。そして父が与える恐怖の本質が、人一倍強い虚栄心と、それを保つためのとめどない猜疑心《さいぎ》に由来するものだということを子供ながらに見透かしていたように思う。

私の実家は名主《なぬし》の系譜に繋がる旧家だ。父が地元の名士として一目置かれているのはそのためで、彼の事業の手腕によってではない。祖父の深沢恭太郎《きょうたろう》は父とは対照的に野心のかけらもない人物で、一家が不自由なく食べていける規模以上に事業を拡張しようとはしなかった。盆栽や骨董品の収集家としては県内でも著名だったが、それ以外に世間に注目される功績を残しはしなかった。

上州名物は「かかあ天下に空っ風」というが、その言葉にたがわず祖母の育枝《いくえ》は対照的に気性が強かった。祖父のおっとりとした性格に業を煮やし、日常の衝突は頻繁だったが、そんな祖母と父は相性がよく、死んだ母との縁談を纏め上げたのは祖母の手柄だった。

母の実家は当時羽振りの良かった沼田市内の建設業者だった。こちらは財力はないが由緒ある旧家で、向こうは一代で財をなした新興成金。双方にとってメリットのある婚姻だった。結婚後に父が事業を拡大し、県内有数の養鶏業者に成り上がったのは、母の実家からの経済的な肩入れがあってのことだった。

私が記憶する限り、母もまた祖母に劣らず気性が強かった。しかしその強さは父の暴虐から私たちを守る楯でもあった。母は強いだけではなく賢い女性だった。彼女もまた父という人間の邪悪な側面を鋭く見抜いていた一人だっただろう。

教育的配慮と言いつつ、その時々の虫の居所に応じて父は私たちを叱責し、体罰を加えた。朝令暮改の雷が絶えず頭上から降り注いだ。父は家庭内のあらゆるものを支配しなければ気が済まなかった。それは私たちへの愛や善意に基づくものではなく、ただ自らの虚栄のための自己目的にすぎなかった。

父の財力のお陰で私たちは物質面ではなに不自由なく育てられた。母の死後、私たちの世話をしてくれたのは父の妹の真里子《まりこ》叔母だった。生涯結婚することなく、私がまだ大学生のころ、自殺によってこの世を去った。彼女にまつわる思い出はいまも切ない。心根の優しい人だった。それゆえに父の圧制のもとでは蜻蛉《かげろう》のようにはかない印象の人だった。

父の事業は順調に拡大し、それに比例して性格の苛烈さも増していった。祖母もいつしかその軍門に降《くだ》り、祖父はますます道楽の世界に逃避するようになった。私たちを守ってくれたのは、父の目を盗んで密かに心配りしてくれる叔母と、父の圧制に果敢に抵抗しながら、つねに私たちの楯になってくれた母だけだった。

母がこの世を去った翌年に父は再婚した。父は年若い妻にぞっこんで、義母は私たちに関心を示さず、そのお陰で私たちと父とのあいだには不毛だが傷つけ合う惧れのない冷ややかな緩衝地帯が生まれた。それは私たちが不幸なトラウマを背負わずに成長するうえではむしろ僥倖《ぎょうこう》といえたかもしれない。

父について、私はいまもうまく語る言葉を持たない。狷介、不実、冷酷、傲慢、吝嗇《りんしょく》、業《ごう》突《つ》く張《ば》り、人でなし――。そのどの言葉によっても、あるいはすべてを用いても父という人間は語り尽くせない。しかしその人柄を誰かに理解させようとすれば、たぶん一つのエピソードだけでこと足りる。

祖父は父によって殺された――。そんな話を私たちに聞かせたのは真里子叔母だった。祖父が死んだのは叔母の死に先立つ一年前。祖母はすでにこの世になく、そのころ私は東京の大学に通っていて、兄は大学を卒業して胡散《うさん》臭い健康食品を販売する会社を独力で経営していた。

祖父は長年患っていた糖尿病による腎機能障害で当時はほとんど寝たきりのうえ、脳の働きにも異常をきたし、いまでいう認知症の症状を呈していた。医師は透析を勧めたが、父はそのために弱った祖父を週に何度も病院に通わせるのは酷だという理由で拒絶した。根が強靭な体質だったのか、祖父は床に臥《ふ》すようになってからもなお数年生き延びた。その世話を一手に引き受けたのが叔母だった。

その叔母にある日、父が命じたと言う。祖父の食事の回数を一日一回に減らすように、その内容も蒟蒻《こんにゃく》や野菜を中心に極力低カロリーにするようにと。それまで叔母は医師の指示に従って几帳面に栄養のバランスやカロリーを考慮した食事を与えていた。しかし父の指示はその治療指針と食い違うばかりか、素人考えでも祖父の命を縮めるだけのものだった。

父はそれを自分が本で読んだ、外国で成果を挙げている食事療法だと言い張って譲らない。叔母は医師に問い合わせようかとも考えたが、それを父に知られることが怖かった。年若い後妻に対しては大甘だが、叔母に対しては父は非情な暴君だった。

叔母が人生の大半を使用人のように父にかしずいて過ごすことになったのも父の横暴によるものだった。母がこの世を去ったとき、叔母は三十をやや過ぎていた。当時の世間の基準からすれば婚期は逸していたが、童顔の愛らしい女性で、年齢より五歳は若くみえた。実家の家柄や当時の事業の勢いもあって、縁談は何度も持ち込まれたが、父は難癖をつけてそれをことごとく潰してしまった。まだ手のかかる息子二人と祖父母の面倒をみる働き手として、彼には叔母が不可欠だった。

義母は大の家事嫌いで、派手に着飾って近隣の沼田市や前橋市までショッピングに出かけるのが仕事のようなものだった。義母はそれが父との結婚の条件だったようなことをさりげない会話のなかでよくほのめかした。そのうえ猜疑心の強い父は、赤の他人の家政婦を家に入れるのを嫌った。手に職もなく、父に抗《あらが》うすべを知らない気弱な叔母は、けっきょく結婚を断念し、生きていく場所がほかにないことを自らに納得させるしかなかった。

それでも生来の優しさと親思いの気持ちが、食事の件に関しては父の意に従うことを躊躇させた。父の目を盗んで、できる限り祖父に食事を運んだ。一日三度が二度になっても、一度以下になることはなかった。献立もそれまでの内容をできるだけ維持した。

それに目ざとく気づいたのが義母だった。まもなく父の知るところとなり、以後、祖父の食事は義母が担当するようになった。祖父が急速に衰えていったのは言うまでもない。

ある冬の晩、叔母が祖父の様子を見に行くと、室内が凍えるように寒かった。石油ヒーターは止まっていた。そのうえ半開きの窓から氷点下の冬の寒気が吹き込んでいた。叔母は慌てて窓を閉めヒーターを点《つ》けた。いくら認知症の症状を呈していても、祖父が自分で起きて窓を開け、ヒーターを止めたとは思えなかった。

そんなことがその後も何度か続き、祖父はさらに衰弱していった。ある朝、窓を開け切った凍りつくような部屋で、霜が貼りついた布団にくるまって、祖父はひっそり息を引きとっていた。

死因に不審を抱いた医師からの通報で、沼田警察署の刑事が事情聴取に訪れた。父は窓を開けたのは祖父自身で、だいぶ前からそんな異常行動をとるようになって困っていたと説明した。地元の名士への遠慮もあってか、刑事はその説明を受け容れて、けっきょく事件としては取り上げられなかった。

私と兄が叔母からその話を聞いたのは祖父の葬儀の翌日だった。兄は父を問い詰めてやるといきり立ち、叔母は涙ながらにやめて欲しいと懇願した。そんなことをされたら自分はこの家にいられなくなる。いや殺されるかもしれない――。

しかし翌年の春、叔母は自室の梁《はり》に掛けたロープで首を吊って死んだ。葬儀に出向いた私たちの前で父は言ったものだった。

「真里子は自分の引き際を心得ていたってわけだよ。おまえたちが大きくなって、祖父さんもあの世へ行って、もう自分はやることがなくなった。これ以上穀潰《ごくつぶ》しをしていてもしようがないと自分の立場を悟ったんだろう。兄貴思いのいい妹だった」

兄はその場で父を殴り倒し、以後、生きて二度とは実家の敷居を跨《また》がなかった。

叔母にしても、父が、あるいは義母が夜中に祖父の寝室の窓を開けたりヒーターを止めたりしているところを見たわけではない。衰弱はしていても祖父はときおり自力で起き出して、寝巻き姿で庭や近所を徘徊することがあったらしい。つまり本人がやったという父の主張を頭から否定はできない。食事のことや窓のことにしても、祖父の死との直接の因果関係は証明できない。しかし私と兄は叔母が懐《いだ》いた疑惑に共鳴した。手のかかる祖父を厄介払いするための未必の故意による殺人――。それは私たちが幼いころから知っている父の本質と必ずしも矛盾しなかった。

叔母はそんな父に抵抗もできず、結果として自分も手を貸したのだと自らを責めて自殺した――。遺書はなかったが、私たちはそんな思いを拭えなかった。

2

水上《みなかみ》ＩＣで関越道を降り、利根川に沿って北上する。湯檜曽《ゆびそ》の手前で県道六三号水上片品《かたしな》線に入り、さらに利根川の源流に向かって東進する。

私の実家は奥利根の谷あいの藤原地区にある。眼下には満々と水を湛《たた》えた藤原湖を、背後には武尊山から尾瀬の名峰至仏山《しぶつさん》に続く優美な稜線を望む景勝の地で、周辺にはスキー場やゴルフ場などのリゾート施設も数多い。

藤原ダムに着いたとき時刻はまだ午前六時。県道はダムの堤頂を通って対岸に渡り、そのまま十分も走れば実家のある集落に着く。

私は見学者用の駐車場に車を停めてダム上の遊歩道を歩き出した。このあたりで標高は約六五〇メートル。藤原湖を吹き渡る早朝の風は肌を刺すほどに冷涼だ。湖面は鏡のように滑《なめ》らかで、周囲の山並を緑の緞帳《どんちょう》のように映して静まり返っている。

兄は六年前の夏の盛りに遺体となってこの湖面に浮かんだ。弁護士の楠田が示唆した疑惑どおりなら、それは本人の意思に反してのことだった。

東の稜線から太陽が顔を覗かせ、わずかにオレンジ色を帯びた光が舗道に私の影を長く引き伸ばす。無意識にもう一つの影を探している自分に気づく。

あのころ兄はいつも傍らにいた。言葉を交わす必要もなく、私は兄の心の動きを感じとることができた。一本の管で結ばれた二つの液体のように、父という脅威を共有することによって兄と私の心は無意識に連動していたような気がする。

それが機能しなくなったのはいつごろからだろうか。自殺であれ他殺であれ、私はいまそこに至った兄の心を追うことができないでいる。予兆はあったのかもしれない。兄と交わした会話のいくつかを記憶の抽斗《ひきだし》から取り出してみる。

その死の二年前、兄はまた新しい会社をつくったと連絡してきた。前年に会社を一つ潰したばかりで、負債をどう処理したのか、新会社の開業資金をどう工面したのか、兄はほとんど語らなかった。私も敢えて訊きはしなかった。言葉で伝えられることよりも、声の調子や言葉の勢いで、私は兄の心のコンディションを知ることができると信じていた。

そのときの会話から、私は兄が再びファイティングポーズをとってリングの中央へ歩み出したことを感じとった。問わず語りの言葉の端々から、その新会社が暴力団系の資金の入ったいわゆるフロント企業だとは察しがついたが、これまでも兄が危険な崖っぷちを飄々と渡って生き延びてきたことは知っていたから、ことあらためて憂慮すべき話とも思わなかった。

楠田から得た情報によれば、その危ないパートナーとの関係は兄の死後も良好で、残された妻に負担がかからないように、手際よく破産手続きを進めてくれたらしい。そちらの線はおそらく兄の死因とは繋《つな》がらない。

やはり父が――。その心証に手応えを感じる一方で、それを否定したい強い思いが拮抗《きっこう》する。実の父による子殺し――そこまでのことができる人間の血が自分の体内を流れていると考えただけでたまらない気分になる。

最後に兄と話したのは死の半年前で、電話をしたのは私だった。クライアントからの入金が遅れ、そこに急ぎの海外取材が重なって、二十数万円の金を一時用立てて欲しいというのがそのときの用件だった。いま思えばそのころすでに会社は傾いていたはずだったが、兄は快く応じてくれた。そのあと滅多に口にしない人物のことを唐突に訊いてきた。

「近ごろ親父と話したか」

「ついこのあいだ電話があった」

驚きながら答えると、兄はさらに畳みかけてくる。

「どんな用事で」

「いつもの話だよ。けちな物書きなんかやめて、帰って仕事を手伝えって」

「で、どうしたんだ？」

「もちろん断ったよ。焼き鳥の匂いは好きだけど、生きた鶏のほうは堪えがたいって」

兄は楽しそうに笑った。

「電話でよかったな。面と向かってそんなことを言ったら、鶏みたいに捻《ひね》り殺されていたぞ」

「それほど元気そうでもなかったな。最近は鶏舎も清潔になって、昔ほどは臭わないとかなんとか言い出して、とくに癇癪《かんしゃく》も起こさなかった」

「それが作戦だ。人間、あの歳になると押しの一手じゃ通用しないくらいの知恵はつく。情にほだされたらあとは地獄の底へ真っ逆さまだ。おれはいまでも十万羽の鶏に突つき回されて白骨死体になる夢を見るよ」

兄は皮肉な調子で警告したが、その言葉のなかにほっとしたような調子が滲んだ。私と父との関係について気がかりなことがあって探りを入れたが、それが外れて安堵した——。そんな直感がふと働き、その真意を探りたくなって、さらに私のほうから父の話題を続けたのを覚えている。

「あの女のことをぼやいてたよ」

私と兄は義母のことをそう呼び馴らわしてきた。淑子《としこ》という名前はあるのだが、それを使うこともなければ、口が裂けても「母さん」などと呼ぶことはない。兄は興味を抑えられないように訊いてきた。

「なんて？」

「経営の実権を奪われそうだって」

「相変わらず七面鳥のように化粧して遊び呆けてるんじゃないのか。しかし七面鳥と鶏が相性がよかったとは意外だな」

「夢中になってるのは鶏じゃなくて株なんだ。あの女が東京の投資コンサルタントとかいうやつに入れ知恵されて、サイドビジネスのつもりで始めたらしいんだけど、養鶏業のほうが近ごろ頭打ちなところへ持ってきて、ここのところそっちが当たり続きで、本業の儲けを上回る勢いらしい」

「あの女にそんな才覚があったとはたまげたな。しかし儲かってるなら親父もぼやくことはないだろう」

そのときの兄の口振りにはいつにない戸惑いがあった。しかしその感触を突き詰めては考えずに、軽い調子で私は応じた。

「お山の大将でいられなくなるからじゃないのか。もっともあの女が家へ来たときから、覇権は半ば委譲したようなもんだったけど」

「ああ。あいつが事業に関心がなかったから、親父もこれまで辛うじて面子《メンツ》を保ってこられたのかもしれんな。あの親父があいつにだけは最初から頭が上がらなかった。そこんところが、おれにとってはいまでも謎なんだよ」

兄は深いため息を吐いた。それは私も抱き続けてきた世界の七不思議に加えたいほどの謎だった。そのときの兄との会話のなかに、けっきょくこれと指摘できるような不審なものは見出せなかった。

3

ダムの上をほぼ中央まで歩き、もと来た道を戻った。ダム湖の右岸には、標高九八五メートルの高平山の裾を巻き、上流に向かう延長四キロほどの整備された散策路がある。いったん車に戻り、身の回り品の入ったデイパックを背負って、管理棟の横手からその散策路に足を踏み入れる。

ウィークデーの早朝で人の気配はない。頭上を覆うブナの大樹が涼やかな木陰をつくり、森の精の吐息のような苔《こけ》の匂いが鬱屈《うっくつ》した気分を和ませる。ときおり鳴き交わすヤマガラの伸びやかな囀《さえず》りのほかに、聞こえるのは湿度を含んだ土を踏む自分の足音だけだ。

一キロほど進むと、高平山から降る小沢を渡る橋に着いた。春先から初夏までは水量が豊富だが、初秋に入ったこの時期、沢水はほとんど涸れていて、壊れた水道の蛇口から漏れる水音程度のせせらぎが耳をくすぐるだけだ。

橋のたもとから沢床に降りる。足場の悪い急勾配の沢をしばらく遡行《そこう》したところで、右手の尾根へ向かう細い踏み跡に出会う。

それが私と兄の少年時代の王国への入り口だった。周囲に谷川岳を始めとする上越の名山がひしめくこの山域で、標高も低く見かけも地味な高平山は登山やハイキングの対象とはみなされない。まともな登山路はほとんどないが、里に近いせいで、古い杣道《そまみち》や山菜採りの踏み跡が途切れながらもあちこちに通じており、それらを結ぶように獣道が縦横に走っている。

兄と私は小刀や鉈《なた》で藪《やぶ》を刈り灌木《かんぼく》の枝を切り払い、その細切れのルートを繋ぎ合わせて自分たちだけの秘密の周回路をつくり上げた。要所にはアジトと称する休憩所を設けた。父の作業場からくすねたビニールシートで小屋掛けしたものもあれば、天然の洞窟や木の洞《ほら》を利用したものもあった。

兄はその周回路を〈ホーチミン・ルート〉と名づけた。ベトナム戦争が終わってまもないころで、兄の記憶にはそんな語彙《ごい》がまだ残っていたらしかった。あるいは自分と父との生涯にわたる軋轢《あつれき》を予感し、そんな思いを託しての命名だったのかもしれない。

年月を経たその踏み跡にはクマザサやシャクナゲの灌木が旺盛な生命力を誇示するように生い茂っていた。デイパックから登山ナイフを取り出し、軍手を着ける。朝露を帯びたクマザサの葉を掻き分け、硬い灌木の枝をナイフで切り払いながら急勾配の踏み跡を直登《ちょくと》する。ほとんど藪漕ぎに近いが、それでも足元には踏み締めることのできる土や岩角がある。本物の藪なら足元まで根を張るクマザサや灌木の海を泳ぐように這い登るしかない。兄と切り開いたこの道が、辛うじて命脈を保っていたことがわけもなく嬉しかった。

ここ何ヵ月か原稿書きに没頭してフィールドに出なかったせいか、意外なほど息が弾んで、首筋や額にじんわり汗が滲み出る。たくましい体軀を自在に操って、若い野生獣のように俊敏に登高する少年時代の兄の幻影が目の前に浮かぶ。幼かった私を思いやり叱咤する兄の声が幻聴となって聞こえてくる。

急傾斜の踏み跡を登り詰めると、分厚く葉をつけた広葉樹林帯の尾根に出た。ここから高平山の頂上までは尾根上の古い杣道を辿る。だいぶ昔に廃道になり、崩落箇所や倒木が多い難路だが、ここまでの藪の急斜面と比べればはるかに道らしい道といえる。

筋肉もほぐれてきた。勝手にピッチが上がる。少年時代、山では兄にどうしても勝てなかった。しかし大学を出てからの兄は腹もだぶついて、かつての俊敏な獣の面影は褪《あ》せていた。私のほうは山を仕事のフィールドにしたせいで、筋力や持久力は人並み以上だと自負している。いまなら兄に引けはとらない。しかし生きている兄とはもう張り合えない。

一抱えもある倒木をいくつも乗り越え、足場の悪い崩壊地を神経をすり減らしながらトラバースして、最後の鉄砲登りを一気に詰めると、頭上を覆うブナの樹林が切れて、三角点の標柱のある頂に出た。

西には谷川岳の双耳峰《そうじほう》が険悪な一ノ倉沢《いちのくらさわ》の岩壁を覗かせてそそり立つ。北には利根川源流の峰々が緑の波濤《はとう》のように重畳《ちょうじょう》し、東に目をやれば至仏山から武尊山に至る稜線が天に向かってせり上がる。足元には青空を映した藤原湖の湖面が山並の底に落ちたリボンのように緩やかな弧を描く。

その対岸のやや大きな集落に私の実家がある。この頂からも、二ヘクタール余りの敷地に八棟の鶏舎と幼鶏のための育成舎、卵の洗浄やパック詰めを行なう出荷工場が立ち並ぶ父の養鶏場が望める。

実家の家屋はその敷地続きにある。農家風の日本家屋に事務所兼用の洋風の棟を増築した、広壮だが全体としてはひどくちぐはぐな外観の家だ。おとぎ話のお城ともラブホテルとも形容できる洋館は義母淑子の趣味によるもので、私が大学生のときに建てられた。私も兄も大学を出てからそのまま東京で暮らすようになり、生活の場としてその洋館に接したことはない。それは私の人生とは関わりのない悪性の腫瘍のようなものだった。

突然耳のなかで少年時代の兄の声が響いた。

〈騙されちゃいけないぞ。大人は嘘ばかりつくからな。母さんのことだって――〉

母さんのことだって――。二人で山を歩き回っていたあのころ、兄はそんな疑念を何度も口にした。母は業務用の小型トラックで沼田のスーパーへ鶏卵を届けに行く途中、ガードレールを突き破って数十メートル下の河原に転落した。

むろん即死だった。私も兄も母の遺体とは対面させてもらえなかった。あの無神経な父でさえ子供に見せようとは思わないほど、遺体の状況は惨《むご》いものだったらしい。

そのせいか、そのころの私は母の死を別世界の出来事のように感じていた。日常の場から母が消えてしまった痛切な寂しさとは別に、母はどこかでまだ生きているような、どこかへ去ってしまっただけのような、そんな感覚がいつまでも拭えなかったのを覚えている。

「母さんは運転がうまかったし、すごく慎重だった。事故が起きた場所だっていつも走っていたところだし、カーブだってそんなに急じゃない。天気もよかった。事故なんて起こすはずがないだろう。母さんは誰かに殺されたんだ」

兄は母の死をそう受け止めていた。しかし当時、そんな疑念を持ったのは兄だけだった。

父にせよ、祖父母にせよ、真里子叔母にせよ、母の実家の両親にせよ、前方不注意によるハンドルの切り損ないという警察の結論に疑義を抱く者はいなかった。むろん大人たちがそんな話を子供にはしなかった可能性はある。しかし現在に至るまで、それを口にしたのは兄一人だった。一族のなかでも周囲の人々のあいだでも、母の死が単純な事故死と受け止められていたことはまず間違いない。

私にしてみれば、また別の意味で兄の言うことを認めたくなかった。そもそも母の死を現実のこととして実感できなかったのだから無理もない。それが空想にすぎないことはわかっていたが、それでもいつか母が帰ってくるかもしれないという心に秘めた願望を兄の言葉は打ち砕くものだった。

「本当に母さんは死んだの？　お兄ちゃんはそれを見たの？」

思い余って私は訊いたことがある。兄はきっぱりと言い切った。

「見てないよ。だから怪しいんじゃないか。きっとおれたちに見せたくないことがあったんだ。間違いなく母さんは殺されたんだ」

私は敢えて否定はしなかった。兄に同調したというよりも、想像力のゲームとしてそれを受け容《い》れた。荒唐無稽な点では、母がどこかで生きているという私の空想のほうが、兄の見解よりもはるかに上をいっていた。

「だったら誰が殺したの？」

私は訊いた。兄は悲しみとも怒りともとれる視線を私に向けた。

「親父だよ。あいつは母さんに勝てなかったから。母さんと結婚しなかったら、立派な鶏舎もつくれなかったし、鶏だってあんなに増やせなかった。だから母さんに頭が上がらなかった。でも商売が順調にいくようになって、もう母さんの実家の手助けがいらなくなった。つまり邪魔者は消せってわけだ」

そのころ私は小学校の四年生で、兄は中学一年生だった。大人たちは愛や信頼といった善意の心よりも、むしろ打算や嫉妬や憎悪というネガティブな心情によって行動するものだということを兄はすでに知っていたのだと思う。私はといえばまだ子供で、父は邪悪な王様の役割を擬せられていたとはいえ、心に映る周囲の世界はまだ牧歌的な善良さを帯びていた。

「でも事故が起きたとき、父さんは組合の仕事で沼田の街に出かけていたよ」

「親父が直接やったわけじゃない。世の中にはお金を払えばなんだってやるやつがいるんだ。ひょっとしたらうちの従業員の誰かかもしれないし――」

そういう兄の声が私にはひどく大人びて聞こえた。私はあらゆる点で兄を尊敬していたから、独断としか言いようがないその憶測もなにか深遠な思考に基づくもののような気がして、ただ頷いてみせるしかなかった。けっきょく兄ほど深刻にそのことを考えるでもなく、その探偵小説めいた秘密を共有する喜びだけのために私は兄の見解に付き合った。

どれほどの時間、物思いにふけっていただろう。時計を見ると午前八時に近かった。デイパックから缶コーヒーを取り出して喉を潤し、立ち上がって、北西へ降る尾根へ足を向けた。

4

荒れた杣道は再び深い樹林帯に入り、行く手はクマザサや灌木に覆われて踏み入ることも困難に見える。しかし私はブナやミズナラの巨木の一本一本を、根の張り具合や瘤《こぶ》のつき具合で識別できた。私同様、樹木もあのころからだいぶ成長しているはずだが、歳月を経ても幼馴染みの顔が見分けられるようなもので、どの木とどの木のあいだに踏み跡があるか、進むべき道筋が自然に頭に浮かんでくる。記憶を辿るというよりも無意識に体が動いて、繁茂した藪に隠れた踏み跡を苦もなく探り当てる。

尾根はしばらくなだらかに続き、途中から急な下降に入る。五〇メートルほどの高度差を一気に駆け降りると平坦な鞍部《あんぶ》に出た。そこから右手の沢をしばらく辿ると、左岸の小尾根の中腹に白茶けた露岩が見えた。その基部まで這い登り、密集したクマザサを掻き分ける。

五〇センチ四方ほどの穴が開いている。

　ヘッドランプを装着し、まずデイパックをなかに投げ入れる。次いで四つん這いになってもぐり込む。苔の匂いを含んだひんやりした空気が顔を包み込む。ヘッドランプの光の輪が洞窟の壁を照らし出す。目の前に広がったのは狭い入り口からは想像もできない広々とした空間だった。

　体全体を引きずり込んで立ち上がる。中腰になったところで天井の岩に頭がぶつかった。少年のころは立って歩けた。頭のてっぺんの鈍い痛みに、あのころからきょうまでの歳月を実感する。

　この天然の洞窟は〈ホーチミン・ルート〉のアジトの一つだった。内部は奥に向かって長い十畳ほどの空間で、私たちは〈総司令部〉と名づけ、山中に数あるアジトのなかでもいちばん気に入っていた。

　兄と私が丹精を込めて整備したその内部はまだ往時の面影を残していた。私たちは凹凸の多い岩床にクマザサを敷き詰め、ござを敷いた。テーブルの代わりに鶏卵の出荷用の木箱を並べた。その傍らには実家から持ち出した缶詰やスナック類を詰め込んだ段ボール箱を積み重ねた。

　そのあらかたは洞窟内の湿気で腐敗して、怪しげなキノコの恰好の培養土になっていたが、蠟燭《ろうそく》立てに使った缶詰の空き缶、食事に使ったフォークやスプーンやアルミの皿は、表面は腐食しているもののまだ原形をとどめていた。段ボール箱に残っていた食料は山の獣がきれいに始末してくれたようで、表面が赤錆《あかさ》びた缶詰類と、包装用のビニール袋やパッケージの切れ端がいくらか残っているだけだった。

この洞窟で私と兄があの特別な落とし物を発見したのは、私が小学六年生になった年の夏。その前年に家にやってきた義母が、生前の母の残り香を、私たちにとっては悪臭でしかない香水の匂いで駆逐し終えたところだった。

夏休みに入って一週間目のその日、父は組合の寄り合いで前橋まで出かけ、義母もそれにかこつけてショッピングを楽しもうと派手に着飾って同行していった。その日、私たちは父の目を憚《はばか》ることなく、存分に山中で時を過ごすことができた。

山中の周回路は兄にとってはつねに未完の大作で、巡回の途中で新たな獣道や廃道を見つけると整備に乗り出さずにはいられなかった。下草が繁茂する夏場は、完成したルートも放っておくともとの藪に戻ってしまう。その手入れもおろそかにできない任務だった。

私たちは多忙で、近隣の子供たちと遊ぶ時間もなかった。というより彼らと接することを無意識に避けていた。母の死によって私たちが決定的に失ったものを彼らは持っていた。家庭は彼らにとって帰るべき場所であり、安らげる場所だった。私たちにとって家庭は喪失したものを思い出させる場所であり、成長するという気の長い手段によってしか脱出できない虜囚《りよしゆう》の地でしかなかった。

　そのときも春に見つけた廃道の改修に午前中の時間を費やして、この〈総司令部〉で叔母がつくってくれたおにぎりの昼食を終えたところだった。私は食後の楽しみにとって置いたパイナップルの缶詰をうっかりとり落としてしまった。洞窟は奥に向かって傾斜していて、缶詰は賑やかな音を響かせながら転がっていく。懐中電灯を手に慌ててその音を追いかけていくと、缶詰は洞窟のいちばん奥の窪みに止まっていた。

　そこは天井が低まり左右の壁も狭まって、腹這いでもぐり込むしかない窮屈な場所だった。頭や背中を岩の角にぶつけながら体をこじ入れて、なんとか缶詰を拾い上げると、そのさらに奥に角張った物体があるのが目についた。

　不思議なときめきを感じながらそれを手にとった。泥と埃《ほこり》が分厚く付着していたが、その感触は明らかに石ではなく金属だった。その形状は私の小振りな手にもしっくりと馴染んだ。私もそれと同じ形のものを持っていた。むろん玩具だったし、そのとき手にしたそれのように――まるで本物のように――重くはなかった。

　鼓動が高鳴った。私は声を呑み込んだまま、それを手にして兄のもとへ戻った。肝心のパイナップルの缶詰は置き忘れてきた。

「お兄ちゃん。これ本物みたいだ」

そう告げた私の声は上ずって、別人の声のように洞窟の壁に谺した。手渡すと、兄は入り口の近くに移動して、藪越しに射し込む外光の下でためつすがめつそれを眺めた。

「ああ、こいつは本物だぞ、章人」

兄は呻《うめ》くように言った。私は肌が粟立《あわだ》つのを覚えた。

「だったら、警察に届けないと」

兄は黙って首を振った。その目が謎めいた光を帯びていた。

「いいか、章人。こいつを見つけたことは誰にも言うな。おれとおまえだけの秘密にしておくんだ」

兄の言葉は私を興奮させた。せっかく見つけた宝物をむざむざ警察に渡すのは惜しいというのがむろん私の本音だった。私は重々しい表情をつくって頷いた。

翌日、私たちはバスで水上の街に出かけ、ガンマニア向けの書籍や雑誌を買い込んできた。その銃は米軍の制式拳銃のコルト・ガバメントだということがわかった。私たちは祖父から聞いたある話を思い出した。

第二次大戦末期、本土空襲に飛来した米軍の艦載機がこのあたりで撃墜された。パイロットはパラシュートで脱出した。高平山の頂上付近に降りたのを確認した村人たちは勇んで山狩りに出かけ、山頂直下の洞窟に隠れていた米兵を捕らえて軍に引き渡した。

その洞窟が私たちが〈総司令部〉を置いていることの洞窟だったと兄は結論づけた。抵抗すれば殺されると思ってその米兵は銃を捨てて投降し、村人たちは洞窟内を点検もせずにその場を離れた――。兄はそう推理した。私もそれが妥当な線だと思った。

私たちは本や雑誌から拳銃のメカニズムを学び、その銃を分解し、清掃し、また組み立て直すことができるようになった。泥を落とし、紙やすりで丁寧に磨き上げると、錆《さび》だらけだった鋼鉄の塊は惚れ惚れするほど美しい武器に生まれ変わった。

弾倉には九発の実包が入っていた。私たちは一発だけ試射してみることにした。兄はスライドを引いて初弾を装塡し、洞窟の壁に向かって両手で銃を構えた。射撃姿勢についても雑誌のグラビアで研究し、私たちは何度も繰り返し練習していた。

兄は深呼吸をしてから静かに引き金を引いた。銃口から赤黒い炎が迸《ほとばし》った。洞窟の壁の一部が岩屑となって飛び散った。音というより耳のなかでなにかが爆発したような衝撃に襲われた。兄が顔を歪めてなにやら叫んでいたが、私にはその声がまるで聞こえなかった。

銃口から白い煙が上がっていた。洞窟のなかは硝煙の臭いでむせるようだった。目の前の壁には拳大の窪みができていた。四五口径の大型拳銃の反動は強烈で、兄はそのとき手首を軽く捻挫《ねんざ》した。密閉された空間での射撃音は私たちの聴覚を痛めつけ、それから二時間ほど二人は手真似で会話するしかなかった。

私たちはその銃にグリースをたっぷり塗り込んで、持参した古新聞紙で包み、さらにビニールシートとガムテープで厳重に梱包して、また洞窟の奥の窪みに隠した。

5

それから一年後、私が中学へ、兄が高校へそれぞれ進学した年の五月、私たちは尾瀬の至仏山に登った。兄と私の山歩きの趣味はすでに高平山では飽き足らなくなっていた。私たちの故郷には二〇〇〇メートル前後の名峰がいくつもある。私たちはその峰々のすべてに登頂する計画を立て、その第一歩となったのが春の至仏山だった。

むろん父がそんな計画を許すはずがない。当時町会議員だった父は、そのとき海外視察という名目の物見遊山でヨーロッパへ出かけていた。私たちはその隙を狙って果敢に行動し、アプローチの楽な鳩待峠《はとまちとうげ》からではなく、湯《ゆ》の小屋《こや》温泉からのバリエーションルートを踏破した。

なんなく征服した至仏山の頂上で、強い直射日光と残雪からの反射光で真っ赤に焼けた顔に奇妙に思い詰めた表情を浮かべ、兄は唐突に私に言った。

「おれは死ぬまでおまえの味方だ。おまえだってそうだろう？」

不意を突かれた私はただ黙って頷いた。周囲にたむろする登山者たちの耳を憚るように、兄は声を落としてさらに続けた。

「もしおまえが誰かに殺されたら、おれはあの拳銃でそいつを撃ち殺す」

「ああ、僕だってそうするよ」

初の二〇〇〇メートル峰登頂で高揚した心のままに私は答えた。もちろんそんなことが現実に起きるとは信じていなかった。私にすればあくまで架空の話にすぎなかった。しかし私はそうした空想を好むたちでもあった。兄は自分に言い聞かせるようにさらに続けた。

「もし母さんを殺したやつが誰だか突き止めたら、やはりおれが仕留めてやる。もしそれがあいつだったとしても――」

兄の言う「あいつ」が父であることは自明だった。そのころ兄を事業の後継者にしようと画策していた父と、それを拒絶する兄の確執は極限に達していた。父の意に従って故郷に残ることは兄にとっては死を意味する事態だった。その兄の言葉を、そうした追い詰められた状況での抑えがたい怒りの表現だと私は受けとった。

その思い出の品はいまも同じ場所にあった。あのころと比べればはるかに大きくなった体で窪みにもぐり込むのは辛かったが、なんとか手を伸ばしてそれを取り出した。梱包を解き、グリースの染みた古新聞紙を開く。あのときの記憶のままのコルト・ガバメントがヘッドランプの光の下で鈍い光沢を放っていた。

それを手にして洞窟を出た。眩しい外光の下で分解し、グリースを拭きとり、また組み立て直し、メカニズムの動作をチェックする。トラブルはなさそうだった。弾倉には八発の実包が残っていた。

スライドを引いて初弾を装填する。沢床へ降りて、先ほど飲み終えたコーヒーの空き缶を手近な岩の上に置く。アメリカへの取材旅行の際、私は公認の射撃センターでたびたび実弾射撃のトレーニングを積んでいた。

十歩ほど離れて両手撃ちで引き金を引いた。鋭い銃声が空気の斧のように鼓膜に突き刺さる。四五口径ACP弾の重い反動を上へ受け流す。缶はひしゃげて宙に舞った。

本体にたっぷり塗っておいたグリースが外気を遮断して、弾倉内の実包の劣化を防いだのだろう。威力は新品と比べかなり減じているように感じられたが、それでもまだ十分な殺傷力はあると思われた。

残りの実包は七発になった。もうこれ以下に減ることはないだろう。あの至仏山の頂上での兄との約束を現実のものにしようとは、いまも私は思っていない。この銃は私にとって武器ではなく、父との闘いに赴く自らの魂の護符のようなものだった。兄の死の真相に至りつくまでの孤独な道程で、それは私の臆する心を鼓舞してくれるはずだった。

兄の記憶が凝縮した重さ八五〇グラムの鋼鉄の塊をデイパックの奥に仕舞い込み、私は思い出の〈総司令部〉をあとにした。

第三章

1

実家の庭の車寄せにパジェロを乗り入れたときは午前十一時を過ぎていた。

陽はすでに頭上に高く、屋敷の裏手の杉林で沸き立つアブラゼミの声が脳味噌を掻きむしるように喧《やかま》しい。

隣接する鶏舎から賑やかな鶏の鳴き声とともに鶏糞と飼料の臭いが風に乗って流れてくる。父が言ったように、たしかに子供のころと比べれば臭気は穏やかだ。しかし私の生理的嫌悪感は当時と変わらない。鶏たちに罪はない。私が嫌悪したのは臭いというよりそれが絶えず漂っていた家そのものなのだから。

背後で玉砂利を踏む音がした。振り向くと玄関の前に水平二連の猟銃を手にした父がいた。その銃口がまっすぐ私を捉えている。電気に触れたように心臓が飛び跳ねた。

「なにしにきた、章人?」

警戒心と当惑が入り交じった表情で父は訊いた。

「自分の家へ帰っちゃまずいの?」

鳴り止《や》まない鼓動を押し隠し、私はさりげなく切り返した。父は軽く鼻を鳴らし、銃口を地面に向けた。

「親不孝者の雄人が死んで以来、おまえは一度も家に寄りつかなかった。親子の縁を切りたがっているのはそっちだろう」

「それで、そんな危ない道具を持って追い払いに出てきたわけ？」

黒光りする猟銃を目で示すと、父は尾筒を開いて私に示した。薬室に実包は装填されていない。

「たまたま手入れをしていたところへおまえが来たんだ。見慣れない車だな。いつ買ったんだ」

父は猟銃を手にしたままぶらぶら歩み寄ってくる。紺のジャージ、素足にサンダル。休日でもないのに仕事をしている様子がない。かすかにアルコールの臭いが漂った。私の知る限り、父に昼酒の習慣はなかった。

殺伐とした感情が胸をよぎった。兄が死んでからの六年の歳月は、父から確実になにかを奪い去っていた。当時と比べ頰は削《そ》げ落ち、目の下の肉もひどく弛《たる》んでいる。問いかける口調にも覇気がない。年に何度かの電話では気づかない変化だった。そんなことへの戸惑いに心のガードがつい下がる。

「去年買い換えたんだ」

「いい車だな。高かったんだろう。仕事は順調なのか」

「独り身の人間が食っていく分にはお釣りが来る程度かな」

「金を無心にきたわけじゃないんだな」

父は感情の乏しい笑みを浮かべた。それでも皮肉な言葉の背後に会話を楽しんでいる気配が読みとれた。私は心のなかで身構えた。

「大学を出てから、親父に金をせびったことが一度でもあったか」

「それを親孝行だと思えと言いたいわけか。まったく。雄人もおまえも同じ穴の狢《むじな》だな」

父は鋭く吐き捨てた。突き放すように私も応じた。

「感謝してもらわなくてもいいよ。こっちは好きでそうしただけだから」

いまさら父との関係を修復しようとは思わない。その心をつぶさに観察するには然るべき間合いが必要だ。そんな内心の注文に応じるかのように、父は持ち前の棘のある厭味を返してくる。

「おまえも兄貴と同様、好き勝手な人生を送って、由緒ある深沢家の血筋を絶やそうというわけだ」

血筋は絶えていないと言ってやりたかったが、その思いは胸に仕舞い込んだ。死の直前に兄が結婚していたことを父は私に隠している。そして残された妻の深沢朱実に兄の血を受けた五歳の息子がいることを私は知っており、たぶん父は知らない。

「親父のほうこそ金回りがよさそうじゃないか」

私は庭の奥のガレージを目で示した。兄の葬儀のときには見かけなかったシルバーグレイのベンツ。その隣には真っ赤なアルファロメオ。そちらはヨーロッパかぶれの義母淑子の愛車だろう。ガレージも建て替えたようで馬鹿に真新しい。あちこち傷みの目立っていた母屋も、外壁から屋根瓦、窓枠や玄関の引き戸まで新築同然にリフォームされている。鶏舎のいくつかもここ最近建て替えられているのがわかる。

「必要な経費をかけているだけだ。あれこれやりくりしながらな。車も建物も時間が経《た》てばいかれてくる。しかし問題なのは人間だ。これぱっかりはガタがきたからってリフォームも買い換えもできないからな」

自らガタがきたというその体を宥《なだ》めすかすように、父は腰に手を当てて上体をゆっくり揺すった。

「上がれ。飯はまだなんだろう。こっちもそろそろ昼飯の時間だ」

「追い返さないの？」

妙に歯応えのない応対ぶりに戸惑って挑発を試みると、父は唇を歪めて軽く受け流す。

「わざわざ射程内に飛び込んできた獲物を追い払う猟師がいるか」

父にしては気の利いたジョークというべきだ。ついそのペースに乗りかけて、心の手綱を握り直した。騙されるなよという兄の囁《ささや》きが耳元で聞こえたような気がした。

2

リフォームされたのは家の外観だけではなかった。玄関を入ると、内部は破壊的なまでに様変わりしていた。

味わいのあった白漆喰《しっくい》の壁はペイズリー柄のクロスに、磨き込まれた檜張《ひのきば》りの廊下は人工的な光沢のフローリングに張り替えられている。コンクリートを打っただけだった三和土《たたき》には赤御影石《みかげいし》のタイルが敷き詰められ、造りつけの靴箱はイタリアのモダンファニチャーまがいで、天井にはポストモダン風のひねくれたデザインのペンダント。靴箱の上の壁にはベネチアを題材にした聞いたことのない画家の大判の油絵――。

得体の知れない異物を呑み込んだような気分で突っ立っていると、先に廊下に上がった父が言う。

「気に入らん顔をしてるな」

「親父の家なんだから、おれがとやかく言う筋合いの話じゃない」

「いずれはおまえのものになる」

「跡を継げばという話だろう。残念だけどその気はない」

「勝手にしろ」

父は投げやりに言って背中を向け、猟銃を肩に提げてさっさと奥へ歩き出す。編み上げのトレッキングブーツを脱ぐのに手間どるうちに父の姿は見えなくなって、私を呼ぶ声だけが聞こえてきた。

「早くしろ。新棟の食堂だ」

父の声の方向へ廊下を進む。初めて訪れた家のような違和感にとらわれた。障子や襖で仕切られていた各部屋も、クロス張りの壁と木製のドアに模様替えされていた。庭に面した廊下のガラス戸も木枠の引き戸からアルミサッシに変わっていた。まだそれなりの風格を残す入母屋《いりもや》造りの外観とのあまりの齟齬《そご》に頭が痛くなる。趣味の良し悪しは別として、多額の金がかかっているのは間違いない。

廊下の突き当たりで左に折れると、父の言う新棟への渡り廊下がある。義母の牙城のその洋館一階の東側半分は事務所になっており、女性事務員の掛井《かけい》と専務の古田《ふるた》、副社長の義母、社長の父の机がある。掛井と古田はどこかへ出かけているらしい。義母は養鶏業にはまるで関心がなく、机は単なる飾りにすぎない。父にしても事務所へは取引先との商談の際に足を運ぶくらいで、現場のことはほとんど古田に任せていると聞いている。

その事務室と壁一つ隔てた一角が二十畳ほどのリビングダイニングだ。こちらはとくに手を加えた様子はない。ロココ調の家具調度の歯の浮くような華麗さに辟易《へきえき》しながら足を踏み入れると、ジャージ姿の父は田舎の暇人然として猫足の白大理石のテーブルに陣どって私を待っていた。

頭上には育ちすぎた葡萄《ぶどう》の房のようなシャンデリア。壁面のアルコーブや飾り棚には義母が買い集めた種々雑多なヨーロッパの骨董品——。そのミスマッチが父と義母の結婚以来の力関係を象徴しているようで、どこか痛々しくもある。

渋い顔で煙草をくゆらせる父の傍らには先ほどの猟銃と散弾の実包が転がっている。子供のころ、私や兄を呼びつけて小言を言うとき、父は手入れと称してこれ見よがしに猟銃をいじり回していたものだった。それは幼かった私の心に鋭い威嚇《いかく》の効果をもたらした。

「あの人は?」

問いかけると、父はため息まじりに吸いさしの煙草を灰皿で揉み消した。

「母さんと呼びたくないんならそれでもいいが、名前くらいは呼んでやったらどうだ」

私はその言葉を黙殺した。苦虫を嚙み潰したような顔で父は続けた。

「三日前から欧州旅行だ。イタリアとフランスを回って、またわけのわからん骨董品を買い集めてくるらしい。帰るのは二週間後だ」

義母の不在は私にとって幸いだった。父と差しで話せる時間がそれだけ多くなる。目論んでいる探し物も人目につかずにやりやすい。そんな思惑をポーカーフェイスで押し隠し、私はからかい気味に問いかけた。

「猟銃片手に、親父は寂しく番犬役というわけか」

「まあ、そんなところだ」

父は馬鹿に素直に頷いた。

「家事はどうしてるんだ」

父は問いには答えず、二階へ続く階段に向かって声をかけた。

「おーい。佳代《かよ》さん」

「はーい」

上から明るい声が返り、スリッパで床を踏む音がして、エプロン姿の婦人が降りてきた。

「ひょっとして章人お坊ちゃんですか?」

階段の途中で立ち止まり、婦人は驚いた様子で問いかける。その姿を見て不思議な感覚にとらわれた。いまは亡き母の印象がそこに重なった。顔立ちが似ているわけではない。年齢も記憶のなかの母よりはるか上だ。髪は明るい栗色に染めているが、目尻や口元の小皺を見れば六十歳前後と見受けられる。母が生きていればいまそのくらいのはずだった。

母と共通するのは快活な心の動きを映したような瞳の輝きと、しゃんと背筋を伸ばして動じない芯の強さを感じさせる物腰、はきはきと耳に心地よい声の響き——。しかしそれ以上に心を惹かれたのは、初対面の私に示したある種の共感を伴う好奇心だった。むろんこちらが勝手にそう感じたにすぎないが、私はそれを説明しがたい確信とともに受け止めた。

「ああそうだ。どういう気まぐれを起こしたのか、六年ぶりに顔を見せやがった。こちらは今年の春から家政婦として住み込んでもらっている及川《おいかわ》佳代さんだ」

紹介する父の口調には珍しく好意のようなものが感じられた。真里子叔母の存命中はあれほど家政婦を雇うのを嫌った父も、彼女の死後は家事嫌いで外出好きな義母の要求で方針を転換した。しかし狷介な父とわがまま放題の義母を相手に仲良くやれる人間はそうはおらず、その大半が半年も経たずに辞めていった。最近の事情は聞き及んでいないが、父の性格が丸くなったのか、あるいは佳代さんの人柄のせいなのか、二人の関係はいまのところそう悪くはみえない。

「初めまして、及川です。旦那様からいろいろ伺ってるんですよ。お写真も見せていただいたの。お小さいときのですけどね。でも面影が残っていて、すぐにわかりましたよ」

佳代さんは階段を降りてテーブルに歩み寄ってきた。その佇まいから滲み出る輻射《ふくしゃ》熱のような温もりに、私と父のあいだのこわばった空気が緩んだような気がした。言葉には群馬の訛りが感じられない。

「初めまして。章人です。父がお世話になっているようで」

無意識に義母に言及しなかった私の返事を訝るでもなく、佳代さんは屈託のない調子で応じた。

「いいえ、私のほうこそ皆さんによくしていただいて。よその土地の人間なものですから勝手がわからなくて、いろいろ失敗ばかりしてるのに」

「よその土地というと？」

「東京です。小石川に住んでたんです。一昨年夫に先立たれましてね。子供がいないものですから、都会の一人暮らしというのもわびしくて。自然が豊かで人情味のある土地で暮らしたいと思っていたところへ、こちらで家政婦を求めてらっしゃるというお話を伺ったんです。懐かしかったんですよ、この土地が。夫も私も山が好きで、谷川岳や尾瀬によく一緒に遊びにきてたんです。章人さんは山の関係の記事を書かれるんですって？　しばらくいらっしゃるんでしょ。時間があったらいろいろ面白いお話を聞かせてください。あらあら、勝手なお喋りばかりして、そろそろお昼じゃないの。すぐにお食事の用意をしますから、ごゆっくりしててくださいね」

慌てて台所へ向かおうとする佳代さんを父が呼び止める。

「いや、佳代さん。放蕩《ほうとう》息子がせっかく帰ってきたんだ。きょうは寿司にしよう。いつものところから特上寿司を三人前とって、ついでにビールを何本か冷やしといてくれ」

父もなにかの魔法にかかったように佳代さんの前ではすこぶる機嫌がいい。私の記憶のなかの両親の夫婦仲は険悪で、二人のあいだには絶えずぴりぴりした緊張が走っていた。父も私同様、佳代さんに死んだ母に繋がるなにかを感じているのだとしたら、そのあまりに開けっぴろげな態度が逆に解《げ》せなかった。

母は父によって殺された――かつて兄が抱いたあの疑惑は、やはり少年の過剰な想像力が生み出した幻想にすぎなかったのか。あるいは父が受ける佳代さんの印象は私とはまったく異なるものなのか。それとも父と母のあいだにはまだ子供だった私にはわからない深い心の絆があって、その記憶が気難しい父の気分をここまで和らげているのか――。私は答えが見出せなかった。

3

豪華な象嵌《ぞうがん》が施された白大理石のテーブルで、水上駅前の贔屓《ひいき》の店から出前をとった特上寿司の桶を挟み、私は父と六年ぶりに食事をともにした。父は佳代さんの分も含めて三人前にしたつもりらしいが、彼女は使用人の身でそれは僭越《せんえつ》だと同席を固辞し、母屋にいるから用事があれば携帯で呼んでくれるようにと言って部屋を出て行った。

開け放った窓からは高原の涼風が吹き込んで肌に心地よい。父は仕事や暮らし向きについてあれやこれやと質問してきた。商売上の軋轢や金銭面での苦労話を引き出して、そんなことはやめて故郷へ帰り、家業を継いで安穏に暮らせと説得にかかるのが電話のやりとりでの父の常套《じょうとう》手段だった。そんな手の内がみえていたから、私は仕事がすこぶる順調で、生活になんの不都合もないことを強調することに腐心した。

私がその手に乗らないのを察知すると、父は身辺の諸々について愚痴をこぼし出す。高血圧と痛風で昔のように体の無理が利かないこと。事業のほうも鳥インフルエンザ対策に金がかかるうえに、感染を嫌って辞めていく従業員が増えてきて、その補充もままならないこと。義母は株と骨董品集めに夢中で養鶏場には近寄りもせず、専務の古田は高齢で、現在の事業規模を維持するのが人材面からも困難になりつつあること――。

「だったら事業をやめればいい。余生を遊んで暮らせるくらいの資産はあるんだろう」

ビールの酔いも手伝って軽い調子で私は言った。ほんのり紅潮していた父の顔が青ざめた。それは父特有の怒りの兆候だった。

「養鶏は祖父さんの代から続いた家業だ。それを県内有数の規模に拡大したのはおれの力だ。それが江戸時代から続く深沢家の家名を支える屋台骨なんだ。おまえは自分の身勝手でその名門の系譜を断とうというのか」

手にしたビールのグラスが震えている。いかにも気力を喪失しているようにみえた父が、いまもそこまで事業に執着していたのが意外だった。

「おれと親父はうまくやっていけない。きょうまでの人生で、お互いそれはわかっているはずだ。たとえホームレスになってもこの家には戻らない」

私は穏やかに言った。それはすでに何度も父に告げ、いまも父が受け取ることを拒否している訣別《けつべつ》の言葉だった。声を押し殺して父は身を乗り出す。

「おれがおまえたちになにをした。世間に恥じることのない暮らしをさせて、立派に大学も出してやった。いうなれば先行投資だ。おれにはそれを回収する権利がある」

「親父はいつもそれを言う。おれも兄貴も人間じゃなく商品なのか」

「役に立たないなら商品以下だ。雄人はまさしく屑だった。おまえはあいつよりはいくらかましだと思っていた」

「本当に兄貴は親父になにも残さなかったのか」

微妙なことを口走ったと後悔したが、すでに遅かった。父は鋭く問い返した。

「どういう意味だ。どこかの馬の骨にくだらん話を吹き込まれたんだろう。それを真に受けて、下種《げす》の勘ぐりでおれの腹を探りにきたというわけか」

会う前からきこしめしていたアルコールのせいもあったかもしれない。馬脚を現したのは父だった。しかし衝撃を覚えたのは私のほうだ。父が過敏に反応したのが兄の死亡保険金のことなら、それに連なるおぞましい疑惑も信憑性《しんぴょうせい》が高いことになる。

「馬の骨って誰のことだ。くだらん話ってのはどういう話だ」

空とぼけて訊くと、父は慌ててビールを一呷《ひとあお》りした。

「くだらん噂を撒き散らすやつはどこにでもいる。一般論として言っただけだ」

父がわざわざ開いてくれた突破口をみすみす見逃す手はない。私は用心深く問いかけた。

「親父。兄貴のことでなにか隠してることがあるんじゃないのか」

「勝手に死んだ馬鹿のことはもう忘れろ。おれの余生は残り少ないが、おまえにはまだまだ長い未来がある」

父はふてくされたように横を向いた。私は迷わず踏み込んだ。

「誤魔化さないでくれ。なぜ兄貴に生命保険をかけた」

「なんの話だ」

父は木で鼻を括ったように問い返す。動じた様子がないのが意外だった。私はむきになってたたみかけた。

「結構な額の死亡保険金を受け取ったんじゃないのか。なぜおれに黙っていたんだ」

「そんなくだらんデマをどこで拾ってきた。大方、出どころはおまえの頭の悪い同級生あたりだろう」

父は鼻で笑って煙草に火を点けた。地元との関係を絶っていた私の耳には入らなかっただけで、弁護士の楠田がもたらした特ダネは当地ではありふれた噂のようだった。私はその言葉尻に食い下がった。

「火のないところに煙は立たないっていうじゃないか」

「いいか、章人。おまえはおれ以上に雄人の性格を知っている。自分の命をかたにおれに金を残そうなどという了見をあいつが持つと思うか。手に負えない屑だったが、あの頑固さにはおれだって一目置いていた。あいつはおれを助けようともしない代わりに、おれに泣きつくこともしなかった。自殺しなきゃならんほど金に困っていたんなら、おれだって多少の手は差し伸べられた。親子というのはそういうものだろう――」

父は空いたグラスを突き出した。新しいビールを注《つ》いでやると、それを一息に飲み乾してまた語り出す。

「しかしあいつはおれに電話一本寄越さず、実家と目と鼻の先で勝手に自分の命を絶った。

顔に泥を塗られたのはこっちのほうだ。おれは金策に行き詰まって苦しんでいた息子を見殺しにした強欲親父にされたんだ。保険金がどうのこうのというくだらん噂まで近在に広まった。命をかたに金を残すどころか、あいつはおれに復讐して死んでいったわけだよ」

「復讐？」

唐突な話に驚いて口に含んだビールにむせた。少年時代の兄の言葉が蘇る。残雪の至仏山の頂上で兄は誓った。もし母を殺した犯人を突き止めたら、たとえそれが父だったとしても自分の手で仕留めてやると——。

「死ぬまであいつはおれを逆恨みしていた。好きで選んだゴミ溜めを這いずり回るような人生を、すべておれのせいだと勘違いしてやがった」

父は平然と言い放つ。不審な気配を感じながら、私はさりげなく問いかけた。

「死ぬ前に、兄貴となにか話したのか」

父は慌てたように首を振った。

「なにも話していない。おまえもよくわかっているだろう。雄人とは長いあいだ絶縁状態だった。あいつの消息はおまえからの又聞きで知っていた程度だ」

「兄貴はなぜ藤原ダムを自分の死に場所に選んだと思う」

私はもう一つの疑惑に水を向けた。

「だからおれに対する嫌がらせだよ」

「兄貴は自殺したんじゃなくて、誰かに殺されたという噂については？」

「そんな話まで吹き込まれたのか。いったいどこの誰から聞いたんだ」

弁護士の楠田のことも深沢朱実のこともまだ伏せておくべきだ。そんな話をここで父の耳に入れたら、逆上してどんな行動に走るかわからない。私は嘘をついた。

「親父の推察どおり、高校時代のクラスメートだよ。東京で偶然遇《あ》ったんだ」

「ふざけやがって。誰なんだ、名前を言え。おれの力でそいつの一家を二度とこの土地に住めなくしてやる」

父は大理石のテーブルを拳で叩き、さも痛そうに顔をしかめた。

「言えない。そういう約束で聞いた話だから」

私は大きく首を振った。父は苦い表情で身を乗り出した。

「なあ、章人。あいつがふざけた死に方をしてくれたせいで迷惑を蒙《こうむ》ったのはおれなんだ。そんなくだらん噂のせいで、一時は商売にも支障が出た。寄る年波のおれを鞭打つようなことはもうやめてくれ。あの事件は自殺ということで警察がけりをつけたんだ。たとえ誰かに殺されたとしても、種はあいつが蒔いたんだ。自殺だろうが他殺だろうが、おれにとってはどうでもいいことだ。それとも雄人を殺したのはおれだとでも、そいつは言いやがったのか」

「そこまでは言ってないよ」

「くそ！　はっきりは言わなくても、ほのめかすくらいはしたんだろう。それは土地の名家の深沢家への嫉《ねた》みだ。どいつもこいつも昔はうちの小作人だったくせに。連中がこの土地で生きながらえているのは深沢家あってのことだ。いまじゃその恩義をすっかり忘れてやがる」

激しい感情の動きが、失せていた父の生気を蘇らせていた。それはなにかを隠蔽《いんぺい》するための煙幕なのか、本物の怒りなのか、私の読みは混乱した。兄にかけられた生命保険のことを父はデマだと切って捨てる。では深沢朱実が弁護士の楠田に語った、兄の死後に生保会社の調査員が訪れて、その死因についての心証を訊ねていったという話は嘘だったのか。

しかし虚偽の事実をもとに兄の死を他殺として告発しても、すぐにばれるくらいのことを楠田は十分承知のはずだ。楠田自身も事実関係を明確にするために、深沢朱実の承諾を得て生保会社に問い合わせたというが、個人情報保護を楯に向こうは事実の開示を一切拒否したらしい。しかし私が会ったときの楠田の態度からは、朱実に対する全幅の信頼が感じとれた。経験豊富な弁護士なら、そこに不安を感じれば依頼を断るのが普通だろう。

兄が愛した最後の女性。そして死んだ兄への思いからいまも深沢姓を名乗り、二人のあいだに生まれた息子を愛情をもって育てている女性――。その話を聞いて以来、私の心情も深沢朱実の側に傾いていた。しかしそれだけで父の主張を嘘だとは決めつけられない。それを明らかにするのは本来は楠田の仕事だが、適任なのはたぶん私のほうだった。

父との六年ぶりの食事はけっきょく気まずい気分で終えた。それでも父に私を追い返そうという意思はないようだった。紅葉シーズンに向けた奥上州の山々の情報収集という口実で何日か逗留したいと告げると、父はそれを和解の糸口と受け取ったらしく、そこそこに機嫌を直し、佳代さんを呼んで母屋に私の寝間をしつらえるよう指示をした。

4

その夜、私は計画どおり、小さな悪事を働くことにした。

父も佳代さんも寝入った午前零時過ぎに起き出して、母屋の二階にある父の書斎に忍び込んだ。

天井の明かりを点すと、幼い時分から見慣れた光景が目に飛び込んできた。あの暴力的なリフォームの手はここまでは及ばなかったようで、黒光りする檜張りの床も、渋い砂摺《すなず》りの壁も、無垢の楢《なら》材を惜しげもなく使った建具も健在だった。

読書家とはほど遠い父にさほどの蔵書があるわけではない。六畳ほどの板張りの洋間には壁一面を埋める造りつけの書棚があるが、そのほとんどは読みもしないで溜め込んだ町議時代の議会資料や養鶏組合関係の資料の束で埋まっている。別の壁面には町議会や養鶏組合から贈られた賞状の数々が大袈裟な額に収めて飾られ、傍らのキャビネットには金ぴかの記念品やトロフィーの類がずらりと並んでいる。

それは父が生きた小さな世界で、自分がひとかどの人物だったことを証《あか》す化石資料のようなものだった。私の記憶では、父がここで仕事をすることはまれだった。少年時代、私と兄は父の留守を見計らって侵入し、日ごろの腹いせに溜め込んだ資料のあちこちのページを千切りとり、近所の家の山羊《やぎ》のおやつに進呈したものだった。しかし父は一度もそれに気づかなかった。

東に面した窓辺にこぢんまりした机がある。私の侵入のターゲットはその袖のいちばん下の抽斗にある。錠はかかっているが、その鍵の隠し場所を私は知っており、それを父が十年一日変えないこともわかっていた。

机の上の鴨居《かもい》の裏に手を差し込むと、小さいが重みのある鍵が手に触れた。それを指先で摘み取り、鍵穴に差し込んで捻ると、コトリと音を立てて錠は外れた。

なかにあるのは新しいものから古いものへと順に並んだ十数冊のバインダーだった。少年時代の二人の侵入者は当時その中身がなんだかわからなかったが、それでもなにか重要なもののような気がして、山羊のおやつにするのは控えた記憶がある。それが父個人の確定申告関係の書類だと気づいたのは、自由業の身になって自分も申告をする立場になってからだった。

背表紙には父の筆跡で年度の数字が書いてあり、それぞれに五年分ずつ収めてあるのがわかる。兄が死んだ六年前のものを含むバインダーは手前から二冊目だ。抜き取って開くと、申告書の控えとともに医療や保険関係の証票のコピーが几帳面に綴《と》じてあった。

父がもし兄の死亡保険金を受取っていたとしたら、一時所得として確定申告の対象になる。それは申告書に必ず記載されているはずで、それを発見すれば、父が保険金を受けとった明白な証拠になる。

目的の申告書の控えはその綴《つづ》りのいちばん最初にあった。左上部の所得金額の欄に目を走らせる。給与所得、雑所得、配当所得の欄には相応の金額の記載があるが、一時所得の欄は空白だった。つまりゼロ――。思わず目を擦《こす》る。もう一度見直しても桝目《ますめ》はやはり空白のままだ。

その年度の父の収入は給与所得、雑所得、配当所得合わせて約二千二百万円で、そこから諸々の控除を差し引いた課税所得が約千七百万円、納付税額は四百万円弱となっている。

続く年度の控えも確認してみる。どれもほぼ同様の数字だ。兄の死後、父の所得に大きな変動はない。そのいずれにも三月下旬の日付で沼田税務署の検印が押してある。兄の死亡保険金にまつわる噂がデマだという父の主張は正しいことになる。

父が仕組んだ保険金殺人という、実の息子として堪えがたい疑念は晴れた一方で、別の疑念が重くのしかかる。深沢朱実の語った話はやはりでまかせだったのか。あの実直そうな楠田まで巻き込んだ狂言だとしたら、その意図はいったいなんなのか。兄の葬儀の日、自分を排除した父への復讐なのか。だとすればあれほど足を遠ざけていた実家へ好きこのんでやってきた自分もまた、その狂言の舞台に図らずも立たされた道化ということになる。

動揺する心のままに立ち尽くしていると、乱暴に階段の踏み板を鳴らす足音が聞こえてきた。夜中にそんな音を立てる傍若無人な人間はこの家には父以外にいない。

緊張に身を硬くしながらバインダーを抽斗に戻し、施錠して鍵をもとの場所に置く。明かりを消してドアをわずかに開け、その隙間から階段のほうを覗いてみた。

常夜灯のほの暗い光のなかにパジャマ姿の父がいた。手にはあの猟銃――。冷え冷えとした恐怖が背筋を走る。私が子供のころ、深夜庭に忍び込んできた浮浪者に父は発砲したことがある。幸い弾は当たらなかったが、そのときの浮浪者の恐怖に歪んだ顔を私はいまも覚えている。

「誰だ？　そこでなにをしている？」

鋭く問いかける父の声が静まり返った廊下に谺する。そのとき目の前の暗がりを小柄な人影が駆け抜けた。

「どうなさったんです、旦那様？」

歯切れのよい女性の声が耳に飛び込んだ。花柄のパジャマを着た佳代さんが動じる様子もなく父の前に立っていた。

「あんたなのか、書斎にいたのは？」

当惑したように父が問いかける。

「はい。部屋で寝ていたら書斎で物音がしたものですから、なんだろうと思って覗いてみたら誰もいませんでした。ネズミじゃないのかしら。二日くらい前に裏庭で大きなのを見かけましたから」

佳代さんはあっけらかんとした口調で答える。その調子につられたように父の緊張も緩んだ様子だ。

「だったらいいんだが、危なくあんたを撃つところだったぞ」

佳代さんは父の手元の銃に目を向けて、いかにも驚いたように声を上げた。

「まあ、そんな物騒な道具をお持ちになって――」

「いや、いまどきの世間のほうが物騒だ。片田舎だといっても安心はできない。あんたこそ家のなかでおかしな様子に気づいたら、自分で動かずに真っ先におれを呼んでくれ」

父の声には気味悪いほどの情がこもっている。差し水をするように佳代さんはあっさりと応じた。

「せっかくお休みになってるのに、起こすのも申し訳ないと思ったものですから」

「いや、今夜はなんだか寝つかれなくてね。外の空気にでも当たろうと庭に出たら、書斎に明かりが点いていて、なかに人影が見えたもんだから」

「それは私ですよ。ご心配をかけて済みませんでした。でももう大丈夫ですから、どうかお休みになってください」

「そうしよう。明日は朝一番で人が来るんだ。あんたも朝は早いんだから、もう寝なさい」

父は生欠伸《なまあくび》を嚙み殺しながら猟銃を肩に階段を降りていく。その背中に「お休みなさい」と声をかけ、佳代さんは落ち着いた足どりでこちらに戻ってくる。私は慌ててドアを閉じ、高鳴った鼓動が落ち着くのを待った。

不思議な気分だった。佳代さんは私が書斎に忍び込むのに気づいていたらしい。そしてとっさの機転で私を巨大なネズミに仕立て上げ、一つ間違えば父の猟銃の餌食《えじき》になったかもしれない窮地から救ってくれたわけだった。まるで志をともにする盟友でもあるかのように――。

佳代さんの足音が途絶えるのを確認し、さらに五分ほど待ってそっとドアを開けた。忍び足で廊下に出て、そのまま階段に向かおうとすると、背後で引き戸が動く音がした。ぎくりとして振り向くと、佳代さんが書斎の斜向《はす》かいの六畳間から顔を覗かせて、あの柔和な笑みを浮かべていた。そこが彼女の私室だとは知らなかった。

「章人さん――」

佳代さんは囁くような声で言った。

「急《せ》いてはことを仕損じる――。なにごとも慎重にね」

それは生前の母が私たちをたしなめるときの口調に似ていて、私は返す言葉を思いつかなかった。佳代さんはまた軽く微笑んで静かに引き戸を閉めた。私は金縛りに遭ったようにその場に立ち尽くした。

5

翌朝、散歩を装って家を出た。集落の外れの藤原湖の湖岸に出て、名刺にあった楠田の携帯電話の番号をダイヤルした。

あの申告書のことが頭に居座わって、昨夜はほとんど寝つかれなかった。時刻は午前七時。

たぶん営業時間外だろうが、楠田が寝ていようと起きていようとこちらはかまわない。

呼び出し音が十回ほど鳴って、留守番電話サービスの音声が応答した。連絡が欲しい旨のメッセージを吹き込んで、湖岸に沿った小道を所在なくぶらついた。

湖面を渡ってくる風はひんやりしているが、背後の山の端《は》から射し込む陽差しはすでに強く、きょうも残り短い命を惜しむように周囲の木立でセミの声が沸き起こる。

死亡保険金にまつわる父への嫌疑は晴れた。一方で立ち上がった深沢朱実の狂言疑惑。思いもかけない展開に思考のギアは空転するばかりだ。

昨晩の佳代さんの挙動もまた新たな謎だった。夜の食事のときも、私との気まずい空気を和らげようという意図か、父はしきりに同席を勧めたが、彼女はやはり婉曲にそれを断り、自分の食事は台所で済ませたようだった。けさ起き抜けに廊下ですれ違ったときも、ごく自然に彼女は挨拶をしてきたが、昨晩の事件がまるでなかったことのように、私に礼を言う暇も与えず忙《せわ》しなく台所へ走り去った。

しかし私が実家に帰った目的を知ってでもいるかのような、そして私の庇護者でもあるかのような、あのときの行動はどう考えても奇妙なものだった。さらに意味ありげに囁いたあの言葉。

〈急いてはことを仕損じる――。なにごとも慎重にね〉

そんな思考の迷路をとりとめもなくさまよっていると、ポケットの中で携帯の着信音が鳴った。通話ボタンを押して耳に当てると、まだ眠そうな楠田の声が流れてきた。

「先日はお世話になりまして。なにか新しい事実でも？」

「ええ。いま群馬の実家にいます。じつは例の死亡保険金のことで――」

昨日の昼の父とのやりとりと昨晩の侵入作戦の成果を聞かせると、楠田はしばらく沈黙した。返った答えは意外なものだった。

「近いうちに深沢朱実さんと会っていただけませんか。彼女がそんな他愛のない狂言で意趣返しするような人じゃないと信じていただけると思います」

私は当惑した。あれだけ明白な事実を突きつけられて、理にかなった説明はなにもなく、ただ信じろというのがプロの法律家のとる態度とも思えない。

「信じたいのはやまやまですが、確定申告書の記載を見る限り、父が兄の死亡保険金を受け取ったという事実はなかった。そこのところの説明が私にはどうしてもつかないんです」

楠田は動揺する気配もなく問い返す。

「ご実家は沼田税務署の管内ですね」

「そうです」

「委任税理士は」

「竹脇誠一《たけわきせいいち》。父の古くからの友人で、昔から事業のほうと父個人の税務の両方を担当しています。兄が死亡した年度の確定申告書の控えにも署名捺印がありました」

「連絡先はわかりますか」

「沼田市内に事務所を構えています。屋号は竹脇税理士事務所だと思いましたが、電話番号までは――」

「結構です。こちらで調べます」

「しかし、その件についてはもう結論は出たでしょう」

私は念を押すように言った。楠田はわずかに声を落とした。

「じつはそのことで、私も不審な思いがあるものですから」

「というと？」

「所得税高額納税者公示制度――いわゆる長者番付をご存知でしょう。プライバシー保護の流れでいまは廃止されていますが、過去の記録は簡単に調べられます」

「つまり――」

「お父上は当該年度の沼田税務署管内の長者番付に掲載されていなかった。一億五千万円の一時所得があれば、少なくとも納税額は二千万円を超える。公示制度では申告納税額が一千万円を超えた場合、氏名が公表されることになっています」

私はいよいよ楠田の頭を疑った。

「だったらなおさら父がそれを受け取ったという嫌疑は弱まるわけでしょう。それを知っていて、なおかつあなたは朱実さんの言い分を信じると?」

「そういうことです」

楠田は迷いのない口調で言い切った。私は苛立ちながら問い質した。

「その根拠は?」

「直感です」

「直感?」

「そうです。まず直感ありき——。弁護士という商売は一般に理屈で成り立っているように思われがちですが、じつは直感とか信頼というものがすこぶる重要な要素でして。仕事の方向のあらかたがそこで決まる。裏をとっていくのはそこから先です。彼女に会えば、たぶんあなたも考えを変えたくなると思います」

「しかし——」

反論しかけて私は言葉に詰まった。楠田の言葉には私には了解不能な、しかし職業上のはったりとは思えない自信が溢れていた。楠田が訊いてくる。

「そちらにはいつまでご滞在で」

ここまでの状況から考えて、もはや実家に長逗留する理由はない。

「そちらがお急ぎなら、明日にでも東京へ帰ります」

「わかりました。さっそく朱実さんと連絡をとってみます。とりあえず明後日ということでどうでしょう。日曜日で、彼女も時間をとりやすいと思いますので」

「それで結構です」

答えながら不思議に心がはやるのを覚えた。深沢朱実に対してここまで不利な事実を突きつけられてなお、彼女を信じるべきだという梃子《てこ》でも動きそうにない楠田の謎めいた信念に、私の心は却って強く惹きつけられた。

第四章

1

午後には帰京することに決めて、実家への道を辿っていると、背後からやってきた黒いワゴン車が私を追い越していった。

ボディに〈総和警備保障〉のロゴマークがある。ときおりテレビコマーシャルで見かける中堅どころの警備保障会社だ。車はしばらく走ったところで路肩に停車した。ドアが開いて、スーツ姿の恰幅のいい男が降りてきた。

「章人君じゃないか。久しぶりだな」

男は親しげに手を振った。どこかで見知った顔だが、とっさに思い出せない。不審な気分で歩み寄ると、男は胸ポケットから名刺入れを取り出した。

「あれからもう六年も経つな。おれもあんなところで雄人と最後の対面をするとは思ってもみなかったよ」

その言葉でやっと正体が判明した。勝又公也《かつまたきみや》。兄の高校時代のクラスメートで、事件当時は沼田警察署刑事課の主任だった。藤原ダムに兄の遺体が浮かんだとき、第一陣で現場に駆けつけ、身元を特定して実家の父に一報を入れた人物だ。

「ああ、その節は」

差し出された名刺を受け取ると、肩書きに〈総和警備保障高崎支社長〉とある。

「転職されたんですか」

「そうなんだ。あの事件のあと、すぐに下仁田《しもにた》署に飛ばされてね。本部への異動を願い出てたんだが、上があっさり無視しやがった。このままドサ回りの刑事を続けても一生うだつが上がらないと見定めて、迷わず商売替えをしたわけだよ」

「その後は順風満帆のようですね」

名刺と勝又の風采を見比べながら私は言った。太めの胴回りにぴたりとフィットしたオーダーメイドらしいベージュのサマースーツ。ネクタイとベルトはイタリアのブランド物で、きれいに撫でつけたオールバックの髪の下のえらの張った顔も、金回りのよさを暗示するように血色がいい。

生前の兄とはそれほど交友がなかったはずだった。高校では兄と同級だったが、勝又は沼田市内の生まれで幼馴染みというわけではない。私も兄と同じ高校に進学したが、三歳違いの兄と勝又はそのときすでに卒業していて、私自身は面識がなかった。

初めて会ったのは兄の葬儀のときだった。友人として参列した勝又と清めの席で語り合った。遺体発見時の状況について、勝又はそのとき言葉を濁した。私もその意味を察して無理に聞こうとはしなかった。水死というのは一種の窒息死で、肌色に特有の変化があり、苦悶の表情も残るらしく、死後まもなくでも自然死とは様相がかなり異なるという。

見るに忍びないので葬儀の前に荼毘に付したと父は言っていた。出張先のバンクーバーから急遽帰国した私が兄の亡骸と対面できなかったのはそのためだった。しかし楠田から遺体にあった索条痕の話を聞いてからは、そんな説明も不審に思えてきた。その遺体の発見現場に居合わせた張本人にここで遭遇したことには、偶然とはいいがたい符合を感じた。

「いやいや、立派そうなのは肩書きだけで、営業やらクレーム処理やらで貧乏暇なしだよ。いまと比べたら田舎の所轄の刑事なんて毎日昼寝みたいなもんだった」

勝又は鷹揚《おうよう》に笑ってみせる。言葉とは裏腹に、その表情には現在の地位へのプライドが滲み出ている。

「きょうはどちらへ？」

「あんたの親父さんのところへ行くところなんだよ。新規の契約の話でね」

昨晩、父が言っていた朝一番の客とは勝又のことだったらしい。しかし朝食前のこの時間は商談にしては早すぎる。そんな疑念が顔に出たのか、勝又は先回りするように言い訳した。

「午後に東京の本社で会議があって、朝のうちしか体が空かないんでね。親父さんも新しい監視設備の導入を急いでいた。だったら朝飯を食いながら片付けてしまおうというわけで、こんな時間にお邪魔した次第なんだよ。で、あんたはこんなところでなにを？」

「食事の前にちょっと散歩を。なにしろ六年ぶりだから懐かしさもあって」

「とくに変わり映えはしないだろう。おれのほうは仕事の付き合いで親父さんのところへはしょっちゅう来てるんだ。家まで乗ってくかい」

勝又は車のほうに顎を振る。歩いてもせいぜい十分ほどの距離で、車なら二分とかからない。漠とした警戒心が先に立ち、ここは遠慮することにした。訊きたいことはいろいろあるが、いまそんな話を切り出せばそのあと父の耳に漏れないとも限らない。帰りしなに摑まえてそれとなく聞き出すほうが段取りはよさそうだ。

「お気遣いなく。もう少し歩きたいもんですから」

慇懃に断ったが、勝又の反応は予期しないものだった。

「いや、あんたに折り入って話したいことがあるんだよ。兄さんの件なんだがね」

好奇心と猜疑心がせめぎ合う。いまここで勝又と出会ったことが、あらかじめ仕組まれていたことのようにも思えてきた。表情を変えずに問いかけた。

「兄の件というと？」

「親父さんと約束した時間にはまだ早い。少し付き合ってもらえないかな」

こちらの問いには答えずに勝又は強引に押してくる。不審な思いは募ったが、湧き起こる好奇心には勝てなかった。私は黙って頷いて、助手席側のドアに回った。

2

勝又は実家の前を素通りし、県道をさらに十五分ほど北へ向かい、水上高原スキー場の一角の胴元湖《どうげんこ》を見下ろすリゾートホテルに車を乗り入れた。いまは観光のオフシーズンだが、スキー場の一部が無雪期にはゴルフ場として使われていて、ゴルフと温泉目当てで投宿する客は多い。この日もロビーラウンジにはそこそこ人がいた。

人気《ひとけ》がなく見晴らしのいい窓際の席を選び、注文を取りにきたウェイターにそれぞれコーヒーを頼むと、勝又は前置きもなく切り出した。

「兄貴が殺されたって噂を聞いたことはないかね」

あまりにストレートな問いだった。こちらから探る手間は省けたが、裏に透けて見える意図に心がざわめいた。当惑を装って問い返した。

「初耳ですよ。どうして突然そんな話を？」

「そういうくだらない噂をどこかで聞きかじってるんじゃないかと気になってね。少し説明しておきたいことがあるんだよ。そもそも第一発見者を除けば、おれはいちばん最初に雄人の遺体を見た一人だから」

「それは知ってます。父に第一報を入れたのはあなただったと聞いている」

ウェイターがコーヒーをトレイに載せて近づいてくる。勝又は声を落とした。

「それだけじゃない。雄人が殺されたっていう噂の火元も、じつはおれなんだ」

話が妙な方向に向かい出した。ウェイターがコーヒーと伝票を置いて立ち去るのを待って、私も声を落として問いかけた。

「その噂の火種はなんだったんです」

「遺体の腕と足に索条痕があった。要するにロープのようなもので縛られた痕だよ。少なくともおれの目にはそう見えた」

「それを誰かに――」

「ああ。うっかり喋っちまった。気心の知れた地元紙の記者がそばにいたもんだから」

楠田が見つけたあの記事のネタ元が勝又だった――。思わず生唾を飲み込んだが、行きがかり上、ここはとぼけ通すことにした。

「それは記事になったんですか」

「ああ。虫眼鏡が欲しいくらいの記事だがね。それが自分の首を絞めることになるとは、おれも思いもよらなかった」

嘆息して勝又はコーヒーをブラックのまま口に運んだ。

「しかし警察が出した結論は自殺だったんでしょう」

私は慎重に反応しながらコーヒーにミルクを注《そそ》いだ。

「そのとおり。索条痕と認められれば殺人の可能性が浮上する。しかし上がってきた死体検案書では、手足の痣《あざ》状のものは落下したときに流木に当たってできた打撲痕ということになっていた」

「真実はどうだったんです」

「藪の中だよ」

「藪の中？」

「おれは法医学の専門家じゃない。検視官や検案を行なった医師が索条痕じゃないと言えば、それを覆せる立場にはいない。不審がる同輩はほかにもいたが、表立って口にするやつはいなかった」

「たしか地元警察は、そのころ別の大きな事件を抱えていましたね」

勝又は渋い表情で頷いた。

「群馬、埼玉、長野にまたがる広域連続殺人事件だ。沼田署も県警本部もそっちの捜査で忙殺されていた。とにかく人手が足りなかった」

「殺人の可能性はあった。にもかかわらず地元警察は目をつぶった？」

「そう言われてもおれは反論できない。ともかく索条痕に関する記事は地元の人間の目に触れて、県警上層部は火消しに躍起になった。おれが下仁田に飛ばされたのもそのためだ。噂の火元がおれだというのが上の連中にばれたわけだよ」

「その噂では、犯人は誰ってことに」

つい調子に乗った私の問いに、勝又は敏感に反応した。

「あんた、知っててとぼけてるんじゃないのか」

安全圏に身を置いての情報収集はこのへんが限界のようだった。私は頷いた。

「そういう噂はたしかに耳にしてますよ」

「保険金の話もか」

私はもう一度頷いた。

「根も葉もない噂だ。気にしないほうがいい」

木で鼻を括ったように勝又は応じた。私は食い下がった。

「しかし火のないところに煙は立たない」

「たしかに煙が立ちやすい状況ではあった。死亡推定時刻は明け方近くで、アリバイが成立しにくい時間帯だ。そのうえ兄貴と親父さんの不仲はこの近在じゃ有名だった」

「つまり周囲の憶測にすぎないと」

「警察は自殺と判断して殺人事件としての捜査は行なわなかったわけだから、親父さんに対しても取り調べはしていない。そういう噂が一人歩きし出したのは事件の翌年あたりからで、きっかけは親父さんの羽振りが急によくなったせいらしい」

「母屋をリフォームしたり、高級外車を買ったり、鶏舎を改築したり——」

「まあ、そんなところだな。そこから親父さんが息子に巨額の保険をかけていたという噂が広まったわけだ」

「事実かどうかは警察なら確認できるでしょう」

勝又は肉づきのいい顎を撫で回した。

「いいかい。いったん自殺としてファイルを綴じた事件だよ。それを地元の怪しげな噂に基づいて再捜査するとなれば、自分たちのミスを認めたと世間は受け取るだろう。警察というところは面子で商売をしている役所なんだ。そんな噂が広がれば広がるほど、躍起になって潰しにかかる」

「調べようともしなかった？」

「そう聞いている。そのころはおれはすでに下仁田に飛ばされて、蒟蒻《こんにゃく》泥棒やねぎ泥棒を追い回していたわけだからな。詳しい事情はわからない」

勝又は思わせぶりな薄ら笑いを浮かべる。立ち入った裏情報が聞けるかと思えば、世間の噂と五十歩百歩だ。わざわざ人を誘っておいてこの程度の話を聞かせる真意がわからない。

「ずばり言ってもらえないかな。あなた個人の考えはどうなんです」

私の言葉にこもった険に狼狽したように、勝又は慌てて背筋を伸ばした。

「あんたの親父さんにはいろいろ世話になった。だからもしあんたがやくたいもない疑惑を抱いているなら、それを払拭《ふっしょく》しておきたいと思ってね」

「わざわざ出向いたのは、親父から連絡を受けてですか」

「偶然だと言っても、信じてはもらえないだろうな」

勝又は苦笑いする。私は不快感を隠さなかった。

「しかしいま聞いたのは、疑念を払拭するどころか植えつけるような話でしょう」

「じつは親父さんにはアリバイがあるんだよ」

勝又は唐突に顔を寄せてきた。

「しかし、さっきはアリバイがないようなことを言っていた」

「言うに言えないアリバイというのもあるということだよ」

「というと？」

「これだよ、これ」

勝又は小指を立ててみせた。

「女？」

「親父さん、当時はあんたが知っているよりお盛んだったようだ」

私は戸惑った。義母の淑子に父はぞっこんだと私も兄も思い込んでいた。しかし考えてみれば、実の母が死んだ翌年に父は淑子と結婚している。父と淑子の口からは、母の死後まもなく、地元出身の代議士の資金集めのパーティーで知り合ったと聞いていた。淑子はある政治家の秘書だったとも聞いていた。しかし私も兄も真偽のほどは確認していない。

父が一目惚れしたのだと、淑子は臆面もなく子供だった私たちの前で言い、父はただ黙ってにやけていたものだった。しかし当時の私たちには想像が及ばない男女の結びつきが、母の死以前からすでに伏線としてあったことを否定する根拠はいまはない。だとしたらそのころ淑子の目の届かないところで、父がよからぬことをしていたという話にも頷ける。

「兄が死亡した時刻に、父は女と一緒にどこかにいたと？」

「広域連続殺人事件の犯人がラブホテルを泊まり歩いているという情報があったんで、県内の目ぼしいホテルにはすべて捜査員が張りついていた。当時うしろめたい交際をしていた連中にとっては、プライバシーもへったくれもなかったわけだよ」

勝又は皮肉な笑みを浮かべた。

「そのとき父を目撃した捜査員がいたと？」

「そういうこと。朝七時に前橋市内のホテルから女連れで出てきたらしい。地元じゃ名の知れた名士だから、一目で誰だかわかったようだ。女とはホテルの前で別れ、タクシーを摑まえてどこかへ走り去ったそうだよ――」

女は水商売風で、歳は父よりふた回りほど若かったらしい。沼田警察署へ兄の遺体発見の通報があったのはその五時間後で、勝又が実家に一報を入れたとき、父はすでに家にいたという。淑子は前日から所用で東京に出かけていたらしい。

「鬼の居ぬまに洗濯といったところだな。親父さん、いまもかみさんには頭が上がらないようだがね。そのころも内心じゃ窮屈な思いをしていたんだろう――」

勝又は物わかりのいい口調で言って、ポケットから煙草を取り出した。

「いずれにせよ、親父さんには嫌疑はかからなかったわけだから、アリバイのことも署内では取り沙汰されなかった。むしろ地元の実力者の評判に傷はつけたくないと、上の連中はえらく神経を使ったようだった」

「親父にはアリバイがあった。しかし兄貴は自殺したんじゃなく、誰かに殺された。あなたの話を総合すると、そう受け取れるけど」

「そう解釈する余地はある。しかし繰り返すが真相は藪の中だ。いまさらほじくり返してもなにも出てこない。あの事件にはすでに公式な決着がついているということだ」

「父が生命保険金を受け取ったという噂については」

「警察は関知していない。容疑者でもない人間のプライバシーを詮索する理由は警察にはない」

勝又はあっさりと言い切った。私は心に閃《ひらめ》いたものを口にした。

「しかしあなたは大人しく引き下がらなかった」

「いい目のつけどころだ——」

勝又は頷いて、ゆっくりと煙草に火を点けた。

「下仁田署に飛ばされたのがおれは気に食わなかった。高校時代、雄人とおれはさほど親しかったわけじゃない。しかしクラスメートということで、それなりの思い入れはあったんだ。索条痕のことも引っかかって、自殺という決着には不自然さを感じていた。そのうち雄人の女房だという女から再捜査の依頼があったという話を耳にした——」

勝又は吸い込んだ煙草の煙を鼻の穴から噴き出した。思いがけないところで飛び出した深沢朱実の消息だった。私は沈黙によって話の続きを促した。

「保険金の件については、じつは地元で噂が立つ前におれは聞きかじっていたんだよ。その女が再捜査の根拠として主張しているという話をね。頭に浮かんだのは他愛のないシナリオだった。保険金殺人――。アリバイがあるといっても人に依頼する手はある。その件に関して上の連中が梃子でも動かないのはわかっていた。おれは勝手に商売をすることにした――」

勝又は暗い眼差しを向けてきた。

「じつはそのころ、親父が末期がんで入院してたんだ。医者は打つ手がないと言うんだが、本人はどうも死にたくないらしい。それで保険適用外の抗がん剤を使うことにした。ところがこれがべらぼうに高くてね。わずかな蓄えはあっというまに底をつき、警察互助会からの借金も限度いっぱい借りちまった。そんなよんどころない事情があって、あんたの親父さんに相談してみようと思いついたわけなんだ。早い話が強請《ゆす》りだよ」

勝又は苦い薬を飲むような顔でコーヒーを啜った。話の行方を訝りながら、私は勝又の一人語りに聞き入った。

「おれは非番の日に親父さんのところへ出かけていった。雄人が死んだ翌年の五月のことで、山にはまだたっぷり雪があった。事前にアポもとらなかったが、親父さんはおれを応接間に招き入れて人払いをしてくれた。おれは頭のなかででっち上げた絵解きを披露した。雄人の手足にあった索条痕のこと、雄人の女房が言っている大枚の保険金のこと――。当たらずといえども遠からずの自信はあった。ラブホテルのアリバイの件は伏せておいた。親父さんのほうからは持ち出せないと踏んでいたからだ――」

父は勝又の用向きをすぐに察したらしい。一通り話を聞き終えて、開口一番の言葉がこうだった。

「あんたの勘ぐりが当たっているかどうかはどうでもいい。狙いは金か？」

図星を突かれて勝又は腰が引けた。手強《てごわ》い人物を敵に回してしまったとその場で悟ったが、すでに退路は断たれていた。地元の町会議員で、県会議員や国会議員にも強いコネクションがある人物だ。取るものも取れずに怒りだけ買って退散したら、先々どんな報復を受けるかわからない。ここは刺し違えるしかないと腹を括った。

「金です。この件について口を閉じていたくなるだけの金額を提示してもらえれば」

「わかった。ちょっと待て」

父はそれだけ言っていったん母屋へ向かい、膨らんだ茶封筒と書類を綴じたバインダーを携えて戻ってきた。

「親父さんの薬代の足しにしな」

差し出された茶封筒の中身は三百万円の札束だった。すべてはお見通しだったかと勝又は恥じ入るばかりだった。

「さて、勝又さんよ。悪さはこれで終わりにするんだな。こいつを見てくれ」

父はバインダーを開いてみせた。綴じられていた書類はその年の確定申告書の控えで、担当税理士の署名と印、沼田税務署の検印も押されていた。

「あんたが言うように、そんな巨額の保険金を受け取っていたら、ここに一時所得として記載しないと申告漏れになるんだよ。保険会社からも税務署には通知がいくから誤魔化すことは不可能だ。なんだったら税務署に問い合わせてみればいい。警察ならそのくらいは職権でできるだろう」

勝又はぐうの音も出なかった。そして戸惑った。アリバイはある。保険金受け取りの疑惑もこれで崩れた。にもかかわらず相手は金を出してきた。そんな思いを察したように父は言ったという。

「噂というのは怖いもんだ。証拠なんかなくても人の評判を地に落とす。当人には弁明の機会も与えられない。それは実業家としてのおれにとっても政治家としてのおれにとっても致命的な疵《きず》になりかねない」

「だから口を閉ざせと」

「それだけじゃ足りない。あんたには警察を辞めてもらいたい」

勝又はとどめを刺された思いだった。つまらない出来心で人生を棒に振ったと後悔した。父はその反応を見てにんまり笑った。

「おれはあんたが気に入った。チンピラ刑事の分際でおれを強請るとはいい度胸だよ。なにかと役に立ちそうだ。今後はおれの懐刀《ふところがたな》になって欲しい。悪いようにはしない。仕事の面倒はおれがみる。けちな地方公務員なんか目じゃない暮らし向きを保証しよう」

父はその約束を果たしたという。その伝手《つて》で就職した警備保障会社は、当初から彼を幹部社員として処遇した。所得は刑事時代の倍近くに跳ね上がった。

3

いまも父への疑惑を撤回しない楠田の不思議な自信以外に、私のなかで父を疑い続ける根拠は希薄になっていた。これから東京へ帰って深沢朱実と会い、彼女の語る言葉のなかに私の心を動かすだけの真実が見出せない限り、兄の死にまつわる騒動は私のなかで終わるはずだった。

父の差し金なのは間違いないが、勝又が私を誘い、父にまつわるそんな話を聞かせた真意はわからない。私に父への嫌疑を払拭させようという意図があったとすれば、それは成功したとはいいがたい。父の思惑は屋上屋を架すものだった。父が勝又を子飼いにした理由もわからない。単にその口を塞《ふさ》ぐためだとも思えない。彼を楯として使うことで、守りたいなにかがあるのだろうと考えざるを得なかった。

新たに湧き出た父への不信感を心に秘めて、その日の午後に私は東京への帰途についた。しばらく滞在する予定だと言っていた私の変心を父は怪しみはしなかった。東京で暮らすようになって以来、二日も実家にいれば父との関係は気まずくなるのが常だった。

昨晩の佳代さんの謎めいた言葉の意味は解明できなかった。食事の仕度や掃除や洗濯に彼女は朝から忙しなく立ち働き、父の目を盗んで二人だけになれる時間がつくれなかった。佳代さん自身がそれを避けているようにも受け取れた。それでも殺伐としたはずの滞在最後の数時間を多少なりとも居心地よく過ごせたのは、闊達《かったつ》で温かい佳代さんの気働きによるものであることはたしかだった。

佳代さんは手製の野沢菜の漬物や山菜の佃煮を、父が用意した新鮮な卵や鶏肉とともに土産に持たせてくれた。滞在中の最大の収穫は佳代さんの手料理で、見かけによらず美食家の父にとって、その料理の腕が彼女を手放せない理由の一つなのは明らかだった。

父は佳代さんと並んで玄関の前で私を見送った。はにかみながらもまんざらではなさそうな父の様子にふと思った。父の後添いが彼女だったら、兄と私と父の運命はいまとは別のものになっていただろう。

あるいはもし母が生きていて、時の流れが二人の確執を和らげていたら、こんなふうに仲良く並んで私を見送ってくれたかもしれない。この世界のどこかで母がいまも生きているという、少年のころに抱いたあの空想が切ない痛みとともに蘇った。

4

翌日、東京は朝から久しぶりの雨で、ここ数日来、不規則な感情の潮流に翻弄され続けた私にとってはお誂《あつら》え向きのインターバルとなった。

仕事の依頼はメールで何本か入っていたが、どれも特急仕事ではない。楠田からはあすの午後四時に道玄坂《どうげんざか》の事務所で会いたい旨の電話があった。深沢朱実とはまずそこで対面し、互いに差し支えなければそのあとどこかで食事でもしようという提案に、私のほうは異存はなかった。

滝野川のマンションにこもり悶々と一日を過ごした。出口のない樹海に一人とり残されたような気分だった。洞窟から回収してきたコルト・ガバメントは登山用具の保管庫にしているクロゼットの雑多な品々の隙間に、隠すというほどの神経も使わずに紛れ込ませてある。

兄の記憶と分かちがたく結ばれたその物言わぬ金属の塊が、いまや私にとって逃れがたい軛《くびき》となっていた。勝又は犯人が父であることは否定しつつも、兄が殺されたという点については疑っていない。私のなかでもその思いは強まっていた。あのころ兄が置かれていた状況に私があれほど無関心でなかったら、その命を救えたかもしれないという胸苦しい思いを終日拭い去れなかった。

翌日は昼過ぎにマンションを出て、都内のスポーツ用品店を回り、この冬に向けた登山用品やスキー用品の動向をチェックした。東京はこの日も小雨模様で、長引いた残暑も終わり、ようやく秋霖《しゅうりん》の季節を迎えたようだった。

厚く垂れ込めた鈍色《にびいろ》の空の下で気分がきのうより軽く感じられたのは、これから会う深沢朱実への思いのせいかもしれなかった。朱実が主張する兄の死亡保険金の話がここまで真実味を失ってなお、兄と彼女の心の絆がいまもたしかに存在することを私は疑っていなかった。それは兄と私が幼いころから結んできた魂の同盟を、兄と彼女の関係に私が勝手に投影しているためかもしれなかった。

楠田の事務所が入居するビルは、道玄坂をほぼ登り切ったところで右手の小路に入り、さらに一〇〇メートルほど進んだところにあった。円山町《まるやまちょう》の一角のそのあたりはラブホテルと商店と小ぶりな雑居ビルが混在する場末の印象の漂う一帯だ。

楠田の事務所はおとぎ話のお城のようなパステルカラーのラブホテルに隣接したコンクリート打ち放しの取りつく島もない雑居ビルの三階で、年季の入ったエレベーターを降りると、目の前に表札のついた事務所のドアがあった。

　時刻は約束した午後四時ちょうどだったが、深沢朱実はすでに到着していた。縫い目のほつれかけたソファーに座る朱実の傍らで、幼いころの兄によく似た少年が好奇心むき出しで私を見つめていた。

　朱実は私に気づいて立ち上がり、そつのない仕草で会釈した。三十代半ばほどの優しい面立ちの女性だが、その瞳には心の強さを窺わせる光があった。飾り気のない白いブラウスにグリーンの薄手のウールジャケット。栗色がかった髪は短めにカットされ、耳元には小ぶりなパールのイヤリング。華美ではないが、さりげないセンスを感じさせる装いだ。楠田が互いを紹介する。

「こちらが深沢朱実さん。それからご子息の幸人《ゆきと》君。こちらは深沢章人さん――」

「初めまして。深沢です。よろしくお願いします」

　朱実は改めて会釈した。

「深沢です。こちらこそよろしく――」

　そう答えてから、ふと気づいて私は言った。

「名前で呼び合うほうがよさそうですね」

「そうですね」

朱実は微笑んだ。ぎごちなかったその場の空気が和らいだ。きょうは日曜日でアシスタントの女性がいないのでと言い訳しながら、楠田が不器用な手つきでコーヒーを淹《い》れようとすると、朱実が代わってコーヒーメーカーを操作して、慣れた手つきで香りのいいコーヒーを淹れてくれた。少年には楠田が買い置きのジュースの缶を手渡した。

「幸人君は幼稚園に通ってるの？」

私は少年に声をかけた。少年は頷いた。

「幼稚園は楽しい？」

「楽しくない」

幸人はソファーから垂らした足をぶらぶらさせた。私はさらに訊いた。

「どうして楽しくないの」

「僕だけパパがいないから」

まずい質問をしたと詫びるように視線を投げると、朱実も困惑ぎみの笑みを浮かべた。

「近ごろは運動会や参観日にお父さんが出てくるお宅が多いんですよ。ママがパパの分も愛してあげてるんだから、寂しくないはずよって言って聞かせてるんですけど――」

「あの、訊いていい？」

幸人がおずおずと私の顔を覗き込む。

「ああいいよ。なにを訊きたいの」

「おじさん、もしかして僕のパパじゃない？」

「どうしてそう思うの」

当惑しながら問い返すと、幸人は母親の表情を窺うように目をやって、また私のほうに視線を戻した。

「おうちにね、パパとママが一緒に写った写真があるの。おじさん、パパにすごく似てるから」

たしかに私と兄は顔立ちのよく似た兄弟だ。幼いころは三歳の年齢差がその相似点を目立たなくしていたが、互いに成人してからの歳の差は微々たるものになり、一緒にいると双子と間違われることもよくあった。

「違うのよ、幸人。こちらはパパの弟さんなの。兄弟だからパパと似てるのよ」

朱実がたしなめるように言う。幸人は束の間考える仕草をみせ、唐突に座っていたソファーから滑り降り、私のいるソファーに飛び乗った。

「それなら僕のパパになってくれる？」

私の腕にしがみついて幸人は屈託のない眼差しで問いかける。パパになるという言葉の二重の意味に彼が気づいているかどうかはわからないが、そのとき朱実の頰がわずかに赤く染まったような気がした。どう答えたものか当惑していると、朱実が慌てたように声を上げる。

「だめよ、幸人。そんな無理なお願いをしちゃ」

「いつもじゃなくていいから。ときどきでいいから」

未練たっぷりに言い募る幸人の腕をとって、朱実は自分の傍らに引き寄せた。

「ごめんなさい。あとでよく言い聞かせますから」

少年は幼いころの兄を思わせる表情で私を見つめながら、不承不承もといた場所へ移動した。三十年余りの時をタイムスリップしたような錯覚に襲われた。そのころ母はまだこの世にいて、小春日和の太陽のような暖かさで私たちを庇護してくれていた。朱実は記憶に残る母とほぼ同年配だった。いま目の当たりにしている情景は、私が失ったもののすべてを映した鏡のようだった。

幸人を預かってくれる親類や知人も思い当たらず、やむなく同行させたと朱実は言い訳したが、そこには彼女なりの思惑もあったかもしれない。そしておそらくそれは成功した。彼女に抱いて当然の不信感が私の頭のなかで消えていた。亡き兄の血を引く少年は、私の心を朱実の側にしっかりと繋ぎとめてしまったようだった。

朱実は、兄との出会いやその後の交際についてさほど多くは語らなかった。五歳とはいえ息子のいる前で、男女の交情に関わる話を避けたい気持ちもあっただろう。楠田を通じてすでにあらかたは聞いていたので、私もあえて詮索しようとはしなかった。唯一知りたかったのは、兄がなぜ自分に朱実の存在を隠し続けたかだった。

「兄があなたと結婚していたことは、楠田さんが私のところへお見えになったとき初めて知りました。これまで人生の節目になるような出来事は互いに報せ合ってきた。少なくとも私はそうしてきたし、兄もそうだと信じていました」

そう切り出すと、朱実は困惑したように表情を翳《かげ》らせた。

「それは私も知らなかったことなんです。私との結婚については、彼もだいぶ迷っていたようでした。仕事のことで苦しんでいましたから。会社を清算して裸一貫で出直すことも覚悟していたようなんです。でもそうなれば私を苦しめることになる。しばらくは容赦のない取り立て屋に追い回される。安アパートを転々とする生活が続くだろう。自分は何度もそんな苦境を乗り越えてきた。だから対処の仕方も知っている。同時にそれがどれほど苛烈なものかもわかっている。そんな生活を私に強いるのは忍びないと」

その答えに私が納得したかどうか窺うように、朱実は不安げな視線を投げてくる。私には得心できる話だった。愛する女に世間並みの幸せを与えられない不甲斐なさに、兄は忸怩《じくじ》たる思いを噛み締めていたはずだった。弟の私に対してさえもそんな自分の姿を見せたくないと思うのが、私の知る兄の変わらぬ気性だった。

「仕事面での苦境についても、兄は私になにも言いませんでしたが、それはいつものことでした。事業の好不調は兄にとっては天気の変化のようなもので、晴れる日もあれば雨の日もある。それは商売をしている限り当たり前のことだった。兄が私に報告するのはいつも困難を乗り切ったあとでした」

早くも大人たちの会話に退屈したらしく、ソファーの背に攀《よ》じ登りかけた幸人を慌てて傍らに押さえ込み、朱実はさもありなんというように頷いた。

「章人さんのことは夫からいろいろ聞いていました。弟というより、自分にとってかけがえのない盟友だといつも言っていました」

「父との関係のことも？」

「聞いていました。でも最初から疑ったわけじゃないんです。ただ私は知っていたんです。夫があの程度の苦境で自殺するような人じゃないことを」

兄の葬儀の日、父から受けたという酷《ひど》い仕打ちに彼女は言及しなかった。それが私の心の傷でもあるとわかっているように。

「だから他殺の可能性があると。そして例の保険金のことで生保会社の調査員から質問を受けた。そのことも――」

「楠田さんに相談するに至った理由の一つです」

朱実は信頼を滲ませた視線を楠田に向けた。楠田はしかつめらしく頷いてコーヒーを口に運んだ。私はさらに確認した。

「その前に群馬県警にも再捜査の要請はしたんですね」

「はい。けっきょく門前払いでした」

「一緒に暮らすようになってから、兄が父と連絡をとり合ったようなことは？　あ、済みません。なんだか訊問するような口調になっちゃって」

ふと気がついて慌てて詫びると、朱実も緊張を解いて笑みを返した。

「かまいません。大事なご質問ですから。私が知る範囲ではなかったと思います。お父さんとの関係については私も夫からよく聞いていましたので、とくに不自然さは感じませんでした」

「自分が被保険者になっている保険契約のことも？」

「私を死亡保険金の受取人にしたもの以外は聞いていませんでした。あの、楠田さんから伺っています。実家に帰ってお調べになったそうですね。その保険金のことを」

「ええ。該当する年度の確定申告書に、死亡保険金受け取りの事実を示す記載はありませんでした」

楠田が横から口を挟む。

「その年度の長者番付にも記載されていなかった。それについては私が確認しています。一億五千万円の一時所得があれば、当然名前が公表されていたはずでした」

「たぶん私が嘘をついているとお考えなんでしょうね。保険会社の調査員が来たという話が出まかせだと」

私を試すような、あるいは挑むような口調で朱実は言った。私は不器用に取り繕った。

「あなたを疑っているわけじゃないんです。ただ、そこのところの辻褄《つじつま》がどうにも合わない。実際に支払われたかどうかについても、後日あなたが確認されたわけですね」

「ええ。他殺を立証するに足る証拠が得られなかった。疑念は残るものの、支払いについては約款に則《のっと》って適正に処理されたという返事でした。支払ったと明言したわけじゃないんですが」

「文脈からすれば当然そう解釈できますね。しかし私が確認した限り、父がそれを受け取ったという事実はなかった。そこのところが――」

傍らで黙って聞いていた楠田が、やおら口を開いた。

「まさにそこなんですよ。まず解明しなければならない謎は」

その答えがすでに見えているとでもいうように楠田の表情には余裕がある。

「いったいどうやって？」

引き込まれるように問いかけると、代わって朱実が身を乗り出した。

「じつは抜け道があるんです」

第五章

1

「抜け道がある？」

私は複雑な思いで問い返した。朱実はかすかに躊躇する気配をみせた。私と兄にとっては実の父。その人物に疑惑を向ける自らの立場に戸惑うように。それが杞憂《きゆう》であることを示そうと私は強い調子で促した。

「話してください。私は真相を知りたいんです。それは兄に対する義務でもあるんです」

朱実は迷いを断ち切るように語り出した。

「一般にはあまり知られていないことですが、税理士のあいだではそれほど意外なことでもないらしいんです」

朱実の勤め先が税理士事務所だったことを思い出した。頷いてさらに促すと、朱実は慎重な口振りで先を続けた。

「確定申告のとき、意図的に過少申告しておいて、いったん受理されたあとで修正申告をするんです。長者番付の公示の対象になるのは三月末日までに申告された分ですから、四月以降に修正申告した結果は表に出ずに済みます。ただし過少申告加算税が課せられますし、納税が遅れれば延滞税も加わります。つまり支払う税金は多くなりますが、番付に名を連ねることは避けられるんです。最初に提出した申告書の正式な控えも、もちろん手元に残ります」

「そんなことが実際によくあるということですか」

「ええ、私が勤めている事務所の税理士と雑談しているときに聞いた話です。長者番付に載るのを自慢に思う人もいますが、プライバシーの面から嫌う人もいます。そういう人がよく使う手らしいんです。知っていて加担したのならペナルティが課せられますが、税理士は出してきた数字や証票《しょうひょう》をもとに書類を作成するわけですから、税理士が責任を問われることはまずなくて、顧客がうっかりしていたということで大体は済んでしまうようです」

「私が父の書斎で目にしたのは意図的に過少申告したものだった？」

問い返すと、楠田が脇から口を挟む。

「そう考えれば説明がつきます。修正申告の控えは別に保存してあるか、あるいは処分してしまったと考えられます」

「そうなると当時の金の出入りを預金通帳で確認するか、保険金収受の証拠書類を見つけ出す以外に事実を解明する手立てはないわけですね」

楠田は首を横に振る。私は問いかけた。

「それらもすでに処分されていると？」

「一億五千万円の一時所得を世間の目から隠す意図があれば、当然そうするでしょう」

　楠田は確信ありげに頷いた。それが一昨日示した朱実への揺るぎない信頼の根拠らしい。

私はさらに訊いた。

「あなたは最初からその可能性を考えていたんですか」

「いやいや、弁護士といってもいまはそれぞれが専門分野に特化しているのが実情でして。私の場合は刑事訴訟関係が本業で税務関係は疎いんです。朱実さんからその話を伺うまでは、私も見当がつきかねていた次第で」

　楠田はハンカチで額の汗を拭う。いずれにせよ、そのことを私に対して隠していたことはたしかだった。釈然としない思いに覚えず口調が鋭くなる。

「それがわかっていたのなら、この前お会いしたときに言ってくださればよかったのに」

「そうすべきだったかもしれません。しかしまだ憶測の段階です。警察が立件していない事案ですから、一介の弁護士の私に税務署は個人情報を開示してくれない。銀行口座の金の出入りにしても同様です。生保会社も先日申し上げたように個人情報保護を楯に情報開示には応じない。私のほうでなんらかの見通しがつかないうちは、不必要に疑惑を掻き立てるのは好ましくないと考えまして」

楠田はまた額の汗を拭った。

「ということは、けっきょく打つ手がないと？」

楠田は軽く咳払いして切り出した。

「じつは一昨日、あなたと電話で話したあとで、沼田の竹脇税理士にその件を問い合わせてみたんです」

意想外の楠田の動きのよさに戸惑った。

「大胆すぎませんか。竹脇氏がそのことを父に報せるかもしれない。もし証拠が残っていたとしても、急いで処分してしまうかもしれない」

「いずれにせよ意図的な過少申告がなされていたとすれば、通常の手段で証拠を摑むのはまず無理でしょう」

否定的なその言葉とは裏腹に、楠田の目にはなにかに挑むような光がある。

「非合法な手段を使うという意味ですか」

楠田は不敵な笑みを漏らした。

「法を犯すようなことはむろん考えていません。状況に変化を与えるために少し揺さぶってみたんです」

私はその意味を測りかねた。

「なにを言ったんです」

「こう言って鎌をかけたんです。そちらの顧客の深沢紘一氏が六年前に多額の保険金を受け取ったという情報がある。しかし当該年度には税務署への申告がなされていなかったように見受けられる。そのことについてなにか心当たりはないかと」

「しかしあなたの考えでは、父はそのあと修正申告をしていたはずでしょう」

「その点については敢えて触れませんでした。そこが罠なんです。いま故深沢雄人氏の死亡の件で警察に再捜査を要請している。いずれ保険金のことであなたに捜査の手が及ぶかもしれない。そうなればあなた自身に脱税幇助《ほうじょ》というよからぬ風評が立つのは避けられない。場合によっては保険金殺人の幇助という嫌疑までかけられる。よく考えてご返事をいただきたいと言っておきました。再捜査を促しているという点は現時点では事実とやや異なりますが、そのために私たちが動いているのは本当で、丸々嘘をついたわけじゃない」

楠田はにんまり笑った。私は問いかけた。

「竹脇税理士の反応は？」

「むろん、そんな事実はないとにべもありません。しかしそのうち向こうから動き出すと思いますよ」

「父の保険金受け取りが事実なら、竹脇氏とすれば、その後の修正申告のことを明かさなければあなたに脱税幇助の疑惑を抱かせたままになる。しかしあなたと朱実さんの推測どおりなら、実際は脱税行為はなかったわけで、警察が動けばそれは明らかになる。つまり竹脇氏は無視して済ませてもかまわないわけでしょう」

「もちろんそうです。とは言っても悪い風評は避けたいのが信用で商売をしている税理士の本音のはずですから。そのあたりについては十分意を尽くしておきました」

　楠田は動じる気配をみせない。私はため息を漏らした。

「たしかに観測気球としては効果的かもしれない。しかし脅迫すれすれですね」

「現状を打破するには多少の荒療治も必要です。竹脇氏は誰の依頼で動いているのかしつこく訊いてきました。私はそこに手応えを感じました。もちろん守秘義務を楯に依頼者の名前は明かしませんでした」

「刺激しすぎることにならなければいいんですが」

　私はふと覚えた危惧を口にした。気にかかっていたのは、一昨日、私に接触してきた勝又公也のことだった。本人の話が事実なら、警察官の身分で父を強請ろうとしたほどの男だ。その勝又を父は敢えて子飼いにした。本人も父の懐刀を自任していた。そんな二人の関係にはどうしてもきな臭いものが付きまとう。

「どういうことでしょう」

楠田は小首を傾《かし》げる。私は郷里のリゾートホテルでの勝又とのやりとりを聞かせてやった。

「多分にほのめかしに満ちた話ですな。その男がどこまで真相を把握しているか、興味のあるところです」

楠田は眉根《まゆね》を寄せた。私は慎重に応じた。

「そのとき語った話がすべて真実だとは思えません。しかし、私になんらかのメッセージを伝えようという意思は感じられた。朱実さんは勝又とは面識がないんですね」

ソファーテーブルの下に潜り込んでなにやら探検を始めようとする幸人を引きずり出しながら、朱実は首を振った。

「ありません。夫の事件の再捜査をお願いしに出向いたのは前橋の県警本部でした。その方は別のところにいたわけなんでしょ」

「ええ。事件当時は沼田署にいて、その後まもなく下仁田署に異動しています」

「事件直後に沼田署に出向いたときも、話したのは違う名前の人でした」

むずかる幸人をソファーの上に座らせて、たしなめるような視線を向けながら朱実は答える。私の不安はそれでいくらか薄まった。あのときの勝又に威嚇するような気配はなかった。そのあとの父の態度にも不審な変化はなかった。父と勝又がどういう利害で結ばれているのかは知らないが、平《ひら》刑事あがりとしては破格のステータスを手に入れた彼が、いまさら我が身を危うくするような危険な行動には走らないだろうと自分を納得させた。

「竹脇氏はいずれ私にコンタクトしてくると思いますよ。それより、その勝又という元刑事ですが、現在は総和警備保障の高崎支社長ということでしたね」

楠田は手帳を取り出してメモをとろうとする。私はポケットにあった勝又の名刺を手渡した。受け取った名刺を眺めながら楠田が訊いてくる。

「コピーをとらせていただいていいですか」

「どうぞ。しかし彼とも直接コンタクトをとられるつもりなんですか」

「竹脇氏の反応にもよりますが、次の重要な情報源がその人物になりそうです。ご心配なく。あなたにご迷惑が及ばないよう、こちらも慎重に動きます」

楠田の口ぶりには余裕が窺えた。これまで抱いていた温和で実直な人物という印象がやや変わった。打つ手がないとみえる状況を、楠田はリスクを冒してでも自ら動いて変えようとしている。そこには歴戦のプロを思わせる凄みさえ感じられた。

むろん楠田にとってそれは商売で、朱実への単なる好意や正義感で動いているわけではない。もし彼の目算どおり、兄は殺され、それへの父の関与が明らかになれば、父は兄の死亡保険金を受け取る資格を失い、法定相続人である配偶者の朱実にその権利が移る。

すでに支払われた保険金を返還させるためにはさらに民事訴訟を起こす必要があるが、父の犯行が刑事裁判で明らかになればそれは容易なはずで、楠田にも大枚の成功報酬が転がり込む。しかし私は不快感は持たなかった。もし本当に父が兄の殺害に関与しているのなら、それは朱実が当然受け取るべきもので、あの世にいる兄もおそらくそれを望んでいるはずだった。

私にとって重要なのは真実だった。再び深まった父への疑惑と、そんなおぞましいことが現実であって欲しくないという願いが胸中で拮抗していた。そして少年時代に交わした至仏山の頂きでの兄との約束が、その葛藤から逃れたいという衝動を封じていた。

2

楠田の事務所での朱実との対面は気まずい空気を残さずに終わった。私の心の霧はいっそう濃くなったが、進むべき道を誤っているとは感じなかった。

楠田は私たちを事務所から数分の、神泉《しんせん》駅にほど近いイタリアンレストランへ誘った。地中海風のインテリアで調えられた明るい雰囲気の店で、オーナーシェフと楠田は馴染みのようだった。

時刻は午後七時少し前で、五十席ほどの店内は若い男女の客であらかた埋まっていたが、楠田は予約を入れておいたらしく、ウェイターは待たせることもなく私たちを奥まった四人掛けの席に案内した。幸人のために子供用のハイチェアも用意されていた。周囲を見渡せば家族連れの客もいる。小粋なセンスの店のつくりは無骨な楠田のイメージにそぐわないが、気取りのない家庭的な雰囲気が売り物の店のようだった。

ほどなく仕事着姿のシェフが挨拶に立ち寄って、楠田と親しげにやりとりしたあと、幸人にイタリア製だという小さな木製玩具をプレゼントした。子供連れの客用に用意してあるものらしい。

首と手足が胴体とバネで繋がっているゴリラの人形で、楠田に負けず劣らず無骨な体格のシェフ本人を連想させた。幸人はそれが気に入ったようで、不器用に手足を揺らす人形にさっそくテーブル上で歩行訓練を開始した。

私と朱実にもくつろいで過ごして欲しいと慇懃に言葉をかけて、シェフは厨房に戻っていった。そのうしろ姿を見送って楠田がにこやかに言う。

「シェフとは釣り仲間でしてね。二年ほど前にちょっとした民事訴訟で仕事をさせてもらったんです。そのときに同好の士だとわかって意気投合したんですよ。積もる話もおありでしょう。彼の言うとおり気の置けない店ですから、リラックスして楽しんでいってください。あとで請求書を回したりはいたしませんから」

弁護士の場合タイムチャージで仕事をするのが本来のはずだが、一昨日、この日の件を連絡してきたときも、楠田はそのことは気にせずに心置きなく時間を過ごして欲しいと言ってきた。彼にとっては大きな仕事なのだろうが、私からみれば道のりは遠い。しかし楠田の胸算用では、こんな太っ腹な接遇のコストも十分成果に見合うということらしい。

楠田の事務所で過ごした時間は、すでにそんな気遣いが無用なほどに私と朱実の距離を近づけていた。朱実と楠田の目論見が結果において父を殺人者として獄に送ることだと承知しながら、私の心はすでに彼らの側にいた。

父が兄を殺害したという疑惑については、私のなかではいまも判断保留だ。兄が殺されたということ自体、現状では憶測にすぎない。しかしもしそれが立証され、父であれ誰であれその犯人が解明されたとしても、私は少年の日の兄との約束を果たさないだろう。私自身の手で制裁を行なうことはなく、その裁きは司直の手に委ねるだろう。

戸惑ったのは、そうなる可能性を予期しながら自分の心があまりに乾いていることだった。父は兄を殺したかもしれない容疑者の一人にすぎず、彼が父であるという事実は私にとって情状酌量の材料には決してならないはずだった。

父が犯人であって欲しくないという思いはいまも心にわだかまっている。しかしそれは父への愛ゆえではなく、そういう人間の血が自分のなかに流れているという不快な事実に直面することへの恐怖にすぎない。

むしろ兄を思う人の側にいることが私の気持ちを落ち着かせてくれた。実の親子としての血の繋がりが、決して心の絆と同義ではないことを私は身に沁《し》みて感じていた。死んだ兄を介して成立した朱実との心の同盟にこそ、私は人として生きる希望を見出していた。

幸人には動物柄の大皿に盛りつけられたお子様用の定食が用意されていた。楠田が事前に注文しておいたものらしい。大人たち三人は好みのコース料理を注文し、まずはワインで乾杯した。乾杯の言葉はとくになかったが、それは朱実と楠田にとっては父を訴追する結果に向かうかもしれない闘いの始まりを宣言するものであり、私にとってはそれに条件なしの承認を与えるためのものだった。

話題は自然に兄の話に移っていった。私は兄と山で過ごした少年時代の思い出を語ったが、あの拳銃の件と母の事故死にまつわる兄の考えについては、二人に予断を与えることを惧れて伏せておいた。

朱実は私が知らない兄についてのエピソードを披露した。その死の七年前、朱実が初めて兄と出会ったときの話だという。

その日面接に訪れた朱実を、兄はたまたま同じ日に面談の約束をしていた銀行の営業員と勘違いし、挨拶もそこそこに試算表やら事業計画書やらをテーブルに広げ、ビジネスの将来性や経営者としてのビジョンを滔々《とうとう》と語り出したという。

バブルが崩壊し、求人市場も冬の時代を迎えようしていた時期だった。朱実も一月ほど前に勤めていた会社が倒産し、新たな職を探して足を棒にしていた。いくら小規模な携帯電話販売代理店とはいえ、社長自ら面談に応じ、詳細な経営の数字まで示して自社の将来性をアピールするその姿勢に朱実はむしろ戸惑い、不安さえ覚えた。

兄は当時普及期を迎えつつあった携帯電話ビジネスに着目し、その年の秋に新会社を設立していた。翌年には携帯電話売り切り制度の導入が予定されていた。そこで都内のショッピングセンターに携帯電話の販売ブースを出店することを計画し、そのころすでに貸し渋りの傾向が出はじめていた銀行に新たな融資を申し込んでいたらしい。

ようやく話の食い違いに気づいて本筋の求人の話に入ったところへ本物の銀行員が訪ねてきた。兄はとっさに朱実に耳打ちしたという。いまこの時点で採用することに決めたから、さっそくお茶を出してくれるように。それが済んだら空いている机の一つに向かって、秘書のような顔で仕事をするふりをするようにと——。

マンションの一室に社長一人の会社では銀行員の覚えが目出度《めでた》いはずもない。とっさの機転でその要請に的確に応じた朱実に兄は好印象を持ったらしい。銀行員が帰ったあとは朱実のほうが腰が引けるほどの気の遣いようで、その日はひどく値の張るレストランで晩飯までご馳走になり、翌日から正社員としての勤務がスタートしたという。せっかちで思い込みの激しいところのあった兄らしい話だった。

「きょうはこんな写真を持ってきたんです。ご覧になります」

朱実は一冊のミニアルバムを私に手渡した。どこかへ旅行したときのものらしい、兄と朱実のスナップ写真が収まっていた。

写真の隅に写し込まれた撮影日時によれば、兄が死ぬ一年余り前のものだとわかる。私と兄はそのころ互いに多忙で、ときおり電話で連絡をとり合うだけで、直接会うことはほとんどなかった。そこにいるのは私が目にするもっとも直近の兄の姿だった。

そんなことを口にすると、朱実は寂しげな笑みを浮かべた。

「会っていれば、私にはわからないなにかを感じとれたかもしれませんね」

そうかもしれない。兄は嘘が下手な人間で、心の中が顔や仕草に出る。電話ではわからない心の変化に私なら気づいたかもしれない。そんな思いに動揺した。私もまた兄に似て心の中が表に出やすいたちらしい。そのことを責めたのではないと示すように、朱実は努めて明るい表情で語りだす。

「稲取《いなとり》に行ったときの写真です。会社の資金繰りはすでに悪化していたんですが、一時的に繋ぎの資金が工面できて一息つけたときでした。彼が突然旅行に行こうと言い出したんです。

伊豆にいい宿があるからと」

「兄の行きつけの宿だったんですか」

「そのようです。以前に何度か滞在して、そこの女将《おかみ》とは親しかったようで。雰囲気がよくて料理も美味しくて、なにより女将が気さくな方でした。滞在したのは二日だけでしたけど、私は一週間でもいたいくらいだった――」

ページを繰る私の手元に視線を向けながら、朱実は懐かしさを滲ませる。

「あっ、パパだ」

幸人がハイチェアのステップの上で立ち上がり、テーブルに両手をついて私の手元を覗き込む。

「これ僕が生まれる前の写真でしょ。僕が生まれる前は、僕にはパパがいたんだよね」

言葉は矛盾しているが、言いたいことはよくわかる。瞳を輝かせて写真に見入る幸人に私は思わず声をかけた。

「今度会うとき、パパが幸人君と同じくらいのころの写真を見せてあげるよ。きっとびっくりするぞ。君にそっくりだから」

「本当？　でもおじさんもやっぱりパパに似てるよ。髪の毛のかたちが違うし、パパはお髭を生やしてるけど、少しだけ直せば本物のパパになれるよ」

幸人の両肩を押さえてハイチェアに座らせながら、朱実が困惑した表情で言う。

「さっきここへ来る途中でも、ずっとそんなことを言い続けて聞かないんです。あの――」

口ごもったその話の先をなんとなく察して、私のほうから切り出した。

「幸人君。おじさんは君の本当のパパにはなれないけど、ときどきならパパの代わりになってあげられるよ」

「本当？」

幸人はまたハイチェアの上で立ち上がる。テーブルについた手が触れてワインのボトルが倒れかかるのを楠田が素早い動きで受け止める。

「あの、ごめんなさい。無理はなさらないで」

朱実は戸惑うような、ほっとしたような複雑な表情で頭を下げた。

「いや、いいんです。私も幸人君とどこかへ遊びに行きたくなったから。模範的なパパになれるかどうかわからないけど」

私は鷹揚に応じた。私自身が、そうすることで肩に背負った荷のいくばくかを下ろせるような気がしたからだった。

「じゃあ、ディズニーランドへ連れてって。ママと行ったことがあるけど、パパがいなかったからちょっとつまんなかった」

朱実に力ずくで椅子の上に押し込まれながらも、幸人の息は弾んでいる。

「よかったね、幸人君。おじさんともそのうち海へ釣りに行こうよ」

楠田が横から声をかける。幸人は気乗りのしない顔で私に目を向ける。

「うん。それもいいけど。まずパパとの約束が先だよ」

「そうか。おじさんは二番手か」

楠田は残念そうに肩を落としてみせる。幸人は満足そうな笑みを浮かべ、トマトソースがたっぷり絡んだパスタをフォークですくって、危うげな手つきで口に運んだ。その口元についたトマトソースを朱実がナプキンで拭ってやる。

私はミニアルバムのページをさらに繰った。兄は白い長袖のポロシャツにベージュのやや着古したチノパン。朱実は淡いグリーンのあっさりしたワンピース。くつろいだ雰囲気の二人は似合いの夫婦にみえる。季節は春先のようで、二人がポーズをとって写っている背景の浜辺に海水浴客の姿はない。

ワンピースの裾を持ち上げて、波打ち際でおどけてみせる朱実がいる。鄙《ひな》びた漁港で、水揚げされた金目鯛を物欲しそうに見つめる兄がいる。山育ちの兄は長じてからは魚に目のない人間になった。

投宿した旅館のロビーらしい場所で、ソファーに座ってくつろぐ二人がいる。さらにページを繰ったとき、私は思わず息を呑んだ。それとほぼ同じアングルの写真に女性がもう一人加わっていた。

兄を中央にして、右に朱実がいて、左にいるのが、すっと背筋を伸ばして穏やかな笑みを浮かべたその女性だ。上品な紺の和服を着て髪はアップにしているが、その顔立ちと佇まいがあの佳代さんにあまりに似ている。私は驚きを隠して問いかけた。

「こちらの女性は？」

私が示した写真を覗き込んで、朱実はあっさりと答えた。

「宿の女将です。素敵な方でしょ。明るくて気さくで。この宿の人気の理由の半分以上はこの方の魅力じゃないかしら。旅から帰ってしばらくすると、なぜかまた会いたくなっちゃうような人――」

「兄はこの人と面識があったわけですね」

「ええ。そのときも夫と再会してとても喜んでいたようでした」

「お名前は？」

私の問いにわずかに怪訝な表情を見せてから、朱実は記憶を手繰《たぐ》るように天井に視線を這わせた。

「えーと、たしか。前島《まえじま》――。そう、前島雪乃《ゆきの》さんとおっしゃったわ」

拍子抜けしたような私の呟《つぶや》きを、朱実は聞き逃さなかった。

「彼女になにか心当たりでも」

「いえ、知っている人によく似ているもんですから。でも苗字も名前も違います」

そう答えながらも心がざわめいた。写真はサービスサイズに引き伸ばしたもので、ピントはやや甘く、確実に同一人物だと断言する自信はない。双子の姉妹、あるいは他人の空似――。もし同一人物なら写真の前島雪乃と私の知る及川佳代とのあいだには七歳余りの年齢の隔たりがあるわけで、二人のあいだの微妙な差異は、せいぜい加齢と服装や髪型の違いからくるものとしか思えなかった。

そしてなによりも奇妙な符合は、前島雪乃が生前の兄と面識があったことと、及川佳代の、まるで私のことをかねてから知っていたとしか思えないあの晩の謎めいた行動だった。

さらにページを繰っていった。旅館の玄関の前で、兄と朱実と女将が並んでいる写真があった。建物は風格のある和風建築で、三人の頭の上には重厚な木彫りの看板が掲げてある。書かれている文字は〈東雲荘《しののめそう》〉と読めた。

他人の空似と自分を納得させるのはやはり無理だった。屋号がわかれば電話番号は調べられる。あとで自分で電話をかけて、場合によってはじかに出向いてでも真実を明らかにしたかった。

私はもうその話題には触れないことにした。及川佳代が兄の事件にどんな関わりを持つのか皆目わからない。いやそもそも関わりがあると考えること自体が思い過ごしかもしれない。しかし彼女は私の内面のいちばん柔らかい部分に刺さった棘だった。

その棘は決して痛みを伴わず、むしろささくれた私の心に癒しをもたらす性質のものだった。そのことを、もうしばらく自分の胸のうちにだけ私は仕舞っておきたかった。

3

会食は和やかな雰囲気で終えた。

楠田とは店の前で別れ、私と朱実と幸人の三人はタクシーで渋谷駅に出た。朱実たちは山手線で池袋方面に向かい、私は半蔵門線で神保町《じんぼうちょう》に出て、都営三田線に乗り換えて西巣鴨《にしすがも》に向かった。

西巣鴨の駅から滝野川一丁目のマンションまでは徒歩五分ほどだ。午後九時に近かったが、霧のような雨はまだ止んでいない。傘を出すのも億劫なので、明治通りを小走りに歩き出す。

さほど濡れることもなくエントランスに駆け込んで、集合ポストから郵便物を取り出して、ナンバーキーを押してオートロックのドアを開け、エレベーターの前に立つ。とたんにドアが開いて、小柄で痩せた男が降りてきた。黒いTシャツにジーンズにスニーカー。背中には紺のデイパック。黒いキャップを目深《まぶか》に被《かぶ》っているが、わずかに覗いた横顔だけで、見知った人間ではないことがわかる。このマンションの入居戸数は三十戸ほどで、ゴミ捨てのときなどに接する機会は多いから、住民同士なら付き合いはなくても顔くらいは知っている。

男は私の脇をすり抜けて、エントランスのドアを開け、素早く外へ出て行った。その動きに不審なものを感じた。なにかうしろめたいことのある者の挙動のように思えた。

エントランスはオートロックで、監視カメラも作動している。住民の誰かのところへの来訪者だろう。心配はないと自分に言い聞かせるが、なぜか心が落ち着かない。

五階にある自室のドアは施錠されていた。やや張り詰めた気分でドアを開け、玄関、廊下、寝室、仕事に使っているリビングダイニングと、次々灯りを点けていく。人が侵入した気配はない。クロゼットのなかも確認する。雑多な山道具のあいだに隠しておいた例のものもちゃんとある。

自分の神経の過敏さ加減が可笑しくなる。たしかに朱実と楠田とのこの日の会話は心に穏やかではないものを残したが、我が身に危険が及ぶ類の話は出なかった。ここ数日のあいだに私を襲った過去からの大波が、もともと強靭とはいえない私の神経を明らかに消耗させているようだった。

コーヒーを淹れて気分を落ち着かせ、書棚から伊豆方面のガイドブックを探し出す。商売柄、全国の観光地のガイドブックは一通り集めてあるが、つねに最新版が揃っているわけではない。手元にあったのは二年前の奥付のものだった。しかし地方の観光地の現状が数年でそう大きく変動するとは思えない。

稲取のページを広げてみる。お奨めの宿がいくつか紹介されているが、〈東雲荘〉という旅館はそこにはない。編集を手がけたライターの目に留まるほど大きな宿ではなかったようだ。巻末の資料編には宿泊先のリストが並んでおり、そのなかにやっと〈東雲荘〉の名前を見つけ出した。

宿泊人員五十名となっているから、伊豆あたりの旅館としてはやはり大きなほうではない。しかし通が好む穴場というのはそのくらいの規模のところが多いものなのだ。

所在地と電話番号をメモパッドに書き写し、机上の電話機に手を伸ばす。まだ午後九時を過ぎたばかりで、旅館の帳場なら営業時間内だ。受話器をとってダイヤルボタンをプッシュする。呼び出し音は鳴らずに音声メッセージが応答した。

「この電話は現在使われておりません。もう一度電話番号を確認しておかけ直しください」

メモパッドに書き写すとき間違えたのかもしれないと、またガイドブックを取り出して、書かれている番号を正確にプッシュする。やはり同じメッセージが応答する。

今度は電話番号案内を呼び出して、住所と旅館名を告げて返事を待った。返ってきたのは、その旅館の番号は登録されていないという答えだった。

デスクトップのパソコンを立ち上げる。インターネットで検索してみれば、何らかの情報が得られるはずだ。

電源を入れるとウィンドウズの初期画面が現れる。苛立ちながらシステムが立ち上がるのを待つ。ウィンドウズのデスクトップが画面に表示されたところで、ブラウザーのアイコンをクリックする。サーチエンジンを開いて〈稲取旅館組合〉のホームページを検索する。

ページはすぐに見つかった。さっそく加盟旅館のリストを表示する。〈東雲荘〉の名前は出てこない。今度はメモと見比べながら、同じ住所の旅館がないか、そのリストをスクロールする。

あった。〈アクアリゾート稲取〉——。所在地はメモにある〈東雲荘〉とまったく同じだ。

〈詳細情報〉と書かれたボタンをクリックすると、施設紹介のページが開いた。

ページのトップに建物の全景写真が貼りつけてある。真新しい鉄筋コンクリートの、カリブ海あたりのリゾートホテルを思わせる突飛なデザインで、風格や重厚さとはほど遠い。朱実が持っていた写真の〈東雲荘〉とはまったく別物だ。

紹介文を読むと、営業開始は四年前。経営しているのは聞き覚えのある国内のリゾートホテルチェーンだ。なんらかの理由で〈東雲荘〉は廃業し、建物は取り壊されて、伝統を誇る伊豆の旅館街のイメージとはいかにもちぐはぐなこのホテルが建てられたことになる。

女将の前島雪乃と及川佳代が同一人物かどうかは別として、〈東雲荘〉は兄と朱実の思い出の場所であり、私にとっても兄を偲《しの》ぶよすがとなる場所のはずだった。前島雪乃は私とはまた別の角度から生前の兄を見ていただろう。その〈東雲荘〉が消滅していた。言い知れぬ虚しさを抱えながら、私はしばらくそのホテルの紹介ページを眺めていた。

そのときふと不審な思いがよぎった。ついいましがたこのパソコンに電源を入れたとき、ウィンドウズは通常の手順で起動した。それは前回電源を落としたとき、完全にシャットダウンして作業を終了したことを意味している。

しかしそれは私の場合、通常の終了手順ではない。再起動に時間がかかるのを嫌って、私はほとんど休止モードで終了する。その場合、終了直前のメモリーの内容がそっくりハードディスクに記録される。次に電源を入れたときは通常の起動手順をパスしてハードディスクに記録されているメモリーの内容を読み込んで、前回終了時の状態を復元して起動する。そのため起動に要する時間は数分の一で済む。

この日、出かける際にも、間違いなく休止モードで終了したのを私は覚えていた。それは私の留守のあいだに誰かがこのパソコンを操作して、通常の手順で電源を切ったことを意味していた。

独り身の私は外出中に誰かがパソコンを操作することは想定していない。外出時に持ち歩くことの多いノートパソコンには、他人に覗かれる可能性を考慮してパスワードをセットしてあるが、家に置きっぱなしのデスクトップ型にはパスワードはセットしていない。つまり電源を入れるだけで誰でも使える状態になっている。

先ほどエレベーターホールで遇った小柄な男を思い出す。犯人だと決めつける根拠はないが、直感は鋭い警鐘を鳴らしている。

メールソフトを立ち上げてみる。コンピュータに保存された電子メールは個人情報の宝庫で、それがもっとも覗き見される可能性が高い。サーバーへの接続はオートコンプリート機能を使って自動化してあるから、これも侵入者はたやすく利用できる。

受信トレイが開く。読んだ記憶のないメールが五件ほどダウンロードされている。受信時刻はどれも私が外出しているあいだで、すべて既読の表示になっている。仕事関係のメールばかりで、読まれて困るような機密情報は書かれていない。それでも読まれたこと自体が不快極まりない。

室内をもう一度点検する。やはり物色された気配はない。机の抽斗に入れてある預金通帳や印鑑の類も手付かずだ。物の配置にも目につくような変化はない。玄関ドアの錠にしても、サムターン回しのような乱暴な方法でこじ開けられた形跡はない。洗練されたプロの技術で開錠し、出るときも侵入に気づかれないようにきちんと施錠しておいたらしい。

狙いは私のパソコンだけ。クレジットカードやキャッシュカードの暗証番号を私は頭に記憶しており、パソコンの内部には残していない。しかしログインが必要なサイトのＩＤやパスワードが盗まれた可能性はある。日ごろ利用しているメンバー制のサイトを思いつく限り次々開いて、ＩＤとパスワードを変更した。

ノートパソコンは日中の取材のためにデイパックに入れて携行していたから心配はない。実害はなかったはずだと自分を納得させるが、それでも気分は落ち着かない。

犯人はなんのために侵入したのか。窃盗目的ではないのは間違いない。ハードディスクに保存されている仕事関係のファイルにしても、覗かれた可能性はあるが、消去されたり破壊された形跡はない。

兄の一件で誰かが私の情報を探ろうとしている――。そんなはずはないと即座に否定してみるが、不気味な慄きは消えてくれない。そのことで私が動いていることに感づいているのは父と勝又くらいだろう。父の意を汲んだ勝又が仕組んだ私に対する威圧行為か。

ふと新たな不安が湧き起こる。他人の家に痕跡が残らないように侵入する目的が一つある。

盗聴器の設置——。

慌ててドライバーを取り出して、電話機のカバーをこじ開ける。マイクや発信機のような不審なものはない。受話器のカバーも同様に取り外す。スピーカーの部分にもマイクロフォンの部分にも異常な物は取り付けられていない。キッチンに置いてある子機もチェックする。やはり異常はない。ファクシミリも同様だった。

カーテンの襞のなか、机の抽斗、クロゼットの内部——。思いつく限りの場所を点検する。書棚の本をすべて床にぶちまける。部屋じゅうのコンセントのカバーを外して回る。ソファーやカーペットを裏返す。やはりなにも発見できない。

それでも不安は消し去れない。見つからないことは存在しないことを意味しない。けっきょく部屋じゅうを足の踏み場もないほど引っ掻き回し、ただ疲労困憊《こんぱい》してリクライニング式のデスクチェアに倒れ込んだ。

そのとき目の前のパソコンにメール着信のメッセージが表示された。受信ボタンをクリックしてダウンロードする。表示されたメールのヘッダーを見て、思わず目をこする。

差出人は〈深沢雄人〉、件名は〈章人へ〉——。

あの世にいるはずの兄からの音信。背筋に鋭い悪寒《おかん》が走った。次いで堪えがたい憤りが湧き起こる。あまりにも悪質な悪戯《いたずら》だ。いったい誰がなんの目的で——。

第六章

1

言葉にしがたい不快感を覚えながら、「深沢雄人」名義の不審なメールを開いてみた。マウスをクリックする指が汗ばんでいた。文面は次のようなものだった。

〈章人。六年という歳月は記憶の垢《あか》や澱《おり》を洗い流すのにいい長さだ。墓の下に封じ込めた過去をほじくり返すのは悪い趣味だ。おれのことはもう忘れてくれ。高平山の洞窟のこともも う忘れろ。これからはおまえの人生だけを歩いてくれ。雄人〉

その短い文面を走り読みして、心臓を冷たい手で撫でられたような慄きを覚えた。高平山の洞窟のこと――。それは私と兄しか知らない秘密のはずだった。ただの悪戯と切っては捨てられない。これは本当に死んだ兄からのメール？

まさか――。そんなオカルトじみた話を信じる感性を私は持ち合わせていない。それなら兄はどこかで生きているのか？

それもまた信じがたい。藤原ダムの湖面に浮いた兄の遺体は、当時沼田署の刑事だった勝又と、その一報を受けて現場に赴いた父が確認している。

水死体の場合、自然死とはだいぶ様相が異なるというが、実の父が赤の他人を息子と見間違えるとは思えない。現場付近に放置されていた車にしてもその付近から発見された所持品にしても、警察は兄のものだと確認しており、それも身元特定の重要な根拠になったはずだった。

遺体が別人のものなら運転免許証の写真と見比べればわかることで、警察は遺体の顔と免許証のそれを照合し、同一人物であることを疑わなかったわけだろう。

発見の翌日、遺体は手早く荼毘に付されたが、兄の顔を知る身内や従業員の目にまったく触れなかったとは考えにくい。つまり別人の遺体を兄と偽って火葬したとみる余地はほとんどない。

ではいったい誰がこのメールを――。高平山の洞窟の秘密を兄はどこかで誰かに喋ったのか。それなら送り主はその人物である可能性が高い。

私はそのことを誰にも話していない。日記や覚書の類も残していない。むろん覗かれたコンピュータのなかにそれに触れた文書も存在しない。

高平山の洞窟の秘密――すなわち私の部屋のクロゼットにいま存在するあの拳銃は、私にとってただの物体ではない。私と兄を魂のレベルで繋ぐ絆だときょうまで思って生きてきた。

兄もそうだと信じたかった。

やはりたちの悪い嫌がらせだ。そしてやったのは兄と接点のある人間だ。私としては信じがたいことだが、なにかの折に兄の口からそれを聞かされた人物だ。

だとすればまず思い当たるのは兄の高校時代のクラスメートの勝又だ。現在は警備保障会社の上級管理職。セキュリティの管理が商売なら、その裏を掻く手口も熟知しているだろう。部屋に侵入したのはたぶんその配下の人間だ——。そう考えるとおおむね辻褄が合ってくる。

送信者のアドレスは意味のない文字と記号が羅列されたもので、無作為に送られてくる迷惑メールと変わらない。アドレスから送信者を特定することはまず不可能だろう。送ってきたのは部屋に侵入した実行犯か勝又本人か——。いずれにせよ侵入とそれが一連の動きであることは間違いない。

一昨日勝又と会ったとき、私は名刺を渡していない。だから勝又本人は私のメールアドレスを知らなかったはずだ。たぶん侵入者がコンピュータからそれを盗み出し、マンションを出てすぐ勝又に教えたか、あるいは勝又が事前に用意したものを直後に侵入者が送信したのだろう。

しかしその目的がわからない。彼らは私からなにかを探ろうとしているのか。父への嫌疑に関することで、探られて困るほどの情報を私は持ち合わせていない。では恫喝《どうかつ》か。私など掌を這いずり回る虫のようなもので、その行動はすべてお見通し、その気になればいつでも捻り潰せるのだと教えるためなのか。

腹の底から怒りが込み上げる。しかしすべては私の憶測だ。勝又に問い質してもどうせしらばくれるだけだろう。ゆっくり深く呼吸する。それを何度か繰り返す。いくらか頭が落ち着いてきた。

相手は馬脚を現したともいえる。勝又は父の指令で動いているのか、それともその意を汲んで勝手に動いているのか――。いずれにしても背後には間違いなく父がいる。朱実と楠田の狙い目が正しいことがこれであらかた証明されたことになる。

楠田が父への嫌疑を携えて私のもとを訪れたあの日以来、そうなることは覚悟していた。しかしここまでの事実を突きつけられて、私は明らかにうろたえていた。やり方があまりに強引だ。焦っているともいえるだろう。だが恫喝としてなら効果がある。その尻尾を確実に掴めないままこんな攻撃を繰り返されたら、自分の神経がいつまで堪えられるかわからない。

いやそれ以上に、たかが一億五千万円の金のために息子の命を奪った獣の血が私の体内にも流れている――。そう思っただけで手足の先から血の気が引いていく。

私は立ち上がってキッチンへ向かった。飲み残しのワイルドターキーをグラスに注ぎ、氷も入れずに飲み乾した。喉が焼け、頭が痺れ、そのまま床にへたり込む。あのメールの文言が記憶のなかの兄の肉声に乗って勝手に頭のなかで踊り出す。私の脳は考えることをすでに拒否していた。

グラスにまたワイルドターキーを注ぎ足した。バーボン特有の甘い芳香が有刺鉄線のようにささくれた神経を宥めてくれる。また一息に飲み乾して、喉を焼き、頭の芯に心地よい痺れを覚え、私はゆらゆらと酔いの粘液の海を漂い出した。

2

頭痛と胸焼けに苛《さいな》まれながらソファーの上で目が覚めた。

昨夜までの雨は上がっていた。ブラインド越しに秋の穏やかな陽光が射し込んで、散らかし放題の室内に明と暗の縞模様を揺らしていた。新しい一日が始まることがこれほど憂鬱に思えた朝はなかった。

気力を絞ってソファーから起き出して、冷たい牛乳とトマトジュースを立て続けに飲むと、いくらか胃の状態が落ち着いた。

室内は足の踏み場もない惨状だ。昨夜の一大捜索作戦でも、盗聴器や盗撮カメラは発見できなかった。しかしそれが存在しないとはまだ言い切れない。

この部屋には居たたまれない気分だった。歯を磨き、シャワーを浴びて、なんとか気持ちを引き締めて、とりあえずの仕事のための資料一式とノートパソコンをデイパックに詰め込んだ。あの怪しげなメールはノートパソコンのハードディスクにコピーしておいた。

侵入されたデスクトップパソコンにも今度はパスワードを設定し、クロゼットに隠しておいたコルト・ガバメントはカメラバッグに入れて持ち出して、駐車場のパジェロのシートの下に押し込んだ。車は荒らされた様子はなかった。

そのままマンションを出て、歩いて五分ほどのファミリーレストランに腰を落ち着ける。二日酔いはさほど重篤《じゅうとく》ではなかったらしく、カラフルな写真入りのメニューを眺めるうちに元気に腹の虫が鳴き出した。

モーニングメニューを注文し、いま置かれている状況の危険度を推し量る。命まで狙ってくるとは思えないが、嫌がらせがさらにエスカレートする可能性はある。楠田や朱実にもその手が伸びないとも限らない。というよりこの状況における当事者は私ではなく彼らであって、私がターゲットになるのは筋違いともいえる。

当面の対策を考えてみる。とくに盗まれたものはなく、警察に通報してもたぶん意味はないだろう。おざなりな事情聴取をするだけで、まともな捜査などするわけがない。せいぜい思いつくのは戸締りを強固にするくらいだった。

マンションの管理会社に携帯から電話を入れて、玄関ドアの錠の交換を依頼する。比較的開けにくいとされるディンプル錠への交換で料金は三万円。これから業者に連絡するから作業は明日になるという。キャッシュカードや通帳や印鑑は携行している。盗まれて困るものはとくにないので、それで結構だと答えておいた。

モーニングセットがテーブルに届くのを待って、今度は楠田の事務所に電話を入れる。アシスタントの女性が出て、楠田はいま出先だという。向こうから連絡させるというのを断って、今度は携帯にかけてみると、すぐに楠田と繋がった。

「深沢です。昨夜はご馳走になりました。いま話してもかまいませんか？」

「もちろん。徒歩で移動中ですからご遠慮なく。なにか問題でも――」

楠田は暢気《のんき》に問い返す。昨夜の顛末《てんまつ》をかいつまんで伝えると、楠田は黙って話に聞き入った。高平山の洞窟のことは言うわけにはいかないので、単に自分と兄だけが知る事実に触れていたと言葉を濁しておいた。

「穏やかではない話ですな。私のほうは自宅にも事務所にも侵入された形跡はありません。しかしもう一度確認してみる必要がありそうですな。手口がそこまで巧妙だとすると、まだ気づいていないだけかもしれません。朱実さんにも注意を促しておきます。しかし死んだお兄さんの名前を騙《かた》るとは、ずいぶん人を食ったやり方じゃないですか」

　楠田の声はほくほくしている。頼みもしないのに狸《たぬき》が尻尾を出してきたわけだから、彼にしてみればしてやったりというところだろう。苛立ちを覚えながら問いかける。

「どうしましょう。私から勝又に電話をして、探りを入れてみようかと思うんですが」

　楠田は慌てて止めにかかる。

「それはまずい。あなたが過敏に反応すれば、こちらの腹のうちをさらけ出すことになる。むしろ無視したほうがいいでしょう。そのほうが相手に不安を与えます。勝又氏には私のほうから接触を試みます」

　今度は慌てたのは私のほうだった。

「そのほうがむしろ拙速《せっそく》じゃないですか。弁護士のあなたが先陣を切って動けば、向こうはガードを固めてしまう」

「だから揺さぶりになるんです。こちらはあくまで正攻法で攻めていく。その程度では向こうはおそらく動じない。しかし彼らにすればあなたは獅子《しし》身中の虫で、恐れているのはあなたの行動です。その動きが読めないことがいちばん不安なはずなんです」

「私の動きといわれても、できることは限られている」

「ですからいまは静観して欲しいんです。あなたと私が接触していることを、たぶん彼らはまだ知らない。私が動いてみせたのは沼田の竹脇税理士に電話をかけたことくらいで、あなたと私が連携しているとまでは気づいていないでしょう」

「だったらなぜ私にあそこまで悪質なちょっかいを？」

「たぶん、お兄さんへのあなたの思いが特別なものだということを知っているからでしょう。だから怖いんです」

楠田の言葉に他意はないだろうが、私の背筋には冷や汗が滲んだ。あのメールがほのめかしていたのは高平山の洞窟のことだった。しかし私が意識したのは、至仏山の頂上で交わした兄とのあの約束だった。

どちらかが誰かに殺されたら、生き残った者があの銃を使って仇《かたき》を討つ――。そしてあのとき兄が吐露した母の死にまつわる父への疑惑。もしそれが真実なら、自分の手で父を殺すと兄は誓った。

どちらも少年同士の口約束で、成人してのち私たちはそんな話をしたことがない。しかし兄が勝又にそこまで語っていたとしたら、父の懐刀を自任する勝又が私を警戒するのは納得がいく。

それでも疑問は打ち消せない。兄は本当に勝又にそんな話を聞かせたのか。私には否という答えしか浮かばない。だとしたら残る可能性は一つだけだ。あのメールは兄からのもので、兄はどこかで生きている——。私はその突飛な考えに取りつかれつつあった。

あの世からであれどこからであれ、メールを送ったのが兄だったら、本人だと信じさせるために二人だけの秘密に言及するのは自然だろう。荒唐無稽だとはわかっていても、その可能性を排除する気になかなかなれない。そんな思いを隠して楠田に問いかけた。

「接触するといっても、いったいどうやって？」

「ぜひお会いして当時の捜査状況を伺いたいと言えば、たぶん断らないでしょう。昨夜の侵入者を操ったのが彼だとしたら、大いに好奇心を持つはずです。むしろこちらの予想を超えた濃密な接触を試みるんじゃないかと思います」

「私に対してやったようなことを？」

「もっと過激なことを期待してるんですがね」

電話の向こうでほくそ笑む楠田の顔が目に浮かぶ。

「危険じゃないですか」

「身辺には十分気を配ります」

楠田はあくまで動じない。私は別の懸念を口にした。

「朱実さんにも手を伸ばしてくる惧れがあるでしょう」

「彼女のことは一切明かしません。弁護士には守秘義務という楯がありますから。むろん勝手に憶測はするでしょうが、私が黙っている限り住所も勤務先もわかりません。いずれにせよ、ここから先は私が闘いの主導権を握りたいんです」

楠田の物々しい言い回しに私は当惑した。

「闘いの主導権？」

「こちらの読みが正しければ、彼らの今後の標的は私です。うしろめたいものがあれば私になにか仕掛けてくる。勝又という人物はなかなか行動的なようなので、それが恰好のリトマス試験紙になると思います」

楠田は自信を漲《みなぎ》らせる。一度決めたら梃子でも動かない気性らしい。やむなく話の方向を変えてみる。

「竹脇税理士からはまだなんの反応も？」

「いまのところは――。勝又氏から圧力がかかっているかもしれません。だとしたらその線は期待できない。突破口はあくまで勝又氏本人です。とりあえず私という餌を彼の前に抛ってみます。食欲を感じてくれるかどうかはわかりませんが――」

楠田はゲームを楽しむように言う。態度や物腰からは人の本性はわからない。楠田の豪胆さに私は改めて驚かされた。

3

食事を終え、仕事関係のメールを何通か書いて、ノートパソコンに携帯を接続して送信した。

さらに短い原稿の一本くらいは書き上げる気でいたが、頭のほうが言うことを聞いてくれない。思いは絶えずブーメランのようにあの兄からのメールに戻っていく。

それが何者かによる騙りだと理性のレベルでは納得している。送り主が勝又の可能性が高いという私の考えを楠田も否定しなかった。しかしあのメールを受け取って以来、私の感情の湖面は波立ち続け、思考はその波間に浮かぶ小舟のように揺れていた。

兄がどこかで生きている——。そんな荒唐無稽な仮説に心が傾くのを止められない。思考は勝手に極端な推論に走り出す。兄は誰か他人の遺体を身代わりにしたのではないか。それが決してありえないことではないように思えてくる。

藤原ダムで発見された遺体を兄だと真っ先に指摘したのは勝又だった。その一報を受けて父は現場に向かい、その目で兄だと確認した。運転免許証やクレジットカードその他の所持品もその証言を補強した。

しかしすべてが仕組まれたものだとしたら――。勝又が父と示し合わせていたのだとしたら。その遺体の人物が免許証の写真では見分けがつかない程度に兄と似ていたとしたら。身元特定に結びつく車や所持品が意図的に現場付近に放置されていたとしたら。兄を知る身内や従業員に遺体を一切見せることなく荼毘に付していたとしたら――。翌朝すぐに実家へ出向いた妻の朱実を、遺体との対面も許さず無慈悲に追い返した父の行動もそれでおおむね説明がつく。

私は常軌を逸しているのかもしれない。自分の父親による息子殺しの犯行を、事実として認めることを無意識に拒絶しようとしているのかもしれない。

もしその仮説が成り立つなら、今度は別の疑惑が湧き起こる。なぜ兄はそうしたのか。父や勝又と結託して保険金詐欺の片棒を担いだということか。結婚してわずか数日の妻を残して、自分はいまもどこかで安穏と暮らしているということなのか。

巨額の負債を抱え、追い詰められていた当時の状況を思えば理屈としてはありうることだ。しかし兄はそんな姑息《こそく》な手段によって借金苦から逃れようとするような人間ではなかったはずだ。

昨夜の悪酔いが戻ったようにまた頭がくらくらして、かすかな吐き気のようなものさえ襲ってくる。楠田は私のそんな疑念をどう受け止めるだろうか。藁《わら》にもすがる思いで携帯のダイヤルボタンをプッシュする。

今度は電話は繋がらず、留守電センターが応答する。人との面談の最中で携帯の電源を切っているのかもしれない。やむなく連絡が欲しい旨のメッセージを残しておいた。

いったん閉じていたノートパソコンを立ち上げて、コピーしておいた昨夜のメールをまた開いてみる。


〈章人。六年という歳月は記憶の垢や澱を洗い流すのにいい長さだ。墓の下に封じ込めた過去をほじくり返すのは悪い趣味だ。おれのことはもう忘れてくれ。高平山の洞窟のこともう忘れろ。これからはおまえの人生だけを歩いてくれ。雄人〉


兄は名文家ではないが、たまに旅先などから寄越す手紙では、妙に斜《しゃ》に構えた言い回しを好んで使った。この文面にもそんな傾向が窺える。手紙なら右肩上がりで角張った癖のある筆跡が確認できるが、電子メールではそうもいかない。

兄はメールはほとんど寄越さなかったが、私のアドレスは知っていた。その点からすれば、送ってきたのが兄だという考えがことさら不自然なわけではない。

では私の部屋に侵入し、コンピュータを覗いていったのは何者か。それが兄だとは考えにくい。兄に錠前破りの技術はないし、人を使ってやったとしても、その目的となると理解しがたい。こちらは勝又の仕業と考えるほうが筋が通る。

侵入とその直後の電子メールは連動したものではなく別個の出来事だった——。そう考えるのが正しいのかもしれない。いずれにせようまく割り切れる解が見出せないのがもどかしい。

コーヒーのお代わりをしようとドリンクバーに行きかけたところで携帯が鳴った。楠田からだった。いったん席に戻って通話ボタンを押す。

「また状況に変化でも？」

「そうじゃないんです。たとえばこんな突拍子もない考えが成り立つものかと——」

兄生存の仮説を一わたり語って聞かせる。楠田はときおり相槌《あいづち》を打ちながら最後まで聞き通した。

「ロジカルな面での可能性ということならたしかにそれはありえます。深沢さんのおっしゃる前提条件がすべて揃ったと仮定しての話ですが」

適度な好奇心を示す口調だが、どこまで本気で受け止めているかはわからない。

「つまり、現実にそんなことが起きたとは考えにくいと？」

「そこまでいくと想像力のゲームのような気がしますが」

楠田は安閑としたものだ。問い返す声に覚えず苛立ちが混じる。

「想像力のゲームですか？」

楠田が慌てて言い添える。

「もちろん我々はあらゆる可能性に目配りしなければなりません。その点も当然考慮に入れておくべきでした。ご指摘、じつに痛み入ります」

いつもの楠田の馬鹿丁寧な口調が、ここでは妙に癇《かん》に障る。思わず皮肉が口を衝《つ》いた。

「考えすぎのようですね。死んだ兄があの世からメールを寄越したと考えるほうがまだ現実的かもしれない」

「いや、そんな意味ではありません。勝又氏と接触するに際しては、その可能性も十分腹に収めておくつもりです。私のほうは一両日中には動きはじめます。もちろん状況は逐一ご報告します」

勝手に動かれては困るという腹のうちが伝わってくる。だからといってこちらも打つ手は思い浮かばない。では報告を待つと答えて通話を終えた。

落ち着いて考えてみると、やはり楠田の感覚が正常に思えてきた。父と勝又が示し合わせた茶番なら、なぜ勝又は地元紙の記者に他殺を示唆する索条痕のことを喋ったのか。勝又本人の言によれば、父との関係が深まったのは兄の死後まもなくのことで、私が知る限りでも、父と勝又は兄の生前には一面識もなかったはずだった。

そのうえ、兄自身が父や勝又と結託したという前提でしか私の仮説は成立しない。それは私の知る兄からは想像すらできないことなのだ。

そう自らに言い含めても、兄が生きているかもしれないという漠然とした思いが心から離れない。たとえ蜃気楼のようにはかなくても、それは私にとって希望というべきものだった。たとえそのことが、兄が私や朱実を騙したことを意味していようとも――。

4

午前中いっぱいファミリーレストランで時間を潰したが、けっきょく仕事にはならなかった。そちらのほうは早々に見切りをつけて、午後は盗聴器センサーと指紋認証装置を買いに秋葉原へ出かけることにした。

前者は室内に設置された無線式の盗聴器や盗撮器を検知してアラームで報せるもので、店の人間の話によると、よほど特殊なタイプでない限り、世間に出回っているものはほとんど発見できるという。後者はパスワードの代わりに所有者の指紋を鍵にしてパソコンへのアクセスを制御するための装置だ。合わせて出費は一万円ほど。そのあと銀座界隈の書店を回り、仕事の資料になりそうな本を何冊か購入した。

　朝からよく晴れた一日で、ビルの谷間を吹き抜ける風はすでに秋の気配を感じさせた。電通通りを新橋方向に向かいながら、旅にいい陽気だとふと思った。雲一つない頭上の空は、高気圧性の好天がしばらく続くことを予感させた。そのうえ伊豆方面はいまは閑散期のはずだった。

　兄の定宿《じょうやど》の〈東雲荘〉はもうないが、現地で人から話を聞けば、女将の前島雪乃の行方がわかるかもしれない。いまも地元に住んでいるなら、じかに会って兄の話を聞けるかもしれない。及川佳代と前島雪乃が同一人物ではないかという私の疑念にもすっきり答えが出るだろう。

　思い立ったら気が急いた。昨夜メモしておいた〈アクアリゾート稲取〉に携帯から電話を入れる。

　電話はすぐに繋がった。あす一泊したいが部屋は空いているかと問うと、ツインなら空いているという返事だった。料金は夕食と朝食の二食付きで一万二千円。閑散期としてもまずまず大衆的な料金だ。迷うことなく予約する。

　自分の裁量で進むことのできる道のりが見えたのが嬉しかった。兄は朱実も私も知らないもう一つの顔を持っていたのかもしれない。その生死は別として、六年前の事件に至るまでの彼の足跡を辿る試みは私の好奇心を無邪気に掻き立てた。

5

予想したとおり、翌日も朝から抜けるような青空が広がっていた。山暮らしに慣れた私の観天望気は気象予報士の天気予報よりよく当たる。

昨夜は気力を奮って取り散らかした室内を片付けて、秋葉原で買った盗聴器センサーで部屋じゅうくまなくチェックした。盗聴器や盗撮器の類は見つからなかった。デスクトップパソコンには指紋認証装置を接続した。これで私の指紋以外では絶対に起動できなくなった。どうしてもなかを覗きたい人間は、私の指を切り取って指紋を認識させる以外に手がなくなった。

そのあと数日後に締め切りがくる短い原稿を二本片付けて、一足早くクライアントの手元に送信しておいた。とりあえずここしばらくは私は誰にも拘束されない。

この日の朝一番に管理会社の委託業者が玄関ドアの錠をディンプル錠に交換していった。作業はわずか十分で終わった。

東名のサービスエリアで早めに昼食をとることにして、朝食抜きで午前十時過ぎにマンシヨンを出た。途中、資料置き場として借りているトランクルームに立ち寄って、コルト・ガバメント入りのカメラバッグを雑誌の山の奥に隠しておいた。

護国寺《ごこくじ》で首都高に入り、スムーズな流れに乗って用賀に向かう。パジェロのエンジンは快調で、心地よいエギゾーストノートに身を委ねながら、思いはまた兄を巡る錯綜した謎に戻っていく。

楠田と朱実は本来なら看過していたはずの難題を私の人生に持ち込んだ。当初は重い気分で関わりはじめたその謎が、いまや思いもかけない磁力で私を惹きつけていた。

兄は忘れがたいモニュメントとして心に大きな位置を占めてはいたが、時の流れに急き立てられて、しだいに私はその傍らを離れ、単独行者としての人生に満ち足りたものを感じるようになっていた。

その兄が解きがたい謎を纏って唐突に過去から現れて、私の日々の平穏を打ち砕いた。否応なく巻き込まれた現在の境遇に、私は長年忘れていた魂の高揚を感じるようになっていた。それは兄とともに築き上げたあの少年時代の王国――高平山の尾根と谷を縫う迷路のような〈ホーチミン・ルート〉を切り開いたあのころの生命の輝きにも似たものだった。

用賀《ようが》から東名高速に入り、川崎インターを過ぎたところで助手席に転がしてあった携帯が鳴り出した。ディスプレイに目をやると楠田からだった。そのまま走り続けて港北《こうほく》パーキングエリアに入り、車を停めて携帯を手にすると、至急連絡が欲しい旨の留守電メッセージが届いていた。

きのうこちらに静観していろと言っていたわりにはその声が妙に切迫している。よからぬ知らせかと不安を覚えながらダイヤルすると、待ちかねていたように一回目の呼び出し音で楠田が応じた。

「ああ、深沢さん。取り込み中じゃなかったですか」

「いまは大丈夫です。車を運転していたものですから。なにか問題でも？」

「問題というより朗報です。例の竹脇税理士が先ほど電話を寄越しましてね」

「過少申告の件を認めたんですか？」

「そうなんです。もう一押ししようかと思っていた矢先で、意外とあっさりと折れてきました。朱実さんの推理がぴたり的中したわけです」

楠田は声を弾ませる。彼にとっては朗報でも私にすれば複雑だった。父への容疑の輪郭がこれでいっそう鮮明になった。覚悟は決めていたつもりでも、それは新たに私を打ちのめす。殺伐とした気分で私は応じた。

「竹脇氏は、父への義理立てと自分への風評を天秤にかけたということでしょうか」

「そんなところでしょう。お父上についての我々の疑惑が当たっているとするなら、それを隠し通せば犯行に加担したと疑われる。認めてしまえば修正申告の手続きは適法に行なわれているわけで、彼にはなんのお咎《とが》めもない」

「しかし彼がそう言っただけで、証拠の書類を提供してくれるわけではないんでしょう」

「我々の目的は警察もしくは検察に再捜査を促すことですから、当面、そう厳密な証拠は要りません。彼が電話で喋ったことは録音してありますから、とりあえずそれを提示すればばい。警察や検察が再捜査に乗り出せば、申告関係の書類は令状一つで税務署から取得できます」

「これで大きな壁が突破できましたね」

「いやいや、まだ序の口です。竹脇税理士の証言でわかったのは、お父上がお兄さんの死亡保険金を受け取ったという事実のみで、そのいわゆる――」

こちらの気分を察したように楠田はそこで口ごもる。私はきっぱりとその先を続けてやった。

「父が兄を殺害したという事実の証明にはならないわけですね」

「そういうことです」

「勝又を切り崩せますか？」

「そこが当面の勝負のポイントです」

「向こうは受けて立ちそうですか?」

「先ほど電話を入れてみたんです。深沢雄人氏の水死の件で話を伺いたいと」

楠田はあっさり言ってのける。まさに単刀直入だ。半ばあきれながら私は訊いた。

「反応はどうでした?」

「快く応じましたよ。薄気味悪いくらいにね。あの事件については自分も疑念を抱いていた時期があったと、わざわざ向こうから言ってきたんです」

「あなたの手の内を見極めるために探りを入れているんでしょう」

「たぶんそうでしょう。どうせ勝又はあなたに話した程度のことしか喋らない。ポイントはそこをどう突破するかです。こちらも素人じゃありませんから、必ず尻尾は摑んでみせます」

楠田は不敵な自信を示す。そこまで言われればお手並み拝見といくしかない。

「いつ接触するんです?」

「あす私が高崎へ向かいます。市内のホテルのロビーで午後二時に会うことになっています」

「身辺には十分気をつけてください。勝又はあなたに対してもなにか仕掛けてくる可能性がある」

「白昼堂々、そう手荒な真似はしないでしょう。それに腕力勝負なら私もいささか自信があります」

楠田は強気な口調で嘯《うそぶ》いた。万事に控えめな彼にしては珍しい。意外な思いで問い返す。

「なにか武術でも？」

「柔道を少々。若いころ国体に出場したことがあります。むろん緒戦で敗退しましたがね」

電話の向こうで楠田は笑う。慇懃で実直な態度とは裏腹に、図に乗ると手がつけられなくなる男のような気がしてきた。

「いまどちらに？」

唐突に楠田が訊いてくる。前島雪乃の消息を追っている話は、ここではまだ黙っていることにした。

「伊豆方面へ向かって東名を走っています。急な取材の仕事が入りまして」

「ご滞在はいつまで？」

「たぶんあすには帰れると思いますが、なにか用事でも？」

「勝又氏から面白い話が聞けたら、ぜひ直接お会いして報告できればと思いまして。ご意見もいろいろ伺いたいものですから」

楠田はうまくはぐらかしているが、私の動きに神経を使っているのがよくわかる。全体の状況をコントロールするのは自分だという意思が伝わってくる。心のなかでは反発しながら、さりげない調子で私は応じた。

「そうしていただけるとありがたい。私も成果が気になりますので。ではくれぐれもお気をつけて」

そう答えて通話を終え、時計を見ると午前十一時を回ったところだった。昼食はレストランが充実した海老名《えびな》か足柄《あしがら》でと思っていたが、朝食抜きのせいでもう腹の虫が鳴き出していた。昼飯時にはどこのサービスエリアも混むはずだ。やや早めだが、ここで朝昼兼用の食事をとることにした。

まださほど混み合っていない駐車場を営業棟に向かって歩いていくと、背後に不審な人の気配を感じた。こちらの歩調にぴたりと合わせるように、アスファルトの路面を引きずるスニーカーの足音——。

さりげなく振り返ると、小柄で痩せた男が五メートルほど後方を歩いてくる。グリーンの半そでのポロシャツにブリーチのジーンズ。白いゴルフキャップを目深に被り、色の濃いサングラスをかけている。服装はやや違うが、一昨日、マンションのエレベーターですれ違った男と印象がよく似ている。

素知らぬ顔で立ち止まると、男は歩調を変えずそのまま私を追い越して、トイレの方向に歩いていった。似たような人間は世間にいくらでもいる。気の回しすぎかとため息を吐く。

しかしいま自分がいる状況を思えば、神経が過敏なのは決して悪いことではない。

食事を終えて車に戻り、一わたり周囲を見回しても、先ほどの男の姿は見えなかった。車に異常がないかざっと点検する。不審なところは見つからない。

パーキングエリアを出て走行車線に滑り込み、ルームミラーで背後の車の動きをチェックする。私のあとに続いて出てくる車はなかった。ほっとため息を吐いてアクセルを踏み込んだ。

6

厚木《あつぎ》で小田原《おだわら》厚木道路に乗り換えて、まだ緑濃い丹沢《たんざわ》山塊を右手に、伊勢原《いせはら》、平塚《ひらつか》、大磯《おおいそ》と過ぎてゆく。

二宮《にのみや》でいったん高速を降り、西湘《さいしよう》二宮から西湘バイパスに乗り換える。午後の陽射しにきらめく相模《さがみ》湾を左に望み、小田原方面に向かってパジェロは快適にクルーズする。

サイドウィンドウをわずかに開ける。盛大な風切り音とともに強い潮の香が車内に充満する。冷涼な海風が心地よく髪をなぶる。右前方にわだかまる箱根の山塊を圧するように、まだ夏姿の富士が青空を背に秀麗に立ち上がる。

身辺を取り巻く不穏な気配とは裏腹に、心がしだいに浮き立ってくる。山であれ海であれ、自然に接しているとき私はわけもなく幸福だ。真鶴《まなづる》道路、熱海《あたみ》ビーチラインと乗り継いで、海と山が織りなす東伊豆の豪快な景観を楽しみながら、午後一時半には稲取に到着した。

〈アクアリゾート稲取〉は街の南東の海沿いにあった。天城《あまぎ》の稜線から下ってくる緩やかな丘陵を背景に、青く透明な伊豆の海に臨み、陽光にきらめく水平線には伊豆七島の島影が浮かぶ。立地の良さは周辺でも一、二を争うだろう。

しかしその建物はそんな自然との調和を完膚なきまでにぶちこわしていた。鉄筋コンクリート五階建ての奇を衒《てら》ったデザインで、外壁はカリブ海のリゾートホテル風の目にも鮮やかなパステルカラー。渋谷の円山町あたりだったら立派にラブホテルとして通用する代物だ。

駐車場には派手なペインティングの４ＷＤが何台も停車していて、このホテルの利用客が比較的若い層らしいと想像がつく。由緒ある温泉宿の情緒には無関心なスキューバダイビングやサーフィン目当ての若者の定宿なのだろう。前島雪乃の消息を探るだけなら、あえてここに宿泊する必要はなかった。別の宿を予約すればよかったと後悔する。

周囲の車と比べてひどく地味にみえる標準塗装のパジェロを駐車場に停めて、移動用家財一式の入ったデイパックを背負い、気乗りのしない気分で珍妙なオブジェの置かれたエントランスをくぐった。想像どおりロビーにたむろしているのはダイバーやサーファー風の若者たちで、グアムやモルジブのリゾートホテルにやってきたような錯覚にとらわれる。

食事は大食堂に用意され、個室にもバスルームはあるが、海に面した展望大浴場がお薦めだと、フロントの若い女性はマニュアルどおりにそつがない。女将もいなければ仲居もいないシティーホテル風のあっさりしたサービスシステムは接してみればそう悪いものではない。

部屋は五階だった。全室オーシャンビューの触れ込みにたがわず、ベランダからの眺めは絶景だった。すぐ下には先ほどの駐車場がある。まだ早い時間のせいか車は私のを含めて八台ほどで、私のあとに到着した客はいないようだった。港北パーキングエリアで見かけた男のことは、やはりこちらの気の回しすぎだったらしい。

ごてごてした外観に似合わず客室の内装はすこぶる簡素で、広さも都内のビジネスホテルより多少ゆとりがあるという程度。むろん料金もそれに見合うレベルだから文句は言えないし、一人旅でくつろぐには贅《ぜい》を尽くした温泉旅館よりこちらのほうが向いているともいえる。

それでもベランダから望む景色はやはり素晴らしい。山育ちのゆえか海好きで魚好きだった兄が、かつてここに存在した〈東雲荘〉を愛した理由が納得できた。その心を辿る糸口が雲散霧消してしまったことは私にとって悲しかった。

第七章

1

展望大浴場で一風呂浴び、一階の大食堂で夕食をとってから、私はホテルを出て稲取の中心街へとぶらぶら歩いた。

午後七時を過ぎ、すでに陽は沈んでいたが、天城の山の端には残照の紅がわずかに残り、軽く飲《や》ったビールで火照《ほて》った頰にひんやりした海風が心地よい。

食事の前にフロントに立ち寄り、〈東雲荘〉の女将、前島雪乃について訊ねてみたが、はかばかしい答えは得られなかった。フロントの女性従業員は、ここに勤めるようになったのは昨年からで、地元の人間ではなく、以前のことはまったく知らないという。

彼女は気を利かせて支配人を呼んでくれたが、そちらも東京の本部から派遣されてまもないようで、このホテルが古い温泉旅館の跡地に建てられたことは知っているが、その旅館のオーナーや女将とは面識がないとのことだった。

大小の温泉旅館が並ぶ稲取銀座やセンターロードもいまは観光の端境期《はざかいき》で、行き交う人の姿もまばらだ。物侘しい気配に誘われるように表通りから路地に分け入り、地元の美味い魚をつつきながら噂話が聞けそうな店を見繕う。

落ち着いた店構えのこぢんまりした居酒屋を見つけて暖簾《のれん》をくぐった。テーブル席の一つを三人の先客が埋めているだけで、カウンター席に人はいない。

カウンターのなかにいるのは胡麻塩頭に鉢巻をした六十絡みの赤ら顔の親爺で、手持ちぶさたそうに洗い場にたたずむ割烹着姿の女性は、年恰好からしてそのかみさんらしかった。

「いらっしゃい」という威勢のいい親爺の声に迎えられてカウンター席のスツールに腰を落ち着ける。壁に貼られた品書きには、伊勢海老や金目鯛、あわびやさざえなど伊豆ならではの海の幸が注文に頭を悩ますほどではないバラエティで並んでいる。

こうなることを予想してホテルでの夕食は控えめにしておいた。まず日本酒の冷やを頼み、さらに品書きを眺め、稲取名産の金目鯛の刺身に白子のポン酢和えに山菜の天麩羅といったところを注文する。

「お客さん、東京から？」

カウンターの奥で包丁を使いながら親爺が訊いてくる。

「そうですが」

「旅慣れてんじゃないの。伊豆はもう何度か？」

「ええ、何度か来てますが、稲取は初めてです」

「そうなの。仕事？　遊び？」

「仕事のような、遊びのような――」

「要するに、物見遊山でもなきゃ仕事でもない、なにか個人的な用事があってきたわけだ」

親爺はやけに詮索する。よほど暇を持て余しているのか、根が好奇心の強いたちなのか。

「まあ、のんびり過ごすにはいまがいちばんいい時期だね。陽気はいいし、喧しい観光客はいないし」

その喧しい観光客で食っている街のはずなのだが、親爺はそんなことには頓着《とんちゃく》しない。

「食い物だって観光シーズンよりいまのほうがいいんだよ。この時期に来るお客さんは舌が肥えてるからね。旅館だっていいかげんなものは出せやしない。ところが海水浴シーズンとか忘年会の時期となるとね――」

言わなくてもわかるだろうというように親爺は顔をしかめてみせる。冷酒の小瓶とグラスをカウンターにセットしながら、また始まったというようにかみさんが苦笑する。どこの観光地でも聞かれる話で、そのこと自体に新味はないが、いろいろ喋ってくれそうな親爺だということはよくわかった。

「ご主人はいつからこの店を？」

「もう三十年になるね」

「じゃあ、この土地のことはかなり詳しいんでしょう」

「詳しいなんてもんじゃない。生まれも育ちも稲取だよ。相模灘の潮で産湯を使いってくらいでね」

「だったらつかぬことを伺いますが、〈東雲荘〉という温泉旅館のことはご存知で？」

「ああ、あったよ。五年前に廃業しちゃったけどね」

「経営者は前島雪乃さんという方じゃないですか」

「よく知ってるね。あんたあそこの関係者？」

「いや、いい宿だからぜひ泊まってみろと知人に紹介されましてね。予約を取ろうとしたら、もうなくなっていると旅行代理店から言われたもので」

「あんたのお友達が言うように、〈東雲荘〉は大きくはないけど評判のいい旅館だった。客のほとんどが常連でね。いまどきの言葉でいえばリピーターってんだろ。いまその跡地には〈アクアリゾート稲取〉っていう人を馬鹿にしたようなホテルが建ってるけどね。伊豆を愛する人間はあんなところに泊まっちゃいけないよ」

　自分がそこに泊まっているとは言えなくなった。慌てて話を先へ進める。

「廃業はどういう経緯で？」

「そこがよくわからないんだよ。いまから十年くらい前に旦那が病気で亡くなってね。そのあとは女将が一人で切り盛りしてたんだよ。あんたの言う前島雪乃さんだよ――」

親爺は板場から体をこちらに少し寄せ、かたちばかりに声をひそめた。

「旦那の弟と相続をめぐって揉めていたという噂もあったけど、それは決着がついたと聞いてるよ。弟はどっちかといえばろくでなしで、旦那の生前にも金の面でさんざん迷惑をかけていたらしい。女将にすれば気苦労の種だったろうけど、それでも経営は順調だという話だった」

「その女将はいまも地元に？」

「いいや、旅館も土地も売り払って、本人は東京へ行っちゃった。もともとそっちのほうの人だから、なにか思うことがあって故郷へ帰ったってことじゃないのかね。後継ぎもいなかったわけだしね」

親爺はきれいに盛りつけた金目鯛の刺身と白子のポン酢和えの小鉢をカウンター越しに手渡した。ホテルの夕食に出たのとは鮮度が違うのが一目でわかる。気ぜわしく箸を割りながら問いかけた。

「東京のどこかはわかりますか」

「さあ、そこまではねえ。あんた、女将のことにやけに興味があるようだけど、なんかわけありなんじゃない？」

親爺は胡散臭げに問いかける。ここで怪しまれると、せっかくの情報源を逃がすことになる。

「死んだ兄がいろいろお世話になったと聞いていまして」

「そうかい。なにやらいわくがありそうな話だね」

揚げ鍋の天麩羅を裏返しながら親爺は上目遣いの視線を向けてくる。核心に触れない程度に事実を語ることにした。

「自殺したんです。六年前に」

「そりゃあ、なんとも残念なことだ。まだ若かったんだろ。いったいどういう理由で？」

親爺はハの字形の眉をぴくりと上げた。洗い場のかみさんも耳をそばだてているのがわかる。

「事業の失敗で、当時かなりの借金を抱えていたようなんです。ただ遺書がなかったんで、本当のところがよくわからない。弟の私からすれば、そんなことで自殺する人間だとは思えない。そのことがどうしても心に引っかかって――」

「それで生前に付き合いのあった女将から話を聞こうと思ったわけだ」

「そうなんです。兄も常連客の一人で、親戚のような付き合いだったと聞いていたもんですから」

「雪乃さんというのはそういう人でね。親身で気配りのできる人だった。〈東雲荘〉が常連客だけで食っていけたのは、そんな人柄のせいもあるだろうね――」

親爺は天麩羅を皿に盛りつけながら一人で何度も頷いた。

「旅行会社と契約して、大口の団体客を引き受けていればもっと羽振りよくできたんだろうが、死んだ旦那が一徹者で、当世風のビルに建て替えるのを嫌ってね。木造の二階建てで部屋数が少ないから、団体を泊めるのには向いていない。ところが団体客が押し寄せるのは繁忙期だけで、部屋数が多い旅館やホテルはそれ以外の時期はがらがらだ。〈東雲荘〉は常連中心でやっていたから、閑散期でも客はそこそこ入ってたんだよ。旅慣れた人間はむしろそんな時期を好むもんでね」

親爺が勝手に傾ける薀蓄《うんちく》から、〈東雲荘〉が地元では一目置かれる存在だったことが伝わってくる。私は殊勝な声をつくって問いかけた。

「兄の死の本当の理由を知りたいんです。死ぬ一年ほど前に兄は〈東雲荘〉に投宿しているんです。そのとき女将になにか相談でもしていないかと思いまして」

「実の弟のあんたにも言えないようなことをかい？」

「肉親だから言いにくいこともあるんじゃないかと思いまして」

親爺はさもありなんというように頷いた。

「そういうこともあるかもしれないなあ。おれも兄貴とは仲が悪くてね。相性というのかね。

同じ土地に住んでるのに、もうここ何年も口を利いたことがない。あんたのところもそんなふうだったの？」

「逆です。仲はよかったんです。男の兄弟にしては珍しいと人に言われたこともあります。お互いに人生の重要なことで隠しごとはしない関係だと思っていた。だからいまだに頭を悩ませているんです」

「あのねえ――」

洗った皿を棚に片付けていたかみさんが、じれったそうに口を挟んだ。

「雪乃さんのことならよく知ってる人がいるんですよ。その方に訊いてみたら？」

「どなたですか？」

「〈東雲荘〉の番頭をしていたやっさん。えーと、名前はなんていったっけ」

ぽんと額を叩いて親爺が身を乗り出す。

「安井《やすい》繁雄《しげお》だよ。先代のころから〈東雲荘〉で働いていて、雪乃さんが女将として切り盛りするようになってからは、ずっと片腕として支えてきた。ちょっと気難しい人だけど、曲がったことが大嫌いで、従業員からも地元の人間からも人望のある人だった」

「その方はいまも稲取に？」

私は声に期待を滲ませた。

「ああ、いるよ。引退して息子夫婦と暮らしてる。歳はもう八十に近いけど、まだかくしゃくとしててね。旅館組合の理事がうちの常連で、その人から聞いた話なんだけど——」

親爺は布巾で手を拭きながら、やおら私の正面へ移動してきた。

「やっさんは地元の旅館業界の生き字引きみたいな人だから、〈東雲荘〉が廃業したあと、組合が顧問になってくれないかって申し出たらしいんだよ。ところが本人はあっさり断った。忠臣は二君に仕えずとか言ってね。もう仕事はやり尽くして自分は抜け殻みたいなもんだから、そんな骨董品が組合に居座って、若い連中に口はばったいことを言うのは老害だとも言ってたそうだ」

「雪乃さんとはそれほど親密だったと？」

「親密っていったって、よくある変な関係じゃねえよ——」

親爺は片手を団扇《うちわ》のように大袈裟に振った。

「あの人にとって〈東雲荘〉は人生そのものだった。旦那が亡くなって女手一つで頑張っている女将を心底助けたいと、普通なら年金もらって安穏と暮らせる歳になっても働き詰めだった。だから廃業が決まったときは、本人もだいぶ落ち込んでいたそうだがね」

「その方なら〈東雲荘〉が廃業した理由もわかるわけですね」

「まあ、わかるとしたら、やっさんくらいなものかもしれないね。ただやっさんもそれについてはほとんど話そうとしないから、そこがいまだに謎なんだよ――」

親爺はポケットから煙草を取り出した。

「ただね。人生ってのは、ときどきふっと気が抜けちゃうようなことがあるんじゃないの。おれみたいに毎日が腑抜けみたいな人間と、老舗《しにせ》旅館の看板を背負って真剣勝負の商売をやってる人間とじゃ気苦労が違うわけだから」

ため息を吐く親爺に勢い込んで問いかけた。

「住まいはわかりますか」

親爺は怪訝な顔で問い返す。

「わかるけど、会ってみるの？」

「ええ。せっかく稲取まで来て、手ぶらで帰るのもなんですから」

「だったらあしたも晴れそうだから、家へ行ってもたぶんいないよ」

「それならどこに？」

「稲取漁港の防波堤で日がな一日釣りをしているよ。引退してから夢中になってね。あの人にとっちゃ長い人生で初めてのめり込んだ道楽だろうね。現役のころは仕事以外のことは眼中になかった人だから」

親爺は感慨深げにそう言って、油煙のこびりついた天井に勢いよく紫煙を噴き上げた。

2

翌日は早めにホテルをチェックアウトして、心急く思いで稲取漁港へ向かった。

居酒屋の親爺の話では、安井繁雄のお気に入りのポイントは漁港の南側の外海に面した防波堤で、その先端部の灯台の近くで釣り糸を垂らしているはずだという。親爺は店に置いてあった観光マップに場所を示す丸印を付けて手渡してくれた。

目的地まではホテルから車で五分もかからなかった。防波堤のすぐ手前にお誂え向きの駐車場があった。そこにパジェロを停めて、心地よい磯の香に包まれながら、テトラポッドの列に挟まれた防波堤の上を灯台に向かって歩いていく。

親爺の話では、このあたりはメジナ、クロダイ、シロギスなどの魚影が濃いそうで、時刻はまだ午前十時を過ぎたばかりだが、ざっと二十名ほどの釣り人たちが青空を映してエメラルド色に輝く海面に釣り糸を垂らしている。

漁に向かう漁船が軽快なエンジン音を響かせて横手を通過する。この日も大陸からの移動性高気圧に覆われているらしく、陽光は強いが空気はひんやりとしてじつに気持ちのいい朝だった。

兄の死にまつわる疑惑を携えて楠田が私のもとを訪れて以来、心が安らぐ日はほとんどなかった。地獄巡りのように殺伐とした日々を経るうちに、心にも体にも不快な緊張が澱のように溜まっていた。安井がいるはずのポイントに足を進めながら、それが自然にほぐれていくのを私は感じていた。

飲み屋の親爺から断片的に輪郭を聞いたにすぎないが、私のなかでは前島雪乃がずっと近しい存在に変わっていた。兄もまた〈東雲荘〉の数多い常連客の一人にすぎず、私が求める真実を兄が彼女に語ったはずだという推測は、そうであって欲しいという願望以上のものではないかもしれない。

それでもこの日、私の心は前を向いていた。父、勝又、あるいは楠田、深沢朱実――。そこに死んだ兄まで加わった疑惑の喧騒にただ翻弄され続ける状況から、私だけが見つけた隘《あい》路《ろ》を辿ってなんとか抜け出す希望が見出せたことが嬉しかった。

兄の心の隠された部分に最初に触れるのは自分でありたかった。もしそれが私にとって忌《い》むべきことだとしても、なおさら自分が最初にアプローチしたかった。

朱実や楠田に恨みはない。彼らの動きに異議を唱えるものでもない。しかし否応なく巻き込まれた現在の状況を、多少なりとも自分でコントロールしたかった。その糸口となるのが、これから会おうとしている安井繁雄のはずだった。

防波堤の先端の白い小型灯台に近づくと、基部には釣り人が四人いて、それぞれが縄張りを主張するように適度な間隔を保っている。飲み屋の親爺から安井の特徴は聞いていた。豊かな白髪で、肌は陽に焼けて浅黒く、痩せぎすだが筋肉質の見るからに頑丈な体格で、外見は六十代そこそこにしかみえない――。

目当ての人物はすぐにわかった。三人は三十代から四十代くらいの男で、残りの一人が親爺から聞いた特徴と年齢にぴたり一致した。そのうえ腰をかけているクーラーボックスには太めのマジックインキで「安井繁雄」と書いてある。

私はその斜めうしろにしゃがみ込んだ。どうきっかけをつくろうか考えあぐねていると、思いがけず声をかけてきたのは安井のほうだった。

「東京からおいでかね」

「そうです。気持ちのいい日ですね」

私は当たり障りのない応答をした。安井はこちらに顔を向けるでもなく、暢気に語りかけてくる。

「降っても晴れても、釣れても釣れなくても、人間というのは気の持ちようでね。こうやってのんびり釣り糸を垂らしているだけで、あたしゃ幸せな気分でいられるね。歳をとると悩みの数も減るものらしくてね」

口にした言葉は好々爺《こうこうや》然としているが、庇《ひさし》のように伸びた眉の下の目には人生への自負を感じさせる力を帯びた光があった。

「私なんか、まだまだそこまでは」

そう答えながら、なにかの呪文でもかけられたように心のなかに不思議な静けさが生まれるのを感じた。

足元のロッドホルダーに釣り竿をセットして、安井はベストのポケットからセブンスターのパッケージを取り出した。私にそれを示しながら訊いてくる。

「吸っても構いませんかね」

かつての旅館の番頭さんらしい気配りに私は笑って頷いた。こちらは風上にいる。煙は海風が吹き飛ばしてくれる。

「あんた、どこかで見たような気がするけど、あたしの勘違いかね」

ライターに手をかざして煙草に火を点けながら、安井は大ぶりの目を細めて私を見つめた。

「記憶に残ってらっしゃるのは、私の兄かもしれません」

「ひょっとして深沢さんの弟さん？」

「はい。弟の章人です。兄のことを覚えておいでですか」

頷いて問い返すと、安井は満面に笑みを浮かべた。

「よく知ってるよ。だいぶ前に会ったきりだけどね。元気でやってるかい」

「死にました。六年前に」

私の言葉をうまくキャッチしそこねたとでもいうように、安井はぽかんと口を開けた。

「本当なのかい」

その問いを安井が発するまでに五秒ほどかかった。私は黙って頷いた。

「驚いたね。たしか最後に来たときはきれいな女の人と一緒だった。てっきり結婚して、幸せに暮らしてると思っていたんだが」

「その翌年です。故郷のダム湖で遺体になって発見されたんです。警察は自殺と発表しました」

「自殺――」

安井はそのまま言葉を呑み込んで、首を大きく左右に振った。その沈黙を際立たせるようにつかのま潮騒が高まって、頭上で海鳥が喧しく鳴き交わした。

「信じられないね」

ぽつりと言った安井の言葉にはどこか胸を打つ響きがあった。覚えず私の声も震えた。

「私も信じられないんです。兄は自殺するような人間じゃないと、いまも確信しています」

「それは、つまり、お兄さんは自殺したんじゃなく――」

「ええ、そう見せかけて殺されたのかもしれないと」

「そいつは穏やかな話じゃないね」

虚を衝かれたように安井は煙草の煙にむせた。

兄に多額の生命保険がかけられていたこと、その保険金が妻ではない別の人物に支払われたことを私は続けて語ったが、その受取人が父であることは伏せておいた。

死んだ兄の名義で送られてきた不審な電子メールのことも語らなかった。警察が自殺と判断したというのに、それを他殺だと主張するだけでも常人の感覚からすれば眉唾《まゆつば》だ。それがさらに生きている可能性があるなどと口走ったら、こちらの頭を疑われるのはまず間違いない。

「その事件、新聞には載ったのかい」

安井は体ごとこちらに向き直る。

「全国紙にはどうですか。載ったとしても、ごく小さな扱いだったはずです。気づかなかったとしても不思議はありません」

「そうかい。あたしも、たぶん女将も知らなかったと思うよ。女将のことはお兄さんから聞いてるんだろ」

聞いたのは兄からではなく朱実からだが、ここはややこしい説明は省いて答えた。

「前島雪乃さんですね。兄が生前親しくしていただいたと聞いています」

「旅館は五年前に廃業して、いまは東京で暮らしてるんだがね」

飲み屋の親爺から聞いたとおりだ。素知らぬ口調で私は問いかけた。

「東京のどこに？」

「それはあたしと女将のあいだの約束で、誰にも言わないことにしているんだよ」

居酒屋の親爺が勘ぐったように、廃業の背後にはやはりやっかいな事情があるようだ。

「誰にも――。では地元で知っているのは？」

「あたしだけだよ。あんたは女将に用があって、わざわざ稲取まで来られたわけだね」

「そうなんです。私には黙っていたなんらかの秘密を、女将には明かしていたんじゃないかと思いまして」

その前島雪乃がいま群馬の自宅にいる及川佳代ではないかという疑念についても、やはり口にする気にはなれなかった。当たっていれば警戒されるだろうし、外れならこれも頭が変だと疑われかねない。

「しかしいくら親しいといっても、弟のあんたにも喋れないようなことを赤の他人の女将に打ち明けたとも思えない」

安井は飲み屋の親爺と同じような疑念を口にする。私は食い下がった。

「むしろ他人だから打ち明けられることもあるでしょう――」

　どういう理由で前島雪乃が自分の所在を隠しているのかわからない。しかし私にすればそのことによって、彼女と及川佳代を等号で結びたいという誘惑をより掻き立てられるのは避けられない。

「そのころは私も兄も互いに多忙で、会って話したことがないんです。当時の思い出話でも聞かせてもらえれば、兄の心を理解する材料も見つかるような気がしまして」

「そりゃそうかもしれないがね――」

　安井は渋い表情で口ごもった。

「女将もいろんな事情があって、そのころは心労が重なっていてね。他人ごとにかまけている余裕はなかったと思うんだよ」

「なにかあったんですか」

「その四年前に旦那が亡くなってね――」

　どこまで話すべきか思案するように、安井は深く吸い込んだ煙草の煙を潮風のなかに吐き出した。

「旦那は前島龍興《たつおき》さんていうんだがね。財産はすべて女将に相続させるという遺言を残していたんだよ。配偶者は法定相続人の筆頭だし、夫婦には子供がいなかった。旦那の両親も亡くなっていた。ところが旦那にはやっかいな関係の弟がいてね。遺言がないとその弟に財産の四分の一を渡さなきゃならない。ところが旦那としては弟にはびた一文やりたくなかったらしいんだよ」

「つまり相続のことで揉めごとでも？」

「まあそういうことだね。その弟ってのが生来の遊び人で、株や相場によく手を出して、一度、石油の先物《さきもの》相場で大火傷《やけど》したことがあったんだ。二十年近く前の話だがね――」

思い出したくもないとでもいうように、安井は口元をわずかに歪めた。

「けっきょく旦那が穴埋めする羽目になって、近在に持っていた土地や建物を売り払って大枚の金を工面してやった。以後二度と株や相場には手を出すなと誓約書を書かせたんだが、そんなもの一年もしないうちに反故《ほご》にしてね。おっと来たな――」

ロッドホルダーにセットしてあった釣り竿が大きくたわみ、釣り糸がぴんと張り詰めた。安井は慌ててホルダーから竿を外し、慎重な手さばきでリールを巻き上げる。釣り上げたのは三〇センチほどのメジナだった。

「きょう初めての釣果だよ。さっきもでかい当たりがあったんだけど、慌ててばらしちゃった。それがこいつかもしれないな。リベンジってやつだね」

安井は釣り上げた獲物を私の前に振りかざす。私は大袈裟に目を見張ってみせた。

「おめでとう。大物ですね」

「いやいや、ここはメジナの穴場でね。四〇センチ級がかかることもよくあるんだよ。他所《よそ》じゃ大物でもここだと中の部類だな」

にんまり笑って獲物をクーラーボックスに抛り込み、餌を付け直してまた振り出した竿をホルダーにセットすると、安井は再び口元を引き締めた。

「弟は順司《じゅんじ》さんっていうんだがね。そのあとも相場師のような稼業から足が洗えず、浮き沈みの激しい人生を送ってきた。ここ十年ほどは東京で投資コンサルタントの看板を出して、人の金を運用したり投資のアドバイスをしたりして、そこそこ羽振りがいいと聞いてるよ」

「だったら無理して欲をかかなくてもいいと思いますが」

「そこが人間の性《さが》ってやつだよ。金はいくらあっても邪魔にはならないし、稼げば稼ぐほど欲しくなる。麻薬と似たようなものなんだ。その順司さんが旦那が亡くなった翌年に女将を相手に訴えを起こした。龍興さんの残した遺言が無効だっていってね」

「なにか問題でも?」

「遺言そのものはきちんとした公正証書で、内容にもなんの問題もない。ただそれを作成する半年ほど前に、龍興さんが脳梗塞《のうこうそく》で倒れちゃったんだよ。遺言をつくったころはもう回復していたけど、言葉が少し不自由だった。順司さんはそこを突いてきた——」

安井は一くさり薀蓄を傾けた。本人が自分の意思を公証人の前で口述するのが公正証書による遺言作成の原則だ。それを公証人が文章にして本人と証人に確認させたのち、公的な文書として完成させるわけだが、そのとき本人が喋れない状態にあったとのちに証明された場合、遺言としての効力はなくなるという。現にそういう判例はいくつもあるらしい。

「龍興さんがそのとき、脳梗塞の後遺症で喋れなかったと弟さんは主張したわけですね」

安井は苦々しげに顔をしかめた。

「そうなんだけど、あたしもほかの従業員も、龍興さんがそのころ少し呂律《ろれつ》がおかしいだけで、自分の考えはちゃんと伝えられたのは知ってるよ。旅館組合の総会で立派な挨拶をして、集まった人間を感動させたこともあったくらいだ」

「だったらそれを証明できる人間はいくらでもいたでしょう」

「ところが龍興さんがその翌月にまた倒れちゃってね。今度は本当に言葉が駄目になって、その三ヵ月後に亡くなったんだよ。向こうは腕っこきの弁護士を雇って龍興さんが喋れなかったという証人をかき集めた。人間の記憶なんていい加減なもんだし、なかには鼻薬を嗅がされたやつもいたかもしれない――」

安井はホルダーにセットした竿の動きに目をやりながら、携帯型の灰皿で煙草を揉み潰した。

「向こうも決定打は出せなかった代わりに、女将のほうも完全には反論できなかった。けっきょく裁判がずるずる続くうちに、女将が嫌気がさしちまってね。裁判所の和解勧告に従って、順司さんに遺産総額の四分の一を支払うことに合意した。その支払いのために銀行から借金はしたが、そのあと三年くらいは女将も頑張ったんだよ。死んだ旦那に託された旅館を自分が潰すわけにはいかないと意気込んでね」

「しかし五年前に廃業された」

「ああ、突然だった。理由を訊くと、もう疲れたからと言うだけで、ほかになんの説明もない。だがね、あたしにはその気持ちがよくわかった。女将は十分すぎるほどのことをやり遂げた。東京から嫁に来て、口喧しい姑に仕えて旅館の仕事を叩き込まれ、旦那が跡を継いでからは、宿の表看板として獅子奮迅の働きだった――」

　安井はポケットティッシュを取り出して軽く洟《はな》をかんだ。

「旦那が亡くなって、跡を継ぐ子供もいない。もう義理は果たしたと本人は思っていたはずだよ。しかし従業員も大勢いる。慕って来てくれる常連もいる。責任感の強い人だから、やめるにやめられなかったんじゃないのかね。だから私はそのとき、ご苦労様でしたと言ってやるしかなかったんだ」

「それで廃業して東京に？」

「そうだよ。旅館を土地ごと売り払って、そこから従業員の退職金を工面して、まだ働ける連中には、自分であちこち頭を下げて次の就職先を世話してやった。だから当時の従業員で女将を恨んでいるやつなんていやしないよ。あたしにしてもいい潮時だった。もう体にもがたがきててね。残り少ない人生なんだから、少しは自分をいたわってやりたいと思ってね」

安井はクーラーボックスから腰を上げ、蓋を開いて缶ビールを二本取り出した。その一本を私に手渡し、プルタブを引いて美味そうに一呷りする。私も礼を言ってタブを引き、よく冷えたビールを喉に注いだ。

「あんた、女将に会いたいようなことを言ってたね」

安井が唐突に訊いてくる。私は頷いた。

「ええ、できれば」

「じつはいま日本にいないんだよ」

安井は困惑したように笑った。私は慌てて問い返した。

「日本にいない――」

「オーストラリアで暮らしてるんだよ。四年間滞在できる退職者ビザってのがあるそうで、更新もできるから、ほとんど永住みたいなものらしい。相応の資産を持っていることを証明しないと取れないらしいが、女将はそのへんは不自由していないから」

「オーストラリアのどこに？」

「ブリスベーンとかいうところだそうだ。そこでマンションを借りて暮らしているらしい。出発する前に頼まれて、あたしが向こうでなにかあったときの連絡先になってるんだよ」

私は急に力が抜けた。これでいま群馬の実家にいる及川佳代が前島雪乃である可能性は消え去った。

「じゃあ、いつ帰られるかもわからないんですね」

「女将もいまは天涯孤独の身だからね。ゆくゆくは永住権を取って、終《つい》の住処《すみか》にしたいって言ってたよ。あの人はなかなか英語が達者でね。温泉旅館といっても結構外人が来るもんだから、独学で勉強したんだよ。だから向こうでの暮らしにもそう不自由はしていないはずなんだ」

「ごきょうだいもいらっしゃらないんですか」

私は未練がましく確認した。瓜二つの及川佳代と前島雪乃の関係が、そんなところから説明できるかもしれないというわずかな期待があった。訝る様子もなく安井は答える。

「弟さんがいたけど、若いころに亡くなったと聞いているよ」

「そうなんですか」

私はため息を吐いた。二つの希望が消え去った。前島雪乃から死の直前の兄の心に迫る話が聞けるかもしれないという希望。及川佳代という気がかりな女性の正体が解明できるかもしれないという希望――。

「そうそう、その弟さんの話だけどね――」

問わず語りに安井が切り出した。

「あんたの兄さんの件とちょっと似たところがあるんだよ」

胸のあたりにざわめきを覚えながら私は問いかけた。

「自殺されたんですか」

「いや、そうじゃなくてね。原因不明の病気で衰弱して亡くなったんだ。三十年近く前の話だから、弟さんはまだ三十そこそこだった――」

近くに人がいるわけでもないのに、安井は顔を近づけて声を落とした。

「毒でも盛られたんじゃないかって、両親も女将も疑ったらしいんだよ。しかし警察は自然死だと決めつけて、なんの捜査もしなかった。不審だったのは、結婚してまだ一年も経っていなかった嫁が、七千万円を超す保険金の受取人になっていたことだった。当時としては破格な額の保険金だよ――」

その嫁は保険金を受け取るとさっさと夫の戸籍を抜けて、その後の行方はわからないという。両親はもともとその女との結婚には反対だった。どこかの代議士の秘書をしているという触れ込みだったが、普段から化粧が濃くて、ブランド品や宝石類をたっぷり身につけていて、どうみても堅気の人間とは思えなかったらしい。

「人を見かけで判断しちゃいけないかもしれないがね」

安井は釣り竿の先をちらちら見やりながら、二本目の煙草に火を点けた。ふーっと紫煙を吐き出して、また記憶を手探りするように語りだす。

「女将から聞いた話では、たしか淑子《よしこ》って名前だった。淑女の淑で『よしこ』と読むそうだ。旧姓までは聞いていないがね。いずれどこかでまた悪事を働くかもしれないと、以来、女将は新聞の三面記事を毎日チェックしていたらしい」

唐突に心が昂ぶった。頭ではまさかと否定するが、湧き起こる疑惑を抑え切れない。義母の名前の読みは「としこ」だが、文字はそのまま一致する。戸籍に振り仮名はついていないから、読み方を変えても法的に問題はない。代議士秘書だったという触れ込み、派手好き――。その嫁の来歴や風采もあまりに義母の淑子に一致する。年齢もほぼ矛盾しない。

母の死について兄が義母の関与をほのめかしたことはない。しかしその話を兄が女将から聞いていたのなら、私と同様の考えを抱いた可能性は大いにある。

兄と女将はその秘密を共有していた――。その直感が当たっているとしたら、群馬の実家にいる及川佳代がじつは前島雪乃である可能性がまた浮上する。しかし女将はいまオーストラリアにいるという。私の頭は混乱した。安井が親身な口調で訊いてくる。

「手紙でも書いてみるかね」

「え？」

「だから女将にだよ。いやね、居どころを喋るなと口止めされているのは、旦那の弟のことがあるからなんだよ。手続き上は和解したといっても、向こうはまだ不服でね。自分は先代の血を引く実の息子なのに、どうして他所から来た嫁のほうが取り分が多いんだと和解のあとも不満をぶちまけていたそうなんだ。いつまた言いがかりをつけてくるかわからないから、用心に越したことはないというわけでね」

「連絡先を教えてくれるんですか」

私は確認した。安井は頷いた。

「あんたは順司さんとは繋がりがないし、土地の人間でもない。それにね、お兄さんの話を聞いて、女将とあんたのあいだにもなにか不思議な因縁を感じるんだよ」

不思議な因縁という言い回しには私も大いに同感だった。いまや前島雪乃は私にとって新たな謎の宝庫と化していた。

「ありがとうございます」

礼を言って慌ててデイパックからノートを取り出すと、安井は片手をひらひらと横に振った。

「連絡先といっても外国の話だから、あたしも諳《そら》んじてるわけじゃない。あんた、きょうはこれからどうするの」

「東京へ帰ります。いろいろ用事もありまして」

「自宅にはファックスがあるんだろ？」

「ええ、あります」

「だったらあとでファックスを入れとくよ。女将と違ってあたしは横文字に弱くてね。口で伝えると間違えそうだから」

「わかりました。ではこの番号に――」

私は名刺を手渡した。ベストのポケットから老眼鏡を取り出して、それを鼻の頭にちょんと載せ、安井は名刺を眺めながら訊いてくる。

「アウトドア・ライターね。要するに物を書く仕事かい」

「そうです。主に登山関係の雑誌や用品メーカーの仕事をしています」

「生まれはたしか群馬だったね。山の多い土地だ」

「兄はその反動で、大人になってからは海が好きになりました。しかし少年時代に、私に山への興味を抱かせたのは兄なんです」

「あんたはつくづくお兄さんが好きなようだね」

「ええ、いまも肉親のなかでいちばん好きなのが兄なんです」

心に熱いものが湧き起こるのを感じながら私はそう答えた。安井は穏やかに微笑んだ。

「連絡先といっても、とりあえずは住所だけだよ。まずは手紙を書いてみるんだね。女将にその気があれば返事を寄越すだろうし、嫌なら無視するだろうから。そのときは縁がなかったと思って諦めてもらうしかない」

「それで結構です。よろしくお願いします。きょうはお楽しみのところをお邪魔して済みませんでした」

「いやいや、釣りのほうはまだまだへぼだから、そうは魚が近寄ってくれないんだよ。こんな老いぼれのところへ遊びにきてくれるんなら、魚でも人間でも大歓迎だ」

ここまでの会話の深刻な気配を吹き飛ばそうとするように、安井は破顔一笑した。

第八章

1

滝野川のマンションへ帰ったのは午後二時を少し過ぎたころだった。

室内の状況をざっとチェックしてみたが、人が侵入したような形跡はとくにない。パソコンも立ち上げてみたが、そちらにも異状は見られなかった。

高崎のホテルではそろそろ楠田と勝又の面談が始まる時刻だ。稲取からの帰途、楠田からとくに連絡はなかったが、その内容には大いに関心があった。結果についてできれば会って報告したいと楠田は言っていた。こちらもそれに異存はない。とりあえず向こうからの連絡を待つしかない状況だ。

稲取の安井繁雄からはさっそくファックスが届いていた。釣りを終えて帰宅するのは夕刻だと思っていたが、発信時刻は午前十一時十五分となっている。あれからすぐに自宅へ戻って送ってくれたらしい。

前島雪乃の住所は不器用だが読みやすいブロックスタイルで書かれていて、安井の実直な性格が感じとれた。すぐに礼状をしたためて、発信元の番号にファックスを入れておいた。

安井が言ったとおり、前島雪乃の住まいはブリスベーン市内にあり、建物の名前と部屋番号がついているところをみれば、マンションで暮らしをしているという話に間違いはなさそうだ。

気持ちは急いたが、手紙は今夜、頭の整理がついた状態で書くことにした。雪乃から聞き出したいことは山ほどあるが、相手に不審感を与えないようにどう切り出すかが頭を悩ますところだった。

楠田から待ち焦がれた電話がきたのは午後四時過ぎだった。挨拶もそこそこに、高揚した口調で楠田は切り出した。

「勝又は尻尾を覗かせましたよ――」

約束した午後二時ちょうどに、勝又は楠田が待機していた高崎市内のホテルのロビーに現れたという。怪しい連れがいないかと周囲に目を配ったが、勝又は一人だった。

楠田ごとき貧乏弁護士は軽くあしらえると見下したような泰然とした物腰で、勝又はホテル内の高そうなレストランに楠田を誘った。どちらも食事は済んでいたのでコーヒーを注文した。口火を切ったのは勝又だった。

問わず語りに喋り出したのは、水上高原のリゾートホテルで私が聞かされたのと似たような話だったという。兄の自殺については曖昧な疑義を挟み、父の保険金収受に関しては、もしそれが事実なら当時の長者番付に父の名が載ったはずだが、自分が確認したところそれはなかったと、予想どおりの筋立てで楠田を煙《けむ》に巻こうとしたらしい。

「そこで私のほうから例の過少申告の話を持ち出してやったんですよ。ただしあくまでこちらの憶測ということにして、竹脇税理士のことは伏せておきました。彼のことはもうしばらく隠し球にしておきたいので――」

電話の向こうでほくそ笑む楠田の顔が目に浮かぶ。ストレートに急所を突いたその作戦の成果には大いに興味を惹かれた。

「勝又はどう反応したんです？」

「慌ててましたよ。コーヒーに塩を振りかけてましたから」

「あの勝又が？」

思わず問い返した。鉄面皮を絵に描いたような勝又をそこまで狼狽させた楠田の手際は鮮やかだが、狼狽の意味についてはいろいろ解釈できる。楠田は冷静に付け加えた。

「もちろん事実だと認めたわけじゃありません。勝又は表向きはそれを知る立場にいるわけじゃない。知らぬ存ぜぬで押し通せばいいわけですから」

「問題は、勝又があの事件とどう関わっているかなんです」

私は根本的な疑問を投げかけた。楠田はわずかに声を落とした。

「お兄さんの事件に関してはかなり深い事実を握っているという感触を私は得ました。障壁となるか突破口となるか、いずれにしても今後調査を進めていくうえで非常に重要な人物です。ついてはお会いしていろいろご相談したいんですが、お時間はとれますか」

「もちろん。いつにしますか」

「今夜というわけには？　私はこれから東京に向かいます。午後七時ごろにどこかで食事でもしながら」

楠田はえらく急いでいる。こちらも興味を掻き立てられた。

「構いません。どこで落ち合いましょうか」

「でしたら丸ビルのロビーまでご足労願えますか。こちらからのお願いなのに、場所まで指定して恐縮ですが」

「わかりました。ではのちほど」

そう応じて受話器を置きながら、私は心が騒ぐのを感じた。楠田はなにか前向きの手応《てごた》えを得たのだろう。私もきょうは貴重な糸口を得た。楠田と私の得たものを混合することで、まだ見えないなにかに迫れそうな気がした。

2

さすがに伊豆への駆け足の旅の疲れを感じ、目覚し時計をセットしてベッドに横になった。

二時間ほど眠ってシャワーを使うと、心も体もきりっと引き締まった。

気持ちに張りを感じるのは仮眠とシャワーのせいばかりではなさそうだった。伊豆への旅は期せずして私の心身にリフレッシュ効果をもたらしたようで、所期の目的は達せられなかったものの、私は困難な状況に臆せず立ち向かう用意を整えていた。

丸ビルのロビーには午後七時ちょうどに着いた。楠田はまだ来ていない。丸の内に生まれた新しいレジャースポットは若い男女が群れ集うショッピングとグルメの先端エリアで、かつての丸の内の覇者だったサラリーマン族のグレーの背広姿は影が薄い。

腹の虫が鳴き出すのを覚えながら上階の飲食店街をそぞろ歩き、十分ほどしてロビーに戻ってもまだ楠田の姿はない。さらに十五分待ったが、やはり楠田は現れない。

高崎から東京まで新幹線で来て、そのまま東京駅と目と鼻の先の丸ビルで私と落ち合うことにしたものとこちらは勝手に考えていた。しかし楠田からの電話は午後四時ごろで、そのときはこれから東京へ向かうと言っていた。高崎から東京まで新幹線なら一時間前後だ。だとしたら楠田は二時間ほど前に東京に着いているはずだった。早めに帰って、なにか用事を済ませてから私に会うつもりだったと考えるのが妥当だろう。

もともと時間にルーズな人間なら我慢して待つしかないが、まだ付き合いが短いのでそのへんの事情がわからない。かすかな苛立ちを覚えながら携帯を取り出して楠田にかけてみる。

楠田は応答せず、そのまま留守電センターに繋がって、合成音声がメッセージを入れるように促した。

　至急電話が欲しい旨のメッセージを残し、今度は事務所にかけてみる。アシスタントの女性はすでに帰ってしまったのだろう。こちらも留守電のメッセージが応答する。

　苛立ちと不安がない交ぜになって、いましがたまで感じていた食欲が失せてくる。楠田は勝又を刺激しすぎたのではないか。本人は勝又から敢えて強硬な反応を引き出すことを狙っていた。勝又が口塞ぎにかかったとすればまさしく思う壺だろうが、それは当然身の危険も伴うことになる。楠田はかつて柔道で国体に出場したと嘯いていたが、多勢に無勢なら逃げ切ることは難しい。

　さらに三十分待ったが、楠田はそれでも現れない。私はいったんマンションに戻ることにした。楠田の身の上に悪い予感がしただけではなく、自分の身辺にも不穏なものを感じ出していた。頭に浮かんだのは、稲取へ向かう途中、港北パーキングエリアで遭遇した不審な男のことだった。

　丸の内南口の改札を通り、京浜東北線のホームに向かいながら、さらにまた別の不安が湧いてきた。杞憂であればと願いながら、携帯を取り出して深沢朱実の自宅にかけてみる。数回の呼び出し音のあとで朱実が電話口に出た。

「章人です。先日はどうも」

「あら、こちらこそお時間をとらせて済みませんでした。ちょうどよかったわ。途中で買い物をして、いま帰ったところなんです」

朱実の声に不安や屈託は感じられない。電話の向こうで幸人がはしゃぐ声が聞こえる。胸を撫でおろしながら私は問いかけた。

「楠田さんから、なにか連絡は受けていませんか」

「四時半ごろ、例の勝又さんと高崎で会ったと連絡がありました。その報告がてら、これから章人さんに会って意見を聞くとおっしゃってましたけど。私には明日詳しく報告するということで――」

朱実の声に訝しげな響きが混じる。私は状況を説明した。

「それで東京駅の近くで待ち合わせをしていたんですが、時間が過ぎても来ないんです。電話も通じない。なにかあったのかもしれないと心配になりまして。取り越し苦労ならいいんですが」

朱実の声が不安げに翳った。

「変だわね。私が知る限り楠田さんは時間に正確な人なんです。不都合があれば連絡は必ず寄越すと思いますけど。楠田さんから伺ったんですが、章人さんのご自宅も誰かに侵入されたそうで」

「ええ。そんな矢先なものですから私も気になって。電話ではすでに一報を受けているんですが、楠田さんの今回の攻め方が、どうも挑発的だったような気がしまして」

「無茶をしないようにと私も言ったんです。夫がもし殺されたんだとしたら——」

朱実はそこで口ごもる。代わって私が先を続けた。

「人を殺すことをためらわない人間が父の周辺にいるということですね。父自身も含めて」

そう言った自分の言葉に微妙な違和感を覚えた。いまさら父を免罪しようという気持ちはない。頭をかすめたのは稲取の安井繁雄から聞いた話——前島雪乃の死んだ弟の妻のことだった。

それを聞いて以来、その女が私の義母の淑子ではないかという思いが拭い去れない。兄と前島雪乃の親密な関係は、淑子というその女を共通の猜疑の対象とすることによって成立していたのではないか。だとしたら父の身辺に、私たちが想像すらしていなかった殺人者がいる可能性がある——。かすかな慄きを覚えながら私は言った。

「朱実さんも身辺には注意してください。幸人君のことも——」

朱実は緊張を帯びた声で応じた。

「そうします。章人さんも気をつけてください。楠田さんのことでなにかわかれば、こちらからもお報せします」

「ぜひお願いします。夜分お騒がせして済みませんでした」

そう答えて通話を終えた。家族ならなにか連絡を受けている可能性があるが、楠田の自宅の電話番号までは聞いていない。けっきょく今夜は動きがとれない。あすの朝になれば事務所のアシスタントが出勤してくるから、そちらから情報が得られるかもしれないし、楠田本人が電話を寄越すかもしれない。

朱実とのやりとりで不安はむしろ増幅されたが、この段階ではまだ事件性のある失踪とはいえない。疑心暗鬼に陥って無駄な動きをするよりも、とりあえず頭を冷やして静観するほうが賢明だとなんとか自分を納得させた。

3

翌朝になっても楠田からは連絡がこなかった。朱実にも問い合わせてみたが、やはり音沙汰なしだという。事務所にも電話を入れてみたが、そちらも同様で、昨夜は自宅にも帰っていないらしい。

アシスタントの女性によれば、楠田がそんな行動をとったことはこれまで一度もないという。連絡はつねに几帳面で、どこにいようと一時間以上所在不明になることはないらしい。楠田の身辺になにか起きているのは間違いないとその女性は断言した。

やむなく勝又に電話を入れてみることにした。楠田の失踪にもし彼が関わっているのなら、正直な話が聞けるとは思えない。それでもなにがしかの感触は得られるだろう。楠田と私の関係をわざわざ教えてやることになるが、おそらく勝又はすでにそれに気づいているはずで、マンションへの侵入事件が勝又の差し金によるものだということを私は疑っていなかった。

勝又の直通番号に電話を入れると、受けたのは秘書のようだった。支社長はいるかと訊くと、きょうは出張で会社にはいないと答えた。どうしても連絡がとりたいので携帯の番号を教えて欲しいと言うと、素性のわからない人間には教えられないというニュアンスの慇懃だがにべもない言葉が返ってきた。

効果のほどは半信半疑で父の名前を出し、その息子だと告げると相手の態度は豹変した。どういう繋がりがあるのか知らないが、不良刑事の勝又を支社長の椅子に送り込むことさえできたことを思えば、この会社への父の影響力は想像以上のもののようだった。

秘書は私と父の不仲についてはなにも知らないらしく、迷わず勝又の携帯の番号を伝えたうえで、「お父上さまにはくれぐれもよろしく」と馬鹿丁寧に言い添えた。

私はさっそくその番号をダイヤルした。警戒する様子もなく勝又は電話に出てきた。

「どちらさま?」

「深沢章人です。先日はいろいろ貴重なお話を聞かせてもらいまして」

皮肉を利かせたつもりだったが、勝又は意に介さない。

「いやいや、いわゆる老婆心てやつでね。大きなお世話だと嫌われてなきゃいいんだが」

鷹揚に応じるその声音には、私が電話をかけた理由は先刻承知という気配が滲んでいる。

こちらも単刀直入に問いかけた。

「きのう楠田さんという弁護士と会っていますね」

「ああ、その件ね。いや突然あんたの兄貴のことで話が聞きたいと言うもんだから。こっちとしてはもう蒸し返したくはなかったんだが、おれが渋って親父さんに嫌疑をかけられてもまずいと思ってね」

「別れたのは何時ごろ?」

「午後二時に会って、話をしたのは二時間くらいだったから、四時をちょっと過ぎたころだと思うがね。それがなにか?」

案の定、私と楠田の関係については訊いてこない。楠田が私のことを漏らしたとは思えないから、すでになんらかの手段で察知していたと考えるべきだろう。楠田は心配ないと太鼓判を押したが、彼の依頼主が朱実であることや、さらにはその所在まで把握している可能性は否定できない。私は声の調子を変えずに問いかけた。

「それ以後、行方不明なんです。お心当たりでもないかと思いまして」

「さあねえ。別れたときは、これから新幹線で真っ直ぐ東京へ帰ると言っていたがね」

勝又は暢気な調子で応答する。このまま紳士的なやりとりを続けたところで尻尾を出すとは思えない。こちらから仕掛けてやることにした。

「じつは四日前に私の自宅に侵入した者がいましてね。そちらの件にもお心当たりはありませんか」

「どういう意味だよ。おれは元警察官で、いまは警備保障会社の支社長だ。そのおれに盗人の濡れ衣を着せようってのか」

勝又は気色《けしき》ばんだが、それも演技のような印象を与える。私はさらに切り込んだ。

「侵入の手口は巧妙で、どう考えてもプロの仕業でしたよ。警備保障会社というのも、ある意味でその道のプロとはいえませんか」

「物書きってのはうまい理屈を考えるもんだな。それじゃ殺しの捜査が商売の刑事というのは、みんなプロの殺し屋ということになるな」

勝又は動じない。こうなればこちらも開き直るしかない。

「どうしてあんなことをするんです。私に対する恫喝ですか。私が父やあなたにとって不利な事実を握っているとでも考えているんですか。却って馬脚を現すことになるとは思わないんですか」

「おいおい、どうしてそう決めつけるんだよ。おれがあんたを恫喝してなんの得がある。つまり動機ってものがないだろう」

「あなたの背後にいる人間にはあるでしょう」

「親父さんのことを言ってるのか。まだ例の保険金のことで勘ぐっているわけか」

「楠田氏とはその話もしたはずですがね」

「したよ。過少申告がどうのこうのという話だった。しかしそっちのほうはおれは専門外でね。邪推するなら勝手にしろって答えてやるしかなかったよ」

勝又の声のトーンが高まった。私は躊躇なく指摘した。

「邪推じゃなくて図星《ずぼし》だった。だからあなたは動かざるを得なくなった。違いますか。楠田氏はどこにいるんです？」

「さあ、知らないねえ。いいか。おれは曲がりなりにも総和警備保障という上場企業の支社長だ。そんなつまらないことで手を汚して、いまの地位を失うような馬鹿な真似をするはずがないだろう」

「逆にそのつまらないことで手を汚さないと、いまの地位を失うということだってあるでしよう」

「なあ、章人。あんたや兄貴が親父さんと不仲だって話は、あの土地じゃ知らない者がいないくらい有名な話だ。親父さんだってもう若くはない。くだらない噂話に振り回されて痛めつけるのはもうよせ。いまさら親孝行しろとは言わないが、余生を安穏と暮らさせてやるくらいの情けはかけてやったらどうだ」

勝又はあくまでしたたかだ。自分の尻尾は隠したまま、こちらの心の琴線《きんせん》に圧力をかけてくる。私は軽くフェイントを仕掛けてやった。

「あなたのうしろにいるのは、親父だけじゃないような気がするんだけどね」

「ど、どういう意味だ？」

勝又は明らかにうろたえた。反応はあった。私はそれ以上勝又を追い詰めはしなかった。

「ちょっと想像を逞《たくま》しくしてみただけだよ。とくに根拠はない」

「引っかけたな、この野郎。いったいどこまで知ってやがるんだ」

勝又は呻《うめ》いた。激しい鼻息が受話器越しにこちらに吹きかかりそうだった。

「そちらが想像しているより、もう少し知っているかもしれないな」

私は落ち着き払って答えた。もちろんはったりだ。しかし頭のなかにはこれまでとは異なる事件の様相が、固まりかけのゼリーのような曖昧さで浮かび上がりつつあった。その真相に至る鍵を握っているのがオーストラリアにいる前島雪乃のはずだった。

勝又は私が示した自信に戸惑ったようだった。その一瞬の沈黙に私はつけ込んだ。

「楠田氏はどこにいるんです？　無事でいるんですか？」

「知らないよ。おれはあいつが話を聞きたいというから会ってやっただけだ」

「こちらの力を見くびると、えらいことになりますよ」

「楠田は大したネタを摑んじゃいない」

勝又は舐《な》めた口調で吐き捨てた。私はためらいなく一歩踏み出した。

「私は彼よりもう少し知っている。あんたが本当は誰の意向で動いているのかも。そのことを父に知られると具合が悪いことも――」

「ち、ちょっと待て。どうしてそんなことに感づいたんだ」

勝又の反応は予想以上だ。私はとぼけた調子で切り込んだ。

「それも想像力を逞しくしただけだけど、どうも当たってたみたいだね。いつから義母と関係を？」

「そういうのを下種《げす》の勘ぐりというんだ。おれは親父さんを裏切るようなことはしちゃいないよ」

勝又は慌てて軌道修正する。しかしその声のぎごちなさが、私の下種の勘ぐりが的を射たことを証明していた。

勝又は兄と同い年。義母は今年五十五歳になるが、化粧や服装が派手なうえに美容整形にも金を惜しまない。そのため実年齢より十歳は若く見え、近在の人々のあいだでも化け物扱いされている。そこに金銭にまつわる欲得でも絡めば、勝又とのあいだに特別な関係が生じたとしてもさほど不自然には感じない。

背筋にぞくりとするものが走るのを覚えながら、私はすかさず脅しをかけた。

「勝又さん、とりあえず今回は手を打ちませんか。こちらはあなたと義母がどう付き合おうと興味はない。しかし口はついているから喋ることはできる。喋れば父の耳にも入るでしょう。それが困るなら楠田氏を無事に帰したほうがいい」

「そんなこと言われても、おれは一切関与しちゃいないんだから。まあ、これは想像だが、あの弁護士先生は元気でいると思うよ。たぶんきょうあたり、ひょっこり姿を現すんじゃないのかね」

「信用していいんですね」

「信用もなにも、おれは想像で言ってるだけだよ」

言外の意味を察しろとばかりの勝又の声には哀願するような切実さがあった。私はその声を信用することにした。

4

楠田から電話連絡が入ったのは、その日の昼過ぎだった。

「いま東京駅にいます。ご心配をおかけしまして」

「大丈夫ですか？　怪我はしていませんか？」

確認すると、楠田は照れくさそうな声で笑った。

「いやあ、迂闊《うかつ》でした。ご心配なく。とりあえず無事に生きて還《かえ》りましたから」

私はようやく不安の荷を下ろした。なにはともあれ、勝又は約束を守ったわけだった。

すぐにマンションを出て王子駅に向かい、京浜東北線で東京駅に出た。八重洲地下街のティールームで落ち合った楠田は、髭は伸びていたが顔色はとくに悪くなく、消沈したような様子もない。この人物の豪胆さはどうやら口だけではなさそうだった。

楠田はさっそくことの顚末を説明した。

「きのうは午後五時三十分に東京駅へ着いて、いったん渋谷の事務所へ戻ったんです――」

私と会ったあとはそのまま家に帰り、自宅で仕事をしようと、必要な資料を持ち帰るつもりだったらしい。待ち合わせ場所を丸ビルにしたのは、私に渋谷まで足を運ばせるのが心苦しかったのと、たまたま丸ビルに美味い中華料理の店があるのを知っていたからだという。

「アシスタントは帰っている時刻でした。ところがドアの錠が開いていた。まだ仕事をしているのかと思って部屋に入ると、なかは真っ暗でした。やられたと思ったときはもう遅かった――」

背後から重い鈍器のようなもので後頭部をしたたか殴られた。覚えているのはそこまでで、意識が戻ったのは走っている車のなかだった。手足を縛られ、目隠しをされ、猿轡《さるぐつわ》をかまされていた。車はワゴンタイプのようで、楠田はフラットにした後部シートに転がされているらしかった。

車はほとんどノンストップで、しかもかなりのスピードを出している。高速道路を走っているらしい。フロントシートでときおり聞こえる会話から、拉致犯は男の二人組だと思われた。その日、高崎市内でしばしば耳にした群馬の訛りが感じられた。勝又の配下の人間だと楠田は直感した。しかし声を押し殺しているのと車の走行音で、会話の内容までは聞きとれない。

体内時計の感覚で一時間以上は走っただろうか。車は一般道へ降りたらしく、右折、左折、停止を何度か繰り返しながら、さらに十五分ほど走って停車した。男の一人に降りろと命じられたが、両手両足を縛られていて身動きがとれない。ぐずぐずしていると力ずくで引きずりおろされた。

足のロープを解かれ、背中を小突かれながら少し歩いた。建物のなかに入ったのがわかった。さらにエレベーターに乗せられて下に向かう。つまり行き先は地下室だ。エレベーターを降りてまた少し歩くと、そこで止まれと命じられた。開錠する音に続いてドアが軋《きし》む音がした。乱暴に背中を押されて室内に入った。

そこでようやく目隠しと猿轡が外された。段ボール箱が何段も積み上げられ、ほかにも用途がわからない雑多な金物が壁に沿ったパイプ棚に置いてある。なにかの業者の倉庫のような場所だった。

男二人は目出し帽を被り、一人は革製のブラックジャックを手にしている。それが楠田を殴打した鈍器のようだった。

逮捕監禁罪で告訴するぞと脅しても、男二人は耳がないように無視してかかる。柔道黒帯の楠田にすれば取るに足りない相手に見えたが、両腕の自由が利かない状態ではなにもできない。

男二人が立ち去ったあと、しばらく腕を動かしているとロープが緩んだ。さらにもがくうちにロープは解けた。

ドアに近い床にコンビニのレジ袋があり、なかには菓子パンやお握り、ジュースやペットボトル入りのウーロン茶が入っていた。なかなか気が利く拉致犯で、楠田が自力でロープを解くことを計算に入れ、当面の食料として置いていったようだった。

鉄製のドアは外から施錠されていて、巨漢の楠田が体当たりしてもびくともしない。地下室だから窓はない。自力による脱出の望みはなさそうだった。壁にはインターフォンが設置されていたが、ラインが切断されているのか、受話器をとってもなにも音がしない。携帯は圏外表示になっていて使い物にならない。

食料を置いていったところをみれば、当面殺す気はなさそうだ。しかし弁護士である自分を拉致して監禁するとまでは予想しなかった。こちらはまだ決定的な証拠を握っているわけではない。知らぬ存ぜぬで誤魔化せるはずなのに、あえて行動に出たところをみると、なにかの理由で焦っているのはたしかなようだ。

やはり殺されるのかと、さすがの楠田も不安を感じはじめた。そこへインターフォンの呼び出し音が鳴った。自分たちが必要なときだけラインを繋げる仕掛けらしい。受話器をとると、日中の面談で馴染んだ勝又の声が聞こえてきた。

「先生、手荒な真似をして申し訳ない。別れてから、もう一度差しで話をしたいと思い直しましてね」

勝又の口調は慇懃だが、有無を言わせぬ威圧感があった。楠田も負けてはいなかった。

「私は事務所とも家族ともつねに連絡を絶やさない人間でね。こんなかたちで失踪すれば、すぐに関係者が警察に捜索願いを出す。きょうあなたと会っていたことは事務所の者も家族も知っている。まず嫌疑がかかるのはあなただよ。藪蛇《やぶへび》になるとは思わないか」

「おれは昔は警察にいたんだよ、先生。殺された人間というのは世間が考えているよりはるかに多いんだ。ところが死体が見つからなければ殺人事件は成立しない。大の大人の失踪事案に警察が本腰を入れることはまずない。つまり運よく死体が出てくるまでは事件にすらならないというわけだよ」

「私を殺す気か」

「話の成り行きによってはね。おれだって伊達《だて》に警察で飯は食っちゃいない。警察の捜査がどういうものかよく知ってるし、その裏を掻く手口も心得てる。完全犯罪は推理小説のなかだけの出来事じゃない。じつは世間にゃごろごろ転がってるものなんだ。弁護士先生ならそんなこと、先刻ご承知だと思うがね」

勝又は本気かもしれないと楠田は感じた。嘘でもいいから満足のいく答えを与えてここを切り抜けることが先決だった。生き延びさえすれば、次の攻め手はいくらでもある。楠田は弱気な態度を装って問いかけた。

「わかったよ。命あっての物種だ。あんたが望む条件は？」

「言うまでもないだろう。深沢雄人の事件から一切手を引くことだ」

「私はあなたが事件に関わったとは言っていない。それなのに、どうしてこんな危ない橋を渡ってまで私の口封じにかかるんだ」

「大きなお世話だよ、先生。誰の人生にも逃れがたい成り行きってもんがある。おれはそういう義理を大事にする人間なんだ」

なにかを仄《ほの》めかすような勝又の口調には、確信犯的な響きすらあった。

「わかったよ。あの事件からは手を引く。だから解放してくれ。私を監禁したことについても告訴はしない。あんたとはきれいさっぱりおさらばだ」

「そんな簡単な話じゃないんだよ、先生。口先じゃなんとでも言える。あんたともう一度会ってじっくり話したい。たとえば、おれとの約束を破ってまたぞろ動き出したときにどういう結末が待っているかといったことについてだよ。あんたにはまだ可愛い盛りの息子と娘がいるな」

楠田は首筋に冷水をかけられたような慄きを覚えた。

「どういう意味だ？」

「意味はない。確認しただけだ」

「いや、明らかな脅迫だ」

「だったらついでにもう一つ。あんたにこの件を依頼したのは、死んだ雄人の女房の深沢朱実だろう。そっちにも五歳の可愛い息子がいるんじゃなかったか」

「よくそこまで卑劣なことが考えられるな」

インターフォンの受話器を握る手が震えた。白々しい声で勝又は応じる。

「おれはまだなにも言ってないよ。あんたが勝手に想像してるだけだ。要するにおれが言いたいのは、この際そういうことをきっちり記憶にとどめておいて欲しいということなんだ」

「だから手を引くと言っただろう」

「おれはこれから出張で、帰ってくるのはあすの夜なんだ。そのときに差しでじっくり話そうや。それまではくれぐれも丁重に扱うよう、あいつらにはよく言い聞かせておくから」

勝又はそう言って、有無を言わさず通話を切った。

その後、勝又からはなんの連絡もなかった。密閉された室内にエアコンはなかったが、地下室のせいか眠れないほど暑苦しくはない。とにかく体力だけは温存しようと、空の段ボール箱を潰して広げ、楠田は横になって目を閉じた。

目覚めたのは朝の七時で、ドアの近くにはまたコンビニのレジ袋が置いてあり、なかにはサンドイッチや牛乳など朝食らしいものが入っていた。ホテル並みとはいかないが、死なない程度には扱うつもりのようだった。

朝食を終え、することもなくうつらうつらしていると、例の二人の男がやってきた。どちらもまた目出し帽を被り、一人は刃渡り二〇センチほどのサバイバルナイフを手にしている。勝又の気が変わり、けっきょく自分を生きて返さないことにしたのかと、楠田は切ない思いで覚悟を決めた。

男たちは楠田をうしろ手に拘束し、頭に頭巾のような目隠しをすっぽり被せた。外に連れ出され、車に乗せられた。車は二十分ほど走ったところで停車した。目隠しの頭巾はそのままで、両腕の拘束を解かれ、楠田は車から降ろされた。

わけがわからずたたずんでいると、車はそのまま走り去った。慌てて頭巾を取ろうとしたが、紐の結びが固くてなかなか解けない。ようやく頭巾を外したときには車の姿はもう見えず、けっきょく車種もナンバーもわからなかった。

場所は人気のない山中の公道だったが、しばらく歩くとJR高崎駅行の路線バスの停留所が見つかった。運よく十分ほどでバスが来て、それに乗って楠田は高崎駅まで帰りついたという。

「警察には？」

問いかけると、楠田は大きく首を振った。

「今回、勝又はいろいろ手土産をくれました。その返礼というわけじゃないが、ここはもう少し泳がせようと思います。いまつまらないことで警察沙汰にすると、向こうはいっそうガードを固めるでしょう。それに勝又は巧妙です。警察に訴え出ても、当人は実行犯じゃないわけだし、私を拉致した二人にしても身元に結びつく手掛かりは一切与えなかった。事務所に指紋を残しているとも思えないし、あったとしても前科のない人間なら身元特定の役には立ちませんから――」

楠田は悔しそうに顔をしかめて、さらに続けた。

「それにお兄さんの件を考えても、地元警察がいちばん信用できない。しかしわからないのは勝又がなぜ急に私を解放することにしたかです」

私は勝又との電話でのやりとりを披露した。楠田は俄然《がぜん》興味を示した。とくに私が鎌をかけ、勝又が過剰に反応した義母の淑子の件については興味津々のようだった。私はやむなく稲取での安井繁雄との接触の顚末を語ってやった。楠田は呻いた。

「そんな動きをされていたんですか。私には内緒で――」

「申し訳ない。ただこちらにすれば、前島雪乃の線はほとんど山勘にすぎなかった。あなたにその話をしても、ただ状況を混乱させるだけだと思ったものですから」

「いや、私のほうもあなたに伏せていた材料がなくはなかったわけで、そのことで咎めだてする気は毛頭ありません。しかしあなたの山勘――。いや失礼。そのいわゆる直感が当たったような気がしますな。その勝又の反応を見る限り」

「ええ、兄の事件に義母が関与していたという考えはまだ想像のレベルですが、私はそのとき鳥肌が立つような衝撃を覚えました。前島雪乃さんの弟さんが亡くなって、その嫁が姿を消したのが三十年近く前と聞いています。私の実の母が死んで、義母が後妻として家に来たのが二十五年前。時期的に矛盾はありません」

「お兄さんの死により深く関与したのは、お父上ではなくむしろ――」

「義母だったかもしれないという思いが拭えないんです。むろん父が丸々潔白だと考えているわけではありませんが――」

　続けて私は少年時代の兄がしばしば口にした、母の死に関わる疑惑についても語ってやった。兄が指摘したのはそこに父が関与した可能性だったが、私は結婚前の義母がそのことと無関係ではありえないという新たな猜疑もほのめかした。楠田は目を丸くした。

「事件としてはすでに時効です。証言や物証も風化しているでしょう。真相に至るのはたぶん難しいでしょうが、その点も考え合わせれば、お兄さんと雪乃さんの親交についても自然に説明がつくような気がします」

　いまも心の隅に居座っている及川佳代と前島雪乃を結ぶ疑念については触れずにおいた。

　雪乃がいまオーストラリアにいる以上、二人が同一人物である可能性は消滅したわけで、それは私のなかにいまも残る母への思慕がつくりだした根拠のない願望だと割り切るしかない。

「じつは私も勝又とのホテルでの面談で、不審な感触を得たんです――」

楠田がやおら身を乗り出した。

「あなたと会ったとき、彼はお父上のアリバイに言及したとおっしゃってましたね」

「ええ。たしか兄が死んだ晩、父は義母の留守をいいことに前橋市内のホテルに女と投宿していたと」

「今回はその話にはまったく触れませんでした。私もアリバイについてはしつこく突ついたんです。勝又はこう言いました。お兄さんが亡くなった時刻、お父上は家にいたと聞いている。しかし証言できる第三者はいないし、奥様は所用で東京に出かけていた。つまり――」

「父にはアリバイがないというわけですね」

「当初から捜査は自殺という判断のもとに進められ、警察は公式にお父上を訊問してはいない。自分としては事情を聴取した刑事からの又聞きで、断定はできないという逃げ口上も付け加えましたがね」

楠田は微妙なニュアンスを伝えてくる。私は頷いた。

「この前、彼と話したときは、兄殺しの嫌疑が父にかかることを極力防ごうとしている印象があった。今回はむしろ、楠田さんの関心をそちらに誘導したいような印象を受けますね」

「そうなんです。その落差には重要な意味がありそうだと私も気にかかっていたんです。あなたのお話を聞いて、なにか納得できたような気がします」

「楠田さんも私と同様の感触をお持ちなんですね。雪乃さんの弟さんの嫁だった淑子《よしこ》と私の義母の淑子《としこ》が同一人物ではないかと――」

楠田は真面目な顔で頷いた。

「ええ。雪乃さんから、なんとかそのあたりの事情を聞き出していただければありがたい」


これから自宅へ戻って風呂に入りたいという楠田と別れ、私はあてどなく八重洲周辺をぶらついた。

自分が無事だったことについては、楠田はすでに朱実に一報を入れてあるという。私にとっても楠田にとっても、勝又たちの攻撃の手が彼女や幸人に向かう可能性が出てきたことが新たな不安の種だった。朱実本人はいたって気丈で、自分たちのことは十分注意するから、恫喝には屈しないで真実の解明を進めて欲しいと逆に楠田を励ましたという。

侮りがたいのは勝又の情報収集能力だった。今回の仕事を依頼したのが朱実だということは、守秘義務を楯に楠田も当然漏らしてはいない。そう勘ぐる程度の想像力なら勝又も働かせるだろうとは思っていたが、さらに息子の幸人の存在まで察知していたとは意外だった。

私の自宅に侵入し、さらに事務所で待ち伏せて楠田をあっさり拉致した手際を考えれば、実行犯はそうした汚れ仕事のプロとみるべきで、彼の事務所のコンピュータや書類の類がすでに覗かれている可能性は否定しがたい。もう一度事務所のセキュリティをチェックすると深刻な表情で楠田は言った。

めっきり秋めいたこの日の東京は肌寒く、銀座方面に足を延ばそうとした矢先に小雨が降り出した。頭のなかは新たな謎ではちきれそうだった。心は少しも落ち着かず、私は自宅へ帰ることにした。

その夜、ブリスベーンの前島雪乃に手紙を書いた。努めて冷静に、相手に負担を強いないようにと心がけたが、けっきょく私が抱え込んでいるあらゆる疑問が答えを求めてひしめき合っているような、切迫した文面にならざるを得なかった。

第九章

1

前島雪乃宛てに手紙を送ってから一ヵ月余りが過ぎた。

返事はまだ来ない。ここまで音沙汰なしということは、雪乃には返事を出す意思がないと解釈するしかないだろう。そうなると私には兄の件で当面動けることはなくなった。

初冬に入った東京は肌寒い日が続き、飛鳥山《あすかやま》公園の木々もほんのり色づきはじめている。雪乃が鍵を握っているかもしれない錯綜した謎を背負い込んだまま、私は日々の糧《かて》を得るための仕事に埋没していた。

兄の一件についてのさまざまな思いが投網《とあみ》のように頭に覆い被さっていた。勝又たちも鳴りを潜めてこちらの動きを窺っているようだった。海外取材の仕事もいくつか舞い込んだが、いま停滞している状況もいつなんどき急変するかわからない。そんな事情を思えば長期間日本を離れる気にもなれず、どれもうしろ髪を引かれながら断った。

十一月第一週の金曜日、楠田がここまでの調査状況を説明しにマンションを訪れた。

勝又による拉致監禁事件のあとも、楠田はひるむことなく行動していた。事件の一週間後には敵地の一画ともいうべき沼田市にわざわざ足を運び、竹脇税理士から父が提出した修正申告書の写しを入手した。そこには兄の死亡保険金に相当する一億五千万円の一時所得が紛れもなく記載されていた。

その報告はすでに電話で受けていたが、本人とじかに会って聞く話は生々しかった。竹脇に守秘義務違反を犯してまでも写しを提供させた手口は脅迫もしくは詐欺に近いものだったらしい。

「例の遺体の索条痕の話を目いっぱい膨らませて聞かせてやったんですよ。事件当時、現場にいた刑事が目撃したという証言をこちらは得ており、これから死体検案書を入手し、法医学の専門家に再鑑定を依頼する。それによって深沢雄人氏の他殺説が浮上し、警察が再捜査に乗り出すのもまもなくだ。そうなるとあなたにも保険金詐取幇助の疑惑が持ち上がる。それを避けるには自発的に申告書の写しを提出するのが賢明だ。それであなたへの検察側の心証は限りなく良好になる。もちろん再捜査が開始されるまで、そのことを顧客の深沢紘一氏には決して明かさない――」

前回、過少申告の事実を告白させた理屈と似たようなものだが、父を裏切ることへの恐怖と保険金詐取幇助の嫌疑をかけられることへの恐怖を天秤にかけさせ、前者については当面口を塞ぐことを約束し、それによって後者への恐怖を際立たせたわけだった。

索条痕を目撃した刑事というのはむろん勝又のことで、あながち嘘というわけではない。

死体検案書の件は事実からほど遠いが、入手するための努力を怠っているわけではないので、これも真っ赤な嘘とはいいがたいと楠田は開き直る。その口振りからはなにか目算がある気配さえ感じられた。

その日、楠田が携えてきた新しいニュースは、兄の会社に出資していた国崎孝典《くにさきたかのり》という暴力団幹部から引き出したという証言だった。驚いたことに兄と国崎は大学時代の同級生だったらしい。

指定暴力団の代紋《だいもん》を担ぐ国崎の父親は、当初は息子をやくざにすることに反対で、大学を卒業してまっとうな職業につくことを望んだという。しかし血は争えないというべきか、息子は大学を出るとすぐに親類筋の組と杯を交わしてしまった。けっきょく極道の道しか歩めないならせめて手元に置くしかないと、父親は息子を自分の組に引き取って、改めて任俠としての親子の契りを交わしたらしい。

法学部を卒業した学士さまだけあって、国崎はすぐに組きっての経済やくざとして頭角を現した。父の威光もむろんあったが、本人の実力を周囲は認めざるを得ず、数年後には先輩の組員をさしおいて若頭の地位にまでのし上がった。いまや押しも押されもせぬ組の顔だと、国崎は楠田に自己宣伝を怠らなかったという。

警察や法曹関係者とは馬が合わないと当初は渋っていたようだが、兄の死にまつわる疑惑を率直な言葉で説明してやると、心意気が通じたのか国崎は一転して面談に応じてきた。楠田はそのために単身で組の事務所に乗り込んだという。楠田は磊落《らいらく》に笑ってみせた。

「怖くなかったと言えば嘘になりますがね。勝又よりははるかに紳士的な人物でしたよ」

当時、兄が経営していたのは中古の建設機械や産業機械の販売会社で、その仕入れ先の一つが国崎がやっていた債権回収会社だったらしい。

とはいっても国の認可を受けた正規の業者ではない。倒産目前の中小零細企業に乗り込んで、債権や資産を買い叩き、破産手続き開始前に身ぐるみ剝《は》いでしまう代わりに、経営者の夜逃げの幇助もするという、いわゆる整理屋稼業がその実態だった。

そうしてもぎ取った資産のなかにはブルドーザーやパワーショベル、フォークリフトなどの建設機械や産業機械があった。盗品ではないが、火事場泥棒同然に手に入れた物件だから、自分で売り捌《さば》くのは目立ちすぎる。そこでたまたま前の会社を倒産させて浪人状態だった兄に仲介を依頼した。

物を売る仕事が根っから好きな兄は喜んでそれを引き受けた。当初は物件の販売を代行するだけだったが、足を踏み入れてみると中古機械の商売は思った以上に旨味があった。いくら景気が低迷していても、使えば傷む機械設備の更新需要は確実にある。そこでは不景気がむしろ追い風で、買い手は高価な新品を嫌い程度のいい中古品に群がってくる。

思い立ったら行動が早い兄はすぐさま会社を立ち上げた。国崎のところ以外にも仕入先を拡大し、やがて国内のみならず中国や台湾にも販路を開拓していった。商売がら危ない筋との取り引きもついて回るため、睨《にら》みを利かす意味も兼ねて国崎に取締役への就任を要請し、国崎は一も二もなく応じたという。

設立後しばらくは順風満帆だった。新製品市場の沈滞と裏腹に中古品市場は活況だった。持ち前の気性で兄は業容拡大に邁進《まいしん》した。しかし逆風はまもなくやってきた。過熱した日本の市場を狙って台湾や中国から良質の中古品が大量に流入してきた。市場はまたたくまに飽和した。

過剰在庫を抱え、会社は赤字に転落した。資金繰りに窮して、高金利と悪辣《あくらつ》な取り立てで知られる商工ローンの融資も受けた。しかし名ばかりの役員の国崎に、兄はそんな苦境を隠し続けた。

「先生、あいつは意地っ張りなやつでね。けつに火がついた状態でも、おれには泣きごと一つ言わなかった。話を聞いてりゃ多少の金は工面してやれたのに。甘い読みで事業を拡大したのは自分の責任だから、尻拭いに他人の手は借りないって腹積もりだったんでしょうね。しらばくれておれには役員手当てを払い続けやがって」

国崎は寂しい笑みを浮かべて楠田に言ったという。

大学を出てからも国崎と兄との交友は続いていて、互いに気の置けない間柄だった。しかし極道と堅気のあいだの一線を兄は決して越えようとはせず、国崎もまたそれを求めはしなかった。その中古機械販売会社にしても、兄はあくまで合法の領域でビジネスを拡大しようとしていたわけだった。あえて自分に支援を求めなかったのは、やくざの手先では決してないというプライドがあってのことだったろうと国崎は兄の心境を推測してみせた。そして当時の状況を振り返ったという。

「会社が危ないって話が耳に入ったのは、おれが懇意にしていた取引先の社長からでね。売却した機械の代金の支払いが遅れてるんで、興信所に調べさせたら、どうも市中金融を綱渡りして危なっかしい資金繰りをしているらしい。どうなってるんだと問い合わせがあったんですよ――」

これはまずいと慌てて出向いて、兄を摑まえて説明を求めると、そのときすでに高利の負債は数億を超え、売れる当てのない在庫が山をなしていたらしい。会社整理が本業の国崎の目からみれば、倒産させて夜逃げさせたほうがましな状況だった。

しかし兄はギブアップしなかった。いまベトナムで新規の販路を開拓しており、それが実を結べば在庫は一掃され、高利の借金はすべて返済できる。東南アジア市場は堅調で、今後も成長が大いに期待できると、兄はあくまで強気な見通しで押し通したという。

支援の手を差し伸べようにも、すでに負債が巨額すぎて焼け石に水だった。兄の会社に販売を任せることで国崎の商売も潤ってきた。兄は十分義理を果たしてくれたと国崎は考えた。そこで役員手当てを返上し、さらにあまりにも高利な当時の借入先から、自分が懇意にしている大阪の市中金融への借り替えを勧めたという。

そちらも高利には違いないが、そのとき兄が付き合っていたところほどえげつなくはないし、いざというときは自分の顔が利く。取り立てにも手加減するはずだという考えが国崎にはあった。

兄もその話には乗ったらしい。国崎の口利きで金利は予想外に低く設定され、お陰で資金繰りに二ヵ月あまりの余裕ができた。そのあいだにベトナムの輸入業者との交渉が成立すれば、負債の大半は返済できそうだった。その借入契約のために、兄は死の三日前に大阪へ向かったわけだった。

「たしかに資金繰りには窮してましたがね。雄人にはそのとき死ぬ理由なんかこれっぽっちもなかったはずですよ。たとえ針の穴ほどでも希望の光が見えれば、それに向かって一直線に進む男です。本人は苦境を脱する突破口を見つけたと張り切っていたはずなんです——」

国崎は怒りのこもった視線を楠田に向けて、ため息混じりに続けたという。

「ねえ、先生。雄人が殺されたんだとしたら、おれだって気持ちは穏やかじゃない。おたくや朱実さんがそうやって動き出している以上、極道のおれがしゃしゃり出る場面はないと思いますがね。必要なら言ってくださいよ。警察や裁判所とは相性がいいほうじゃないけど、知っていることはいつでも証言しますから」

楠田はその言葉を心強く受けとめた。兄の死後、会社の清算手続きを行なったのが国崎だった。当時の財務データや借入金の記録はいまも残してあるという。それは警察が想定した兄の自殺の動機を覆すに十分な状況証拠といえた。しかし楠田はまだ慎重だった。

「そうはいっても国崎孝典は暴力団の幹部ですから、証人としての適格性に問題がある。こちらも竹脇税理士の場合と同様、あくまで最終局面で提示する隠し球です――」

楠田はやおら身を乗り出した。

「それよりお兄さんの死因に直接迫る道筋が見えてきたんです」

私は戸惑いながら問い返した。

「しかし死体検案書はどこからも出てこなかったんじゃ？」

楠田は会心の笑みを浮かべた。

「じつは沼田市の医師会に問い合わせてみたんですよ。沼田署管内の不審死体の検案は、医師会が推薦した医師が一年を任期に担当するんだそうです。その当時の記録が残っていて、お兄さんが死亡した当時、検案を委嘱されていた医師の氏名が特定できたんです」

「それはすごい。しかし勝又が見たという索条痕を流木による打撲痕だと判断したのがその医師なら、真実を素直に語ってくれるとも思えませんが」

「そのときのカルテが見つかったんですよ」

「まさか——」

「カルテの保存期間は通常は五年です。しかしあくまでそれは法令による規定で、もっと長く保存している病院はいくらでもあります。で、その医師が当時勤務していた沼田総合病院に問い合わせてみたんです。そこはだいぶ前から電子カルテシステムを採用していて、保存期間は十年だそうです」

　楠田はよどみなく説明した。私も手応えを感じはじめた。

「その医師は勤務医だったんですか？」

「そうです。いまは都内の大学病院にいるようです」

「本人に直接当たるんですか？」

「あの検視結果になんらかの作為があったとしたら、本人は当然、率直な話はしてくれないでしょう。じつは一か八か、現在の外科部長に打診してみたんです。例の索条痕うんぬんの新聞記事をファックスして、そのカルテをもとに再鑑定をしてくれるかと——」

「反応はどうでした」

私は身を乗り出した。してやったりというように楠田は小鼻を膨らませた。

「大いに関心を示しました。昨年着任したばかりで、検案を行なった医師とのあいだにはなんのしがらみもないようです。東京都監察医務院で非常勤の監察医を務めたことがあり、法医学にも造詣が深いとのことです」

「つまり、兄の死因について再検討してくれると——」

楠田は大きく頷いた。

「来週の木曜日なら時間が空いているそうです。ただし病院の内規があって、肉親や家族以外にはカルテは開示できないとのことで。本来なら依頼人の朱実さんに同行してもらうのが筋なんですが、その日はどうしても休みが取れないようなんです。ですからできれば——」

「私に同行をと？」

「無理でしょうか」

「そんなことはありません。フリーの商売ですから時間の都合はいくらでもつきます。私にとっても非常に興味深い話ですし」

「それはありがたい。ひょっとしたら真相に大きく接近できるかもしれません。ぜひよろしくお願いします」

楠田は弾むような足どりで帰っていった。膠着《こうちゃく》していた状況にようやく動きが出そうな予感を覚えながら、私は手帳を開き、当日は丸一日体を空けられるように執筆スケジュールを調整した。

2

翌々日は快晴の日曜日で、延び延びになっていた幸人との約束を果たすには絶好の一日だった。

私はパジェロで練馬に向かい、午前九時にマンションの前で朱実と幸人を拾った。都心環状線から台場方面にルートをとり、レインボーブリッジを経由して湾岸線に抜け、初冬の柔らかい陽射しのなかを一路舞浜に向かった。

朱実が車を持っていないため、幸人にとってはドライブそのものが楽しくて仕方がないようだった。レインボーブリッジでは東京港に出入りする大型貨物船の姿に歓声を上げ、臨海副都心の風変わりな建物や施設が見えてくると車窓に顔を押しつけっぱなしで、ディズニーランドのシンボルのシンデレラ城が望めるころには息さえ荒くなっていた。

この日は幸人がまだ訪れたことがないディズニーシーに入場した。昼食を挟んで午前と午後、幸人は疲れもみせずにアトラクションやショーを経巡《へめぐ》った。私も一日パパとして朱実とともに忠実なお供を相努めたが、同じ歩くにしても山とは違って行き交う人の数が多い。陽が傾きかけるころには疲労遭難しそうな気分になっていた。

園内のレストランで夕食を済ませ、まだうしろ髪を引かれる幸人を宥めながら、私たちはようやく帰途についた。車が走り出したとたん、身を潜めていた睡魔の総攻撃にあえなく陥落したように、幸人は朱実の膝を枕に寝息を立てはじめた。

「ごめんなさいね。ご迷惑だったでしょ。無理なお願いを聞いてもらって。きょうのことが決まってから丸一週間、この子、興奮しっぱなしで、夜中に突然目を覚まして章人パパの話を始めるのよ。お陰でこちらは毎日寝不足気味で」

こぼすように言いながらも、ルームミラーに映る朱実の表情は幸福そうだった。

幸人は家で私のことを「章人パパ」と呼んでいるらしい。写真のなかにしかいない実の父よりも、生身の人間の私のほうに父の手触りを求める少年の心を私は不思議な感慨とともに受けとめた。

この日、朱実は兄の死にまつわる話題に触れようとしなかった。幸人がそばにいたせいもあるだろうが、一日限りの虚構の家族が、不用意な言葉によって蜃気楼《しんきろう》のように掻き消えてしまうのを惧れているようでもあった。

そうしたことの一切が、私にとって迷惑ということでは決してなかった。いや私もまた幸福だった。それは兄が生きていればおそらく当人が噛み締めていたはずの幸福だった。

「ところで今度の木曜日のこと――」

ようやく朱実は兄の件に話題を向けてきた。

「お忙しいのに、またご迷惑をおかけすることになっちゃって、大きな取引先の決算が迫っていて、どうしても休めなかったの」

「いや、いいんです。私にとっても兄は肉親です。気にしないでいられる立場じゃないですから。あの話を聞いたとき、朱実さんの都合とは関係なく、私自身がぜひ楠田さんに同行したいと思ったんです」

「そう言ってもらえると肩の荷が下りるわ。でも、当時の検視結果が本当に覆せるものかしら。時間は経っているし、その先生は直接遺体を見たわけじゃないんだし」

「とりあえず強い疑念を表明してもらえれば県警や検察への圧力になるでしょう。本人ではなく第三者というのがむしろ心強いかもしれない」

そう楽観的には答えたものの、内心は私も懐疑的だった。そんな思いが伝わったのか、朱実は話題を変えてきた。

「あの、楠田さんから伺ったんですが、夫の名前で届いたという電子メール――」

私からはそのことを朱実に伝えていなかった。隠そうという意図があったわけではない。

受けとった当初は幻惑されたが、時が経つにつれて兄が生きているなどという考えが、楠田が言ったように単なる思考のゲームのように感じられてきたからだ。私はあっさりと答えた。

「どうせたちの悪い嫌がらせですよ」

「そうなんでしょうね。たぶん――」

そう応じた朱実の声に落胆の響きを感じて私は戸惑った。

「まさかあのメールが本物だと？」

「そうだったらいいなと――」

「兄が生きているかもしれないと？」

「子供でも信じないような話よね」

朱実は自嘲するように小さく笑った。私のなかで鳴りを潜めていた複雑な思いがまた膨み出した。かすかな怒りを滲ませて問いかけた。

「もしそうなら、兄は自分の身勝手で姿を消したことになる。あなたに思いを伝える言葉一つ残さず――」

「もしそうなら――」

朱実はむきな口調で反論した。

「そうせざるを得ない理由があったんだと思うわ。いいえ、私がそう思いたいというほうが正しいのかもしれない。でもなんであれ、彼が生きているかもしれないと想像できることが嬉しいんです。どんなにはかない希望でも、いまの私にとってはなにもないよりずっとましなの」

「しかし九九パーセントありえない話だと思います」

一〇〇パーセントと言うべきだった。しかし私にもそう断定することを躊躇させるなにかがあった。

「でも信じることは自由でしょ」

私の言葉を咎めるようにではなく、自分自身を勇気づけるように朱実は言った。

「だったら、なぜ私のところにはあんなメールを寄越して、あなたのほうには音信がないんでしょう」

自分の言葉に意地悪な響きがなかったかと惧れたが、私が問いかけた意図は率直なものだった。万が一生きているとするなら、兄は朱実を騙したことになる。彼女が果たしてそれを許せるのかどうか、私にすればそこが疑わしかった。

「彼が生きていてくれるのなら、そんなことはどうでもいいことよ。私への悪意によるものだとはどうしても思えないの。おっしゃるとおり、彼が死んだのは九九パーセント間違いないと思う。でもたとえ一パーセント、あるいはそれ以下でも、いまの私には希望は貴重なの。

たとえ夢でも、絵空ごとでも――」

私は返す言葉を失った。信じることはたしかに自由だ。そして信じることから生まれる勇気があるのかもしれない。朱実の言葉がなにかの化学変化を起こしたように、私は体の奥から温かい力が湧き出すのを覚えた。

私は伊豆稲取でのことを朱実に語った。朱実はそのことを楠田からは聞いていないようだった。

楠田にとっては自分の仕事の成果ではなかったし、彼の当面の目標は兄の死を自殺と決めつけた警察の判断を覆すことにあり、前島雪乃と兄にまつわる話は周辺情報にすぎないという判断もあってのことだろう。

私としてもそう考えてもらったほうが都合がいいし、ほかの仕事も抱えている楠田にすれば、八方手を広げるわけにはいかないだろう。前島雪乃からは音沙汰なしだが、私はまだ諦めてはいなかった。私と兄との関係においては、楠田にとって重要度の低い問題が、まったく別の意味を持つこともある。

私の話を聞き終えて、朱実は不審げに口を開いた。

「そういえば私たちが〈東雲荘〉に泊まっていたとき、彼と女将が二人きりで話し込んでいるのを何度か見たわ。旧知の間柄だと聞いていたから、私はとくに気にもしなかったの。お母さんの死亡事故の話も夫からはなにも聞いていないわ。ただ――」

「ただ？」

「夫の遺品のなかに変なものがあったの」

「変なもの？」

「峰川淑子《みねかわよしこ》という人の身元に関する興信所の調査報告書なのよ」

「峰川淑子？」

ステアリングを握る手に思わず力が入った。朱実は後部シートから身を乗り出した。その膝の上で幸人がむずかるように寝ごとを言った。

「名前の読みは『よしこ』。女将の弟さんの奥さんがたしかそうだったわね。文字はお義母さんの名前の淑子《としこ》と一緒よね」

「義母の旧姓は峰川ではなく上野でしたが――。で、内容は？」

「仕事上の信用調査のようなものだろうと気にもしなかったから、正確には覚えていないんです。ただ夫の死因には最初から不審感を持っていたので、どんなものでも捨てずに保存してあるの。お時間は？」

「ええ、あります。見せてもらえますか」

「もちろんよ。その峰川という女性の夫が雪乃さんの弟さんだった可能性は高そうね」

「兄は雪乃さんから話を聞いて、その女性に興味を持ったんでしょう。私だって稲取でその話を聞いたとき、反射的に義母とその女性のイメージを重ねてしまいましたから。兄はその正体を暴くために興信所に調査を依頼した——。もしそうなら、兄はなにか重要な秘密を突き止めていたのかもしれない。調査が行なわれたのはいつごろですか」

「亡くなる二年ほど前です。そのころすでに雪乃さんとは接触があったはずです」

朱実も私と同様の確信に達しているふうだった。私は大きく頷いた。

「おそらくそうでしょう。もしなにかを突き止めていたとしたら、兄は義母に対してなんらかの行動を起こしていた可能性がある」

「そのために夫が？」

朱実がこわばった声で問い返す。

「ええ。生命保険の問題は付随的なことのような気もする。母がもし殺害されたとしても、その件はすでに時効です。しかし義母と父がそこに関与していたのなら、それが暴かれることは父にとって社会的な死です。名家の権威を笠に着て、父は地元で強権を振るってきた。表には出しませんが、父に恨みを持つ人間は周囲に多い。父にとっても義母にとっても、刑事告発されるのに匹敵する致命的な打撃になるはずです」

そう答えながら、切迫した思いに駆られるように私はアクセルを踏み込んだ。海からの霧が視界を流れ、臨海副都心のイルミネーションやライトアップされたレインボーブリッジが輪郭を曖昧にしていた。風切り音が高まって、後部座席でまた幸人がなにやら寝ごとを言った。

3

練馬の朱実の自宅へは午後八時前に着いた。

そう広くはない2DKの賃貸マンションは、悪戯盛りの子供がいる家庭にしてはきれいに整っていた。

ダイニングの壁には幸人の手になるママの絵が貼ってあり、その隣にやや新しいパパとおぼしい絵が並んでいる。初めて私と会った日、家に帰ってすぐ「章人パパ」の絵を描いてママの絵の隣に飾っておいたと、この日、幸人は誇らしげに言った。妙な感動を覚えながら、私は幸人の力作にしばし見入った。

眠っているところを起こされた幸人は、家に入るまでは半寝ぼけだったが、私が上がり込んでいることに気づくと俄《にわ》かに目が冴えて、膝の上に飛び乗ってはしゃぎだした。

瞳を輝かせてこの日の体験を早口で語りだし、きょうは泊まっていくようにと迫り、それが叶えられないとわかると、今度はいつ遊びに来るのか、どこへ連れていってくれるのかとしつこく私を攻め立てる。そのうち必ずと約束し、指きりげんまんをさせられて、ようやく寝ついてくれたのは一時間も経ってからだった。

朱実はクロゼットから段ボールの整理箱を取り出して、ぎっしり詰まった書類の山から、やや厚みのあるファイルを抜き出した。

表紙のタイトルは「身元調査報告書」となっており、調査対象者として「峰川淑子」の名が記されている。「みねかわよしこ」と読み仮名も付されている。その下に朱実が言ったように兄の死の二年少し前の日付があって、さらにその下に古川久司《ふるかわひさし》という調査員の氏名が書いてある。下のほうには「あけぼの探偵事務所」という業者名と住所と電話番号が印刷されている。

ファイルの中身はA４の用紙二十枚ほどにわたるレポートで、調査員はまず依頼内容の概略から書き起こしていた。

それによれば、兄が調査を依頼したのは、昭和五十三年四月まで故荒木《あらき》俊彦《としひこ》氏と婚姻関係にあり、荒木氏との死別によって旧姓に復した峰川淑子のその後の消息、出自および荒木氏との婚姻以前の経歴ということになっている。

荒木俊彦が前島雪乃の実弟だとは書かれていない。しかしその死因に親族が不審なものを感じていたこと、峰川淑子が夫の死によって多額の保険金を受け取ったことなど、稲取の安井繁雄から聞いた話と重なる事実に言及している。雪乃から弟の不審死の話を聞き、兄が自ら行動を起こした――。そう考えておそらく間違いない。

あまりに古い話であることと、戸籍謄本や住民票請求時の本人確認が厳しくなったため公的記録からの調査が困難であるなどの言い訳を調査員は縷々《るる》書き連ね、それだけで優に一ページを費やしていた。

調査員はまず荒木の除籍謄本から峰川淑子の過去を遡っていた。謄本は姉の前島雪乃が請求したか、その委任状を添えて兄が請求したものだろう。

その記載内容によれば、峰川淑子は昭和二十六年に埼玉県桶川《おけがわ》市で、峰川辰治《たつじ》と妻登喜子《ときこ》の長女として生まれ、昭和五十二年に荒木俊彦と結婚している。

調査員はさっそく桶川に足を運んだが、婚姻前の戸籍所在地に峰川という家は存在しなかった。通りかかった地元の住民に訊いてみると、二十年ほど前にその土地一帯で区画整理が行なわれ、新たに宅地造成されて新興住宅地に生まれ変わったという話だった。

だとしたらそれ以前に居住していた峰川一家の消息を知る者はまずいないだろうと諦めかけたが、気を取り直して市役所に足を向けてみた。都市計画課の窓口に出向いて、過去に市内で行なわれた区画整理事業の記録を閲覧したいと申し出ると、そうした資料は大半が区画整理組合の公式資料として刊行されており、市立図書館へ行けば閲覧できるという話だった。

さっそく図書館に赴くと、職員の言うとおり見栄を張った装丁の記念刊行物が何冊も並んでいた。該当する地区のものはすぐに見つかった。事業は昭和四十九年に開始され、五十二年に終了している。区画整理以前、一帯は田畑と山林と住宅地が複雑に入り組んでいた。日本経済の高度成長がまだ続いていた当時、首都近郊の宅地への需要は高まる一方だった。

そうした国家的要請に応えるべく――。巻頭の組合長の挨拶にはそう掲げられていたが、要するにこの機に乗じて地主たちが一儲けするには、入り組んだ地権を整理して宅地造成をやりやすくする必要があったというのが本音だろう。

事業終了の翌年に刊行されたその本の巻末には当時の組合員の名簿があり、調査員はそのなかに峰川辰治の名前を見出した。住所は除籍謄本のものとはだいぶ離れた市街地に変っていた。区画整理で地価の上昇した土地を手放して、便利な市内中心部に転居したものと考えられた。そんな組合員はほかにも多くいたようだった。

調査員はその新住所に足を向けたが、そこにも峰川の表札のある家はなかった。やむなく近隣の住民に訊いてみると、何人かがその疑問に答えてくれた。

一家は昭和五十三年にその場所に転居してきたという。区画整理事業が終了した翌年ということになる。

峰川辰治は地元の空き家を土地ごと買い取って、元の家屋を取り壊し、見るからに金のかかった豪邸を建てた。区画整理で一儲けした土地成金として辰治の評判は悪かったが、その羽振りのよさは近隣住民の羨望《せんぼう》の的だった。

その峰川邸が火事で全焼したのは、転居してきた翌年の昭和五十四年の冬の夜だった。就寝中だった峰川夫妻は逃げ遅れて焼死した。放火の疑いがあると警察が捜査に乗り出したが、裏付ける物証はついに出ず、近隣での聞き込みでも不審な目撃証言は得られなかった。

残された土地や資産、火災保険や生命保険の保険金は結婚して東京に出ていた娘が相続したらしい。総額で二億円は超えたと噂され、当時の庶民感覚ではそれは天文学的ともいえる数字だった。娘はすぐに土地を売却し、以後故郷に顔をみせたことは一度もないという。

娘の名前が淑子で、親子関係はよくないようだったという証言は得られたが、峰川家と周囲の住民の付き合いは疎遠だったらしく、東京に出てからの娘の消息を知る者はいなかった。ただ話を聞かせてくれた住民の一人が、当時町内会の役員だった関係で多少の接触があり、あるとき父親の辰治が言ったことを覚えていた。娘は大学で薬学を学んでいるから、いずれは地元に呼び寄せて薬局を開業させたいというような話だったという。

娘が進学したのは薬学関係の大学もしくは学部だと推測できた。さらに地元での交友関係から糸口が見つからないかと娘が通っていた地元の高校へも出向いてみたが、当時のことを知る教師がいるはずもなく、そちらは空振りに終わったようだった。

東京へ戻った調査員は薬学部がある全国の大学に問い合わせてみた。個人情報は開示しないというところがあらかたで、問い合わせに応じた大学からの返事は、どれもそういう学生が在籍した記録はないというものだった。

過去からの追跡はそこで断念し、調査員は荒木俊彦との死別後の足どりを追うことにした。手がかりは除籍謄本に記載されていた転出先の戸籍だった。

峰川淑子として新編成された新たな戸籍の所在地は港区南青山だった。並の金回りの人間が住めるところではない。調査員はその番地にも出向いてみたが、そこには真新しいオフィスビルが建っていたという。

地元の不動産屋に訊いてみると、ビルができたのは三年前で、それ以前は築年数は古いが地元では知られた高級マンションがあったという。不動産屋の社長はなんでも知っていそうな古老然とした人物で、もしやと思い峰川淑子の名前を出してみた。

社長はしばらく考えてから膝を叩いた。昭和五十三年から五十五年にかけて、たしかにその名前の女がマンションに住んでいたらしい。物件を仲介したのがその社長で、当時の暮らし振りもよく覚えていた。

歳は二十代の後半くらい。着るものも化粧も極端に派手で、高級外車を乗り回し、同じマンションの住民の噂では、男の出入りもかなり激しく、そこには当時の与党の若手政治家も混じっていたという。最初は高級クラブのホステスかと思ったが、働いている様子がまるでなく、けっきょくどこかの地方財閥の令嬢でもあるのかと近隣の住民は想像していたようだった。

五十五年の秋にはマンションを引き払ってどこかへ越していったが、社長は行き先は知らないとのことだった。

そこから先を辿るには区役所で戸籍謄本もしくは除籍謄本を入手するしかないが、赤の他人の私立探偵の請求に役所は応じてはくれない。委任状があれば問題ないが、そもそも両親はどちらも死亡していて、一人娘の淑子には請求資格のある家族さえいない。つまり合法的手段では戸籍からの追跡は不可能だ——。

調査員はそこまでの努力を目いっぱいアピールしたあとで、さらに調査を進めるためには合法的とはいえない手段をとらざるを得ないとほのめかし、そのリスクを見込んだ料金でなら追加調査に応じる用意があると示唆して報告を終えていた。

兄が調査の継続を依頼したかどうかはわからない。それを示すような文書がないかと朱実と二人で書類の山を掻き分けてみたが、けっきょくなにも出てこなかった。

しかしそこまでの調査結果だけでも不穏なものを覚えるには十分だった。奇妙な病気で逝《い》った荒木俊彦の保険金を受け取った翌年、峰川淑子はさらに放火の疑いのある火災によって両親の死亡保険金を含む巨額の遺産を相続している。

安井繁雄から聞いた話では、荒木俊彦との結婚に際して自分は代議士秘書だと吹聴《ふいちょう》し、そのころから服装は派手で、金遣いも荒いようだった。それは不動産屋の社長の証言と概ね矛盾しない。

政治家との付き合いはあったらしいが、代議士秘書という話はいかにも眉唾で、できる女と見せかけるための嘘八百だったとも解釈できる。それは義母の淑子が口にしていた経歴と共通するもので、偶然の一致と片付けるのは難しい。薬学を学んだという話は直感的に荒木俊彦の不審な病死と結びつく。

この報告書を読んで兄は考えたに違いない。義母は峰川淑子と同一人物であり、かつすこぶる危険な女かもしれないと——。しかしそう考えたとき、解けない疑問が一つ残った。兄はなぜこんな回り道をしたのか。義母と峰川淑子の同一性を証明するだけなら、父の戸籍謄本を請求すればこと足りたはずなのだ。

義母の旧姓が上野だとは聞いていたが、実家にまだ籍を置いていた時期、私が取得したことがあるのは自分の分の記載しかない抄本だけで、家族全員の事項が記載された謄本を入手したことはない。つまり義母に関する戸籍上の記載を私は確認したことがない。

女の場合、結婚や離婚によって姓が変わるケースは男より多い。峰川淑子が短期間に結婚と離婚を繰り返していれば、それによって上野姓に変わっていた可能性は十分ありうる。

しかし戸籍や除籍には必ず出生日、出生地、両親の名前と続柄が記載されている。どんなに姓が変わろうと、その部分は決して変わらない。二人の淑子が同一人物だと証明するには、そこを確認するだけでこと足りる。

兄がそれを怠ったとは思えない。それでもなおかつ興信所に調査を依頼したということは、戸籍上では二人の同一性が確認できなかったことを意味するようにも受け取れる。しかしそれなら別人だと了解すれば済むわけで、そこまで峰川淑子に執着した理由がわからない。あるいは同一人物だとわかったからこそ、さらにその身辺情報を探ろうとしたとも考えられる。

私としてもやはり戸籍上の記載を見ておく必要がある。木曜日には楠田とともに沼田に出向く。ついでにみなかみ町に立ち寄って、父の戸籍謄本を取得することにした。

「楠田さんにはこのことを？」

朱実が訊いてくる。

「ええ。ここで明らかになった事実が兄の死と関係あるかどうかはわからない。でもなにか嫌なものを感じます。これを拝借していっていいですか。あすにでも彼と会って意見を聞いてみようと思います」

「そうしてください。こんな大事なものをいままで見逃していたなんて、私が迂闊でした」

「そんなことはない。私が伊豆で聞いた話を、もっと早くしていればよかった。これを一読しただけじゃ、誰だってなんのことなのかわからない。楠田さんは専門家だから、我々がまだ読み解けないなにかに気づいてくれるかもしれない」

「でも夫はどうしてこのことを誰にも話さなかったのかしら。私はともかく、少なくとも章人さんには――」

朱実は深刻な表情で首を傾げる。私は暗い気分で頷いた。

「ええ、それもわからない点です。兄が峰川淑子に母の死に繋がる疑惑を抱いていたとするなら、それは私にとってものっぴきならない話です。もし打ち明けてくれていたら――」

兄を死なせずに済んだかもしれない――。心のなかで私はそう続けた。そんな思いを共有するように朱実が言う。

「私たちが考えていたのと、真相はだいぶ違うかもしれないわね。夫がもし殺されたのだとしたら、犯人には保険金のこととは別の動機があったのかもしれない」

「しかし父が兄の保険金を受け取ったのは紛れもない事実です。事件の背景は想像以上に錯綜したもののような気がします」

そして想像以上におぞましいもののような気がすると、私はもう一度心のなかで呟いた。

第十章

1

「思いがけないものが出てきましたな。いや、じつに興味深い」

楠田は電話の向こうで興奮気味だ。時刻は午前零時に近かった。私は口惜しさを滲ませた。

「稲取で聞いた話をすぐに朱実さんに話していれば、彼女もその報告書の意味にもっと早く気づいたと思うんです。その点は失策でした」

朱実が保管していた峰川淑子の身元調査報告書を預かって帰宅して、朝まで待てずに楠田の自宅にファックスを入れたのが三十分ほど前。楠田はすぐにそれを読み、私のもとに返事を寄越したわけだった。

「気になさらないほうがいい。そこまでの経緯は誰であれ想像できません。それより事実関係は思った以上に複雑なようですな。お父上の関与を否定するわけではありませんが、これで単独犯行ではない可能性が高まった。真相解明に至る道筋は一本調子とはいかないかもしれません」

楠田は気合の入った声で言う。気を取り直して私は応じた。

「峰川淑子と義母の淑子が同一人物かどうかは、戸籍謄本の記載を確認すれば判明します。

今度沼田へ出向いた折に、みなかみまで足を延ばして私が謄本を取得します。もし同一人物なら、事件全体の中心にいるのは父ではなく義母の可能性が高いことになる」

「戸籍謄本の記載だけで白黒がつくかどうか？」

楠田の穿《うが》った物言いに戸惑った。

「それはどういう意味ですか」

「まず考えないといけないのは、お兄さんがわざわざ興信所に依頼して峰川淑子の身元を調査させた理由です。お兄さんは親族ですから、謄本の記載内容ならわけなく確認できたはずなんです。それでもなお調査を依頼した。つまり――」

楠田はほのめかすようにそこで言葉を切った。楠田の疑念は当然のものだった。その点については私自身も割り切れないものを感じていた。

「峰川淑子と義母は同一人物だった。だからその正体を突き止めるために独自に調査を始めたのでは？」

「別の可能性も考えられます。たとえば戸籍上は同一人物ではなかった。しかしお兄さんはそこに納得できないものを感じた――」

楠田の言葉の意味が焦点を結ばない。私は問い返した。

「それはどういうことでしょう？」

「戸籍というのは意外に当てにならないものなんです」

「と言うと？　物の本によれば、日本の戸籍制度は世界でも有数の信頼度があるそうですが」

「あくまで正しい手続きで扱われた場合の話です。戸籍が売買されたり交換されたりするケースはよくあります。それに日本には年間十万人近い家出人、つまり行方不明者がいる。しかしその人たちが発見されるケースはほとんどありません」

「その人たちはどういう運命に？」

「ホームレスになっているかもしれないし、どこかに身を隠してひっそり暮らしているかもしれない。死亡しているかもしれない。死亡者のなかには殺人事件の被害者になった人もいるかもしれない」

楠田の言わんとすることは伝わった。

「言い換えれば、本人が行方不明になっている戸籍が、この国にはそれだけ溢れているということですね」

「そのとおり。そういう戸籍を悪用した詐欺事件は一般に知られている以上に多いんです」

「だから戸籍を当たってみてもあまり当てにはならないと」

「あなたが稲取で聞いた話、調査報告書に記載されていた事実、そしてお兄さんがその調査を依頼した理由を考え合わせると、峰川淑子とお義母さんが同一人物だという感触が私には拭えないんです」

「だとしたら、兄がそこまでこだわった本当の理由は、母の死に関わる疑惑ということになる」

「そうかもしれません。そしてお兄さんが殺害された理由と、そのことが無関係だとは思えない」

　楠田は昂ぶる心を抑えるように声を落とした。それは私もおぼろげに抱いていた思いでもあった。

「あけぼの探偵事務所に当たってみる必要がありそうですね。しかし当時の調査員がいまもいるかどうか」

「あすにでも、さっそく電話を入れてみます。できるならじかに出向いて詳しい事情を聞いてみたい」

　打てば響くように楠田は応じる。私は慌てて言い添えた。

「だったら私も同行しますよ。兄の性格や物の考え方は弟の私がいちばんよく知っている。思わぬヒントが見つかるかもしれない」

「たしかにそうですな。先方からアポがとれたらぜひお願いしたい。木曜日に沼田までご足労いただくうえに、さらに使いだてして心苦しいんですが」

「気にしないでください。兄のことは私にとっても逃げて済ませられる問題じゃないですから」

そう応じて電話を終え、寝つかれないままに思いを巡らせた。心は波立ち続けた。兄は触れるべきではないものに触れたのかもしれない。そして至仏山の頂で私にした約束を実行しようとしたのかもしれない。

〈もし母さんを殺したやつが誰だか突き止めたら、やはりおれが仕留めてやる。もしそれがあいつだったとしても――〉

兄はあのときそう言った。〈あいつ〉とは父のことだと、そのとき私は素直に受けとめた。兄の心の裡《うち》でも当時はそうだったはずだった。しかし兄はその後なにかを摑んだのかもしれない。想像すらしなかった邪悪なものの尻尾を――。

父と義母が母の生前から付き合いがあったというような話を私は聞いていない。父と母とのあいだにそうしたことにまつわる諍《いさか》いがあったような記憶もとくにない。しかしそれがなかったとは決して言えない。あったとしても、そもそも人に聞かせられる類の話ではないのだから。

父は母の目を盗んでうまくやりおおせたのかもしれない。義母は父と結託して、母から妻の座を奪いとったのかもしれない。母が死んだあの事故は、父と義母が仕組んだものなのかもしれない――。考えるほどに心はいよいよ騒ぎ出す。

母が死んだのは毎日走り慣れた道で、カーブもさほど急ではない、普通の状態なら事故を起こす可能性は皆無に近い場所だった。しかしそのとき母が普通ではない状態にあったとしたら――。

峰川淑子は薬剤師だったらしい。前島雪乃は弟の死をなんらかの薬物による毒殺ではないかと疑っていた。薬物の力を借りれば、普通なら事故を起こすはずのない場所で母にハンドル操作を誤らせることは可能だろう。薬剤師ならそういう薬物に詳しいだろうし、入手するのも容易だろう。湧き起こる疑念はタールのように黒々として、心の襞《ひだ》にねっとり纏わりついてくる。

楠田から連絡が来たのは翌日の昼過ぎだった。あけぼの探偵事務所はたしかに存在したという。しかし調査を担当した古川久司という人物は、三年前に辞めていまはいないらしい。

電話を受けたのは所長の水谷という男で、当時のことで話を聞きたいと告げると、自分が担当したわけではないから大した情報はないと言いながらも、会うのはやぶさかではないと快く応じたという。ただし明後日から出張だとのことで、やむなく楠田は明日の午前十時に面談の約束を取りつけたといい、私の都合を訊いてきた。私のほうはとくに支障はなかった。

2

あけぼの探偵事務所は中央区銀座一丁目にあった。

銀座といっても新富町に近い、さして羽振りのよさそうでもない事務所が入居する古びた雑居ビルが軒を連ねるあたりだ。

オフィスは間口の狭い、消しゴムを立てたようなビルの三階で、同じフロアにあるのはその事務所だけ。見てくれは渋谷の楠田のオフィスといい勝負だった。

なかにいたのは所長の水谷と事務を担当している中年の女性だけで、デスクは五人分ほど並んでいるが、水谷と女性のもの以外は使われていないようだった。

「わざわざご足労いただいてこう言うのもなんですが、八年も前の仕事となるとご要望にお応えできるかどうか」

五十代後半くらいの押しの強い風貌の水谷は、思わせぶりな口調で言って楠田と私に名刺を手渡した。楠田は自分の名刺を差し出しながら私を口頭で紹介し、調査を依頼した人物の実弟であると簡潔に説明した。水谷がそれで納得した様子なので、私は敢えて名刺は渡さなかった。

水谷の名刺には探偵業界でもいま流行のはずの、ウェブサイトや電子メールのアドレスが記載されていない。女性の机の上にはノートパソコンとプリンタが置いてはあるが、パソコンは閉じられたままで、プリンタには埃よけのカバーがかかっている。

水谷の机には資料や書類が乱雑に積み上げてあるが、置いてある電子機器といえば電卓くらいで、日常の仕事が昨今の電子化の恩恵に与《あず》かっている気配がなにもない。探偵事務所としての調査能力がどの程度なものか、いささか不安になってくる。

水谷は楠田と私を部屋の片隅の毛玉の浮いた応接セットに誘った。女性が渋茶の茶碗を並べ終えるのを待って、水谷はさっそく切り出した。

「お訊ねの仕事を担当したのは古川でしてね。私は深沢さんを直接は存じ上げなかったんです。仕事の中身も記憶になかったんで、ロッカーを引っ掻き回して、古い報告書や請求書の控えを探してみたんです。うちが深沢さんから受けたのはやはりあの一件だけ。一度きりのお付き合いでした。その後、追加調査やら別件での仕事はやっていませんな」

楠田はその言葉をまともに受け取る気はなさそうだった。

「一度きり――。つまり飛び込みの客だったと？」

「そうなんです。電話帳の広告で知ったとかで」

「しかし私が聞き及んだところでは、深沢氏はあなたをある人物に紹介しているはずですが」

「そりゃどういうことで？　私が嘘をついているとでも？」

水谷は虚勢を張るように背筋を反らせた。楠田は悠揚《ゆうよう》迫らぬ態度で押してゆく。

「聞いたのは国崎孝典という、深沢氏とは浅からぬ縁がある指定暴力団の幹部からです。あなたは深沢さんの口利きで、その人物から行方不明の債務者を探す仕事を依頼されたことがあると聞いています」

そんな話は私も初耳だ。楠田は抜け目なく国崎に問い合わせていたらしい。楠田はさらに二の矢を放つ。

「その人物がある事情から深沢氏の会社の帳簿類を保管していましてね。調べてもらったら、その調査書の件のあともおたくへの支払いが頻繁にあったとのことで。つまり深沢氏との付き合いはずっと続いていたわけでしょう。それにあえて人に紹介するということは、深沢氏とあなたのあいだにそれなりの信頼関係があったことを意味するんじゃないですか。飛び込みの客というのは嘘でしょう」

水谷はばつが悪そうに苦笑いした。

「いや、参りましたね。そこまで調べられたんじゃどちらが探偵かわからない。たしかに深沢さんとは長い付き合いです。仕事は主に取引先の信用調査ですがね」

「あの身元調査の依頼は例外的なものだったと？」

「そうです。うちが得意なのは企業や個人の信用調査でしてね。ああいう犯罪が絡んでいそうな話は普通は敬遠するんです。うっかり変なものを掘り出して刑事事件にでもなったら、金にもならない事情聴取で時間をとられて商売は上がったりだ。探偵といったって、私らはシャーロック・ホームズや明智小五郎じゃありませんから」

　水谷は広い額の汗をハンカチで一拭いした。楠田は問い質した。

「それでも、けっきょく引き受けたわけですね」

「ええ、引き受けましたよ。付き合いのないところは信用できないと深沢さんが言うもんでね。それに物騒な事件がらみといっても、とっくに時効でしたから」

「物騒なというと？」

　楠田は空とぼけて問い返す。水谷はやれやれという表情で渋茶を啜った。

「報告書は読んだんでしょ。旦那が毒殺された疑いがあるという話ですよ。無難な依頼とはとてもいえないでしょう」

「しかし真相を明らかにするまでには至らなかったわけですね」

「うちとしても法に触れるような手段は取りたくなかったもんですから」

「戸籍調査の壁ということですね」

楠田の誘い水に水谷は乗ってきた。

「そう。そりゃ方法はいくらでもありますよ。弁護士先生ならご存知でしょう。たとえば謄本や抄本なら、行政書士しか使えない白紙の職務上請求書を横流ししてもらって、それを使って違法請求する手口です。たちの悪いところはそのくらい平気でやりますけど、うちはそもそも信用調査で飯を食ってるところですから、そんな危ない橋を渡る必要はないんです」

「しかしあの報告書の最後のほうでは、報酬しだいではやってもいいようなことをほのめかしていましたが」

水谷は顔の前で大袈裟に手を振った。

「担当した古川の勇み足ですよ。あとで気がついて、こっぴどく叱ってやりました。深沢さんにも電話を入れて、うちとしてはそこまでやる気はないと念を押しました」

「つまり、深沢氏はあの報告書を得た段階で調査の継続を断念したと？」

「少なくともうちはタッチしませんでしたよ。しかしやるところはほかにいくらでもあるわけで、あの人がその後どうしたかはこちらの関知するところじゃない。いやね、本心を言えば、深沢さんは危ないところに首を突っ込んじまったんじゃないかって気がしてましてね。表向きは自殺ということになってんでしょ？」

水谷は微妙なところに話を向けてくる。

「そうです。動機は経営苦ということで」

楠田があっさり応じてみせると、水谷は妙にむきになった。

「そんなはずないですよ。うちも伊達に信用調査を看板にはしてません。あの人の会社が怪しいという噂を小耳に挟んでちょっと調べてみたんです。大した商いじゃないにしても、うちにとってはお得意さんで、潰れてもらっちゃ困るから。まあ健全とは言えないけど、まだ繋いでいけそうにみえましたよ。自殺するほどの状況じゃなかったし、そもそもあの深沢さんがそんなことで自殺に走るはずがない」

「自殺じゃないとすると？」

楠田は鎌をかけるように問い返す。水谷は怖気《おぞけ》立つように体を揺する。

「それ以上言わせないでくださいよ。こっちは危ないところに足は踏み入れたくないし、はっきり言ってお金にもならないことなんですから。この業界はまだまだ景気は逆風でね。飯の種になることに全力を注ぐしか生き延びる道はないんです」

「その回りくどい言い方が、なにかを知っているという意味だとしたら、情報に見合う謝礼を考えなくもないんですがね」

「ちょっと想像を逞しくしただけですよ。ただね。そもそも弁護士先生がわざわざ動いているということは、深沢さんの一件には大枚の金が絡んでいるとみますがね。たとえば生命保険金とか――」

口振りとは裏腹に、水谷はいまにも舌なめずりしそうな顔つきだ。楠田はいなすような口調で応じた。

「こちらには守秘義務ということがありますから。報告書の内容以上のことをご存知ないとおっしゃるなら、そろそろおいとまいたします。私にしてもこの世知辛《せちがら》い世の中でお金のためにあくせく働く身でしてね。ところで調査を担当された古川さんはいまどちらにいるかご存知で？」

「わからなくはないですが、連絡はとれませんよ」

水谷はいわくありげに頭上に視線を向けた。

「どういう意味ですか」

楠田が怪訝そうに問いかけると、水谷は芝居じみた困惑顔で言った。

「死にましたから。うちを辞めた翌年に交通事故で――」

3

古川久司が交通事故で死んだという話に、私は薄気味の悪い衝撃を覚えた。

首都高速を走行中にハンドルを切り損ねてガードレールに激突したというが、体内からアルコールは検出されず、スピードも制限速度を多少はオーバーしていたが、それも流れに乗ってのことで、現場はそれで危険を感じるほどのカーブではなかったらしい。

警察は居眠り運転という結論で捜査を終了したという。水谷によれば、古川は仕事中毒のようなところがあって、仕事にのめり込むとろくに睡眠もとらずに動き回ることが珍しくなかったらしい。水谷の説明に不自然さはないが、母の死亡時の状況とその話が私のなかで重なってしまうのはどうにも避けがたかった。

水谷はついに手札をさらさなかった。しかしなにかを握っているのは間違いないと楠田はみているようだった。

「口で言うほど忙しいんなら、大した情報もないのにわざわざ我々と会った理由がわからない。手持ちのネタにどのくらい値がつくか、感触を探ったところじゃないですか。そのうち向こうからちょっかいを出してくるでしょう」

そのちょっかいの出し方が穏当ならいいが、楠田が勝又に拉致された高崎の事件のこともある。楠田のほうは楽しみが増えたとでも言いたげににやついていた。

霞が関に用事があるという楠田とは銀座で別れ、晴海《はるみ》通りを有楽町方向に歩いていると、背後の人波のなかに見かけた風体の男が目についた。私はその場で足を止めた。素知らぬ顔で近づいてくる男に、私はしらばくれて問いかけた。

「水谷さん、どちらへ？」

「あ、こりゃまた思いがけないところで。仕事で出向くところがありましてね。その前に飯でも食おうと思いまして。どうですか、ご一緒に」

とくに慌てた様子もない。尾行は本業だろうから、その気になれば素人に気づかれるようなどじは踏まないはずだ。私に接触しようと尾《つ》けてきたのは明らかだった。楠田を外して差しでという意向らしい。楠田もそこまでは読めなかったようだが、たしかにちょっかいは出してきた。

「水谷さんお一人なんでしょうね」

わざとらしく周囲に視線を流すと、水谷は鷹揚に笑ってみせた。

「こういう商売をやってると、そういう目で見られがちでしてね。たしかにプロの尾行は一人でやるもんじゃない。お察しのとおり偶然出くわしたというのは嘘ですが、他意があってのことじゃありません。できれば弁護士先生のいらっしゃらないところで、じっくり話し合いたいと思ったわけでして」

興味はむろん感じたが、素振りに出ないように注意した。

「どういう意味でしょう。取り引きでも持ちかけようという腹積もりなら、残念ながらこちらは素寒貧《すかんぴん》でして。期待には沿えないと思いますが」

「そこまで勘ぐらなくてもいいでしょう。こちらも思うところはたしかにありますが、ご迷惑をかけるようなことじゃない。お互い協力し合えるということですよ」

「そう言われてもね。狙いはいったいなんなんです？」

私はあからさまに疑念を滲ませた。しかし水谷は意に介さない。

「まあ、立ち話もなんですから。お食事はまだなんでしょ。すぐ先にそこそこのものを食わせる店があるんです。ご心配なく。とりあえずこちらの話を聞いていただくだけで結構です。そちらもいろいろお考えはあるでしょうから、ご返事はのちほどで構わないし、その場で断ってもらっても構わない。しかしね、深沢さん。お兄さんが知りたかった真相は、あなたにとっても興味深いもののはずなんですがね」

水谷の仄めかしは私の心の急所を突いた。抗うすべもなく私は応じた。

「わかりました。食事は結構です。どこかでお茶でも飲みながら」

4

水谷はプランタン銀座の裏手の、客の入りの少ない喫茶店に私を誘った。

飲み物を注文し終え、ウェイトレスが立ち去ると、水谷は待ちかねたように切り出した。

「弁護士さんの前では喋りにくい話だったもんですから。じつはあの調査のあと、お兄さんから再調査の依頼がありましてね」

「やはり――」

私は苦笑いしながらそう応じた。一度決めたらとことんやり通すのが兄の性分だった。あの中途半端な報告書で納得し、手仕舞いしたとみるのは難しかった。水谷は頷いて先を続けた。

「そのとき調査の本当の意図を明かしてくれたんです。最初の依頼は峰川淑子個人に関わる調査だった。しかし狙いは義母の深沢淑子さん――たしか旧姓は上野でしたね。その方と峰川淑子が同一人物かどうかを知ることだった。最初からそういう依頼にしなかったのは、こちらに先入観を与えて、いわゆる見込み捜査をされては困ると思ったからだと本人は説明しましたがね。本当はその背後の事情を人に知られたくなかったからでしょう。見かけによらず慎重でしたからね。新規の取引先に対しては、必ず私のところに調査を依頼してきたくらいで」

私の知る兄はむしろ脇の甘い人間で、何度か倒産の憂き目に遭ったのもそんな性格が災いしてだと思っていた。水谷の話が事実なら、そんな経験から兄も多くを学んだというわけだろう。

あの報告書を届けてまもなく、兄は自ら水谷の事務所を訪れて、改めて調査の依頼をしたという。そのときはすでに腹を括っていたのだろう。兄は二枚の写真と義母淑子の記載を含む戸籍謄本を持参したらしい。

年齢はだいぶ違っていたが、水谷も調査を担当した古川も、その写真に写っている二人が同一人物だということに疑いを抱かなかった。若いほうが峰川淑子で、年上のほうが義母の淑子だと兄は説明したという。しかし前回の調査で受け取った謄本の峰川淑子の出生に関する記載事項と、その日、兄が持参した実家の謄本における義母のそれとは一致していなかった。

峰川淑子は昭和二十六年、埼玉県桶川市で、峰川辰治と妻登喜子の長女として生まれていた。一方、義母の淑子は同じく昭和二十六年に神奈川県小田原市で、上野実雄《じつお》と妻昭子《あきこ》の長女として生まれていた。つまり戸籍上は二人は明らかに別人だった。

「お兄さんはそこが納得いかなかったようなんです。峰川淑子の写真は死んだご主人のお姉さんがたまたま持っていたスナップ写真で、ピントもやや甘かった。親族の反対を押し切っての結婚で、弟さん夫婦は式も挙げていなかった。婚礼写真もないし、弟さんの自宅にあった写真はすべて妻の淑子が持ち去ったか処分してしまったようなんです。その写真は結婚前に弟さんがたった一枚、お姉さんのところへ送ってきたもののようです。じつはこれなんですがね」

水谷はポケットから茶封筒を取り出して、なかから一枚の写真を抜き出した。そこに写っているのはどうみても義母だった。しかし断定するとなると難しい。角度は斜め横からで、水谷の言うとおりピントは甘く、露出不足で全体に暗い。

「お兄さんはそのとき初めて明かしたんですよ。実のお母さんの死についての疑惑をね。峰川淑子と義理の母親の淑子さんは顔が似ているだけじゃない。派手好きで金遣いが荒い点にしても、代議士の秘書だという自分の経歴の話にしても、偶然とは考えにくい共通点が多すぎるというんです」

「古川さんが調べた報告書では、峰川淑子は実家の火災による両親の死で多額の遺産を相続したことになっている。それは夫の不審死のあと、その保険金を受け取って雲隠れした翌年のことだったわけでしょう――」

私は重いため息を吐いた。会社の経営に日々あくせくしながら、そんな疑惑を一人で抱え込み、それを私には一切語らずに、兄はいったいなにをしようとしていたのか。至仏山の頂での約束を、兄は本気で果たそうとしていたのか。

「お母さんはその翌年に亡くなられていますね。養鶏場の経営ではお父さんの片腕だった。

お母さんには当然生命保険がかけられていたと思います」

　水谷の言葉が示唆することは明瞭だった。邪悪なものの影に怯えるように、私はかすかな悪寒を禁じえなかった。水谷は冷静に補足する。

「お母さんの生前に、お父さんと淑子さんのあいだになんらかの交渉があったかどうか、お兄さんもわからなかった。しかしなかったとも断定できなかった」

　ウェイトレスが飲み物を運んできた。私はブラックのままのコーヒーで渇いた喉を湿らせた。

「それで、水谷さんはけっきょく兄の依頼を受けたんですか」

「私は気が進まなかったんです。先ほども申し上げたように、そういう絡みの仕事はうちの守備範囲じゃないし、時間も経ちすぎている。つまり徒労に終わる可能性が高い。そんなことでお兄さんに出費をさせるのは心苦しかった。ところが古川が馬鹿に積極的で――」

　砂糖とミルクをたっぷり入れたコーヒーを一啜りして、水谷はさらに続けた。

「じつは古川はうちに来る前は埼玉県警の刑事だったんです。仕事の面では有能だったんですが、それに劣らず色恋沙汰にも熱心でね。容疑者の女房とできちゃったんですよ。むろん警察組織じゃそれはご法度《はっと》です。表向きは自己都合退職という恰好で、体《てい》よく首を切られたというわけです。刑事としてのキャリアを生かせる商売ということでうちで働くようになったんですが、中小企業相手の信用調査というのは、本人にとってはよほど退屈な仕事だったようで」

「それで兄の話に興味を持ったと――」

「そういうことですな。お兄さんも古川が気に入っていたようで、私もそれ以上は止めようがなかった」

「しかし、調査は行き詰まっていたわけですね」

「法に抵触《ていしょく》しない範囲ではね。問題は戸籍謄本の請求です。もちろんそこを突破する手口がないわけじゃない。いちばん融通が利くのが、さっきも申し上げた行政書士から横流ししてもらった用紙を使う方法ですよ。もちろん発覚するリスクを考えて調査費も弾んでもらいました。それから報告はすべて口頭で行なうことにして、記録としては一切残さないという約束で――」

水谷は気を持たせるようにコーヒーを口に運ぶ。私は興味を抑え切れなかった。

「その後は調査に進展があったわけですね」

「もちろん。真実にほぼ肉薄したという感触が得られるところまではね」

ここからが本題だというように、水谷は不敵な笑みを浮かべた。

5

兄からの新たな調査依頼を受諾すると、古川はさっそく港区役所に赴いて、南青山にあった峰川淑子の戸籍謄本を請求したという。

むろん淑子は転籍しており、入手できたのは除籍謄本だった。港区に本籍があったのは昭和五十五年の九月までで、報告書にあった不動産屋の社長の証言と一致した。

転籍先は渋谷区神宮前。古川はその住所に赴いた。そこにあったのは築三十年ほどの、かつては高級な部類だったと思われる賃貸マンションだった。周囲には新築のビルやマンションが立ち並び、淑子が住んでいた時代の面影はほとんど残っていないようだった。

けっきょく頼りはここでも地元の不動産屋で、近隣で営業しているところを何軒か回り、淑子の写真を見せて回ったが、残念ながら越してきた当時の状況を知る年配の業者はいなかった。

古川はやむなく渋谷区役所に赴いて峰川淑子の謄本を入手した。こちらも除籍になっていたが、驚いたのはそこに記載されていた除籍の事由で、峰川淑子は転籍したその年――昭和五十五年の十二月五日に死亡していた。

峰川淑子の側からの調査は行き詰まった。謄本に記載されているのは単に死亡という事実のみで、それ以上の情報に辿り着く手立てはそこにはない。その足で図書館に赴き、藁をも摑む思いで死亡当時の新聞の縮刷版を当たってみた。死因になんらかの事件性があれば、社会面に小さくでも載っているはずだった。

全国紙すべてを当たったが、それらしい記事は見つからなかった。つまり事故でも他殺でもない、事件性のないごく普通の死と考えるしかなかった。

いずれにせよ峰川淑子がすでに死亡している以上、義母の淑子と峰川淑子が同一人物だという推定はもはや成立しない。それを最終結論として調査を終了するのが普通のはずだが、元刑事としての嗅覚がなにかを嗅ぎとったのだろう。古川はそれでもまだ断念しようとはしなかった。

今度はもう一つの糸口の義母の来歴を遡った。戸籍謄本に記載されていた出生地は神奈川県小田原市。父は上野実雄、母は昭子。父との婚姻前の戸籍所在地は中央区新川《しんかわ》だった。

古川は中央区役所に赴き、その除籍謄本を入手した。新川へ転籍してきたのは昭和五十六年三月。その前の戸籍所在地を確認して古川はあっけにとられた。それは峰川淑子の最後の戸籍所在地と同じ渋谷区神宮前で、丁目、番地、号までぴたり一致した。

さらに古川は渋谷区役所から上野淑子の除籍謄本を入手した。神宮前へ転籍してきたのは昭和五十二年の五月。峰川淑子が同住所に転籍する三年前で、峰川はそのころ荒木俊彦と婚姻関係にあった。しかし昭和五十五年九月から峰川淑子が死亡する同年十二月までの三ヵ月間は、二人の淑子は同じ住所に戸籍を置いていたわけだった。

謄本の記載は番地までで、建物名は特定できない。住民票が入手できればいいのだが、死亡や転出後の除票の保存期間は五年間で、もちろんそれはとうに過ぎていた。

二人は同居していたのか、それとも部屋は違うが同じマンションの住人だったのか。マンションは賃貸のため住民の移動が頻繁のようで、古川は居住者を軒並み訪問してみたが、昭和五十五年当時にそこに居住していた者はいなかった。

そんな場合の聞き込み先として、不動産屋に次いで有力な情報ソースが町内会や自治会だった。会長は互選といってもほとんど建前だけで、苔の生えたような古株が長年居座っているケースが多い。そのうえ鼻薬の効きやすい人物が少なくない。個人情報保護についての社会的要請も、当時はいまほど喧しくはなかった。

そのマンションを含む一帯の自治会長は十年前に就任したとかで、五十五年当時のことは知らなかったが、自治会の活動に若干のご支援をさせていただきたいと申し出ると、さっそく自治会館の倉庫から当時の会員名簿を探し出してきた。

そこにはマンションの住民の氏名も記載されていた。上野淑子の名前はあったが、峰川淑子の名前は見つからない。上野の名義で借りたマンションに峰川が同居していたのではないかと古川は考えた。

古川はその名簿のコピーをもらって帰り、当時の住民を当たっていった。むろん現在の住所はわからない。頼りは電話帳だけだった。同姓同名の人物を探し出しては、片っ端から電話をかけた。それにかかりきりとはいかないから、日常業務の合間を縫っての仕事となった。

八割以上は別人だった。ヒットした者の大部分は気味悪がって、質問には応じず受話器を置いた。なんとか話ができた者が五人ほどいたが、当時も都心部の賃貸マンションは住民同士の付き合いがなく、峰川淑子と上野淑子について記憶のある者は出てこない。

ようやく覚えているという人間が現れたのは、再調査を開始して一年近く経ってからだった。その人物は、自分が居住していた階の一室に「上野淑子」の表札がたしかにあったと証言した。

表札にはさらに手書きで小さく「峰川」と書き加えてあり、女の二人連れが部屋から出てくるところもしばしば見かけていたという。二人が同居していたのはやはり間違いないようだった。

古川はさっそくその人物の自宅を訪れて、峰川淑子と上野淑子の写真を見せた。昔のことで記憶は曖昧だと言いつつも、どちらも自分が見た女と似ているような気がするとその人物は答えたらしい。

峰川淑子が死亡した昭和五十五年十二月五日前後の状況を訊ねてみると、思いがけない答えが返ってきた。日にちまでは正確に覚えていないが、ほぼそのころ、深夜にマンションに救急車がやってきて、部屋から救急患者を搬出していくのを目撃したという。

数日後、運送会社の作業員がやってきて、部屋から家財道具を運び出した。部屋の主は姿をみせず、翌日には表札も外されて、代わりに「空室」と書いたカードが貼りつけられていたらしい。

その部屋で誰かが死亡したような様子はなかったかと訊いてみたが、記憶がないという話で、葬儀らしいことが行われた気配もないという。

けっきょく古川が確認できたのは、上野淑子と峰川淑子が昭和五十五年の九月から十二月にかけてそのマンションで同居していたこと、峰川淑子が死亡した時期にその部屋から急患が搬出されたこと、直後にその部屋の住人が引っ越していったということだけだった――。

水谷からそこまでの話を聞き終えて、私は薄ら寒い思いを禁じえなかった。昭和五十五年十二月の深夜、そのマンションの一室でいったいなにが起きたのか。峰川淑子は上野淑子を病死に見せかけて殺害した。そして自らは上野淑子に成りすました――。そんなおぞましい仮説が脳裡に浮かぶ。

さらにそこでも生命保険金を受け取っていた可能性さえ否定できない。自らを被保険者として契約し、上野淑子を受取人に指定しておけば、保険金は上野に成りすました峰川がそっくり手にすることができることになる。

読みは違うがどちらの名前も淑子だった。それは単なる偶然なのか、あるいはなにかの計算があってのことなのか。そもそも二人はどういう間柄だったのか——。

ただ混乱するばかりの頭を抱えて言葉を失っている私の虚を衝くように、水谷は声を落として顔を近づけた。

「そこであなたにお願いしたいのは、義母の淑子さんの指紋を採取していただくことなんです」

「指紋?」

意味がわからず問い返した。水谷は謎をかけるような答えを返した。

「身内のあなたなら簡単にできるでしょう。それで上野淑子と峰川淑子が同一人物だったかどうか、確実に検証できます」

「つまり、どういうことなんです?」

「じつは私の手元に峰川淑子の指紋があるんです。死んだ古川の置き土産です。あいつの執念はいまも生きてるんですよ。もちろんお兄さんの執念もね」
水谷は挑発するような笑みを浮かべた。

第十一章

1

私と楠田はその週の木曜日、沼田総合病院の外科部長と面談するために沼田に向かった。

その用件のあと、私はさらに郷里のみなかみ町まで足を延ばす予定だったので、移動には私のパジェロを使うことにして、渋谷で楠田を拾い、関越道を飛ばして午前十一時には沼田に着いた。

沼田盆地から望む奥上州の山々はすでに頂を新雪で飾っていたが、山麓はまだ紅葉の盛りで、頭上の青空と相まって、あでやかな三段染めが私と楠田の目を楽しませてくれた。

普段の用事で訪れたのなら、冬山のあの鮮烈な寒気を心の肌で感じとり、雪の白と空の青の明快なコントラストの世界に思いを馳せて、仕事を離れた山への情熱に心を浮き立たせていたかもしれない。

しかしこの日の来訪はそうした心のゆとりを与えてはくれない。兄の自殺への疑念から始まった俄か探偵の行き当たりばったりの捜査活動は、私をまるで予期しなかった真実に直面させようとしていた。

六年前の兄の自殺と二十六年前の母の事故死。その二つの死の謎を呑み込むブラックホールのような存在が義母の淑子だった——。この旅によって、上野と峰川の二人の淑子が同一人物だという確証が得られるのはたぶん間違いないだろう。

銀座の喫茶店であけぼの探偵事務所の水谷から依頼されたあの指紋の話を、私はさっそく楠田に伝えた。水谷はとくに口止めしなかったし、それが伝わるくらいは計算していたはずだった。弁護士バッジを着けた男の前で、人から金を強請りとる計画を口にするのはいくらなんでも憚られたというところだろう。

古川久司が峰川淑子の指紋を入手していた——。真実の輪郭はありありと見えながら、その確証を阻む半透明な壁に風穴を開けるための、それは貴重な銃弾だった。

それを入手するために、古川はとっておきの切り札を使ったらしい。そのとき兄は死んでおり、調査の依頼は消滅していたわけだが、古川はなぜか執念を燃やし続けていたという。むろん動機は正義感の類ではなかったはずだ。真相を解明できれば金になる——。そう考えたからだと水谷は言い切った。

警察官としては落伍者だった古川にも野心はあった。自前の探偵事務所を設立したいと常々彼は言っていた。水谷のような旧態依然のやり方ではなく、スタッフを揃え、派手に宣伝をぶち上げて、探偵稼業に付き物の日陰者のイメージを払拭すれば、このビジネスは今後大いに成長すると。

「深沢さんからの依頼がそんな野心に火を点けちまったんだろうね」

水谷は嘆息してみせた。いずれにせよ古川は警察時代のコネを使い、自腹を切って謝礼まで用意して、警察が蓄積している犯罪情報を漁ってくれる協力者を求めていたらしい。それがようやく実を結んだのが事故死の半年ほど前で、競馬好きで小遣い銭に窮していた埼玉県警のかつての同僚が動いてくれた。

全国の犯罪者情報を集積している警察庁のデータベースを検索すると、峰川淑子が昭和五十四年に東京都内で人身事故を起こし、その取り調べの際に採取された指紋が登録されていたという。古川の収入にすれば破格の謝礼を約束すると、刑事は架空の犯罪捜査をでっちあげ、指紋のコピーを入手してくれた。

そんな話を水谷が聞いたのは、古川が事故で死ぬ一週間ほど前で、突然事務所を訪れた古川が問わず語りにそんなことを喋り出した。そしてもし自分に万一のことがあったらなにかの役に立てて欲しいと、その指紋のコピーを一通手渡したらしい。

そのときの古川のやつれた顔に、水谷は不穏なものを感じたという。なにかの役に立ててくれという言い方も尋常ではない。それは水谷が古川に代わって峰川淑子の正体を暴き、古川がおそらく意図したこと——すなわちそれを材料に義母と父を強請ってくれという意味にしか受けとれなかった。

そんなことはできないと水谷は拒絶したが、どう使うかの判断は任すから、自分の形見だと思ってとにかく預かってくれと言って古川は聞かない。「形見」という言葉を聞き咎めると、古川は冗談だと言ってその場を誤魔化したという。

憶測にすぎないがと断りながらも、いま思えば古川はなにかの理由で死を意識していたのではないかと水谷は言った。妻に逃げられ、当時は独り身で、親とも疎遠だった古川にすれば、落伍者の自分を拾ってくれた水谷への恩返しの意味でもあったのかもしれないと。私たちが訪れたことで、水谷はどうやらその形見を役立てる踏ん切りがついたようだった。

その話は古川が交通事故死したと聞いたとき、私が感じたあの慄きを再び想起させた。古川はそのときすでに義母にアプローチをしていたのではないか。それに対して義母はなんらかの自衛手段を行使しようとしていたのではないか――。

実家に帰って義母の指紋の付いた品物をなんでもいいから持ち帰って欲しい――。水谷のその依頼を私は躊躇なく引き受けた。水谷は照合の結果を必ず報告すると約束した。同時にその結果を梃子にして、淑子と父から相応の金を搾りとる計画も仄めかした。

勝手にやればいいとそのとき私は水谷に言った。それを報告したときの楠田の反応も同様だった。楠田は笑った。

「水谷の思惑を非難はできません。相手の不正を衝いて金を要求するという点では、弁護士も彼らも似た者同士ですから」

もし指紋が一致するなら、義母も父も水谷の要求に応じざるを得ず、警察沙汰になることはないだろうと楠田は読んでいた。しかし私には別の不安があった。もし兄の死はおろか、古川の事故死まで含めて義母の関与があったとしたら、私にも楠田にも水谷にも、いや朱実と幸人にさえ危険が及びかねない。

私の神経があまりに過敏なのだろうか。楠田は助手席で鼻歌交じりに窓外の眺めを楽しんでいる。沼田ICを降り、沼田街道を西に十分ほど走って利根川を越えた。病院はそのさらに先の下川田町にある。

外科部長との約束は午後一時からだったので、道路沿いの蕎麦屋で早めの昼食をとることにした。窓際の席からは紅葉が盛りの低山の山並がまばゆく望めた。注文した天ざると山菜の炊き込みご飯の定食セットがテーブルに並ぶと、話題は自然に兄の死体検案書にまつわる話に向かった。

楠田は手回しよく、検案を行なった医師の情報を入手していた。医師が現在勤務しているのは慶和大学付属病院で、楠田の大学時代の友人が同大の法学部で教鞭をとっていた。そこでその友人に頼み込み、医局での医師の評判を探ってもらったという。

「芳しくないですな。慶和の付属病院に移ってから、表沙汰にならない医療ミスを三回やっています。沼田総合病院を辞めたのも勤務態度に問題があったからのようです。とにかくずぼらというか——」

　楠田は渋面をつくって言うが、その背後にはしてやったりという喜色が滲む。私も思わず身を乗り出した。

「医師としての資質に問題があったと？」

「そういうことです。外科医としての腕はいいんですが、生活が荒れぎみでしてね。その影響が仕事の面に出て、なにかとミスに繋がるようなんです」

「荒れているというのは？」

「酒とギャンブルと女です。古い言い方をすれば、飲む打つ買うのすべてです」

「つまり、いろいろ金もかかるわけですね」

　楠田はしたり顔で頷いた。

「そう。医師は普通のサラリーマンと比べれば高給のはずですが、絶えずサラ金の督促を受けているようで、病院内で取り立て屋と押し問答しているところを、ほかの医師や看護師がよく見かけるそうなんです」

「つまり金のために虚偽の検案書を作成した可能性もあると」

「勘ぐればそうなります。結論はこれから会う外科部長の見解にもよりますが」

楠田の頭の整理がどうついているのか知らないが、義母への疑惑がここまで色濃くなると、父が殺害に関与していない可能性も浮上する。そうなると兄の他殺が証明されても、父が保険金を受けとったこと自体は問題がないことになる。それでは民事訴訟で朱実が相続権を主張するという楠田たちのシナリオが成り立たない。その点を指摘すると、楠田はしかつめらしい顔で私を見つめた。

「依頼人の朱実さんにとって重要なのは真実を知ることなんです。それは私にしても同様です。お金のことは二の次です」

「だからといって、あなただってボランティアで仕事を引き受けたわけじゃないでしょう。朱実さんだって、あなたに支払う費用を工面するのは決して楽じゃないはずですが」

「弁護士もたまにはギャンブルをするということですよ――」

楠田は肉づきのいい顔をほころばせた。

「朱実さんからはごくわずかな着手料しか頂いていません。私の取り分はお父上が受け取った保険金を取り戻した場合の、額に見合った成功報酬だけです。もしだめでも朱実さんにはびた一文請求しません」

「それは自信があるからですか」

「もし事件の中心に淑子さんがいたとしても、お父上がそこに一切関わりないとは考えにくい。お兄さんの保険金の正当な受取人が朱実さんだという我々の主張は、主犯に対してじゃなくても成り立ちますから。まあ、それを証明する自信となると半々です。しかしね、深沢さん。人間、金のためだけに汲々《きゅうきゅう》とするのはあまりにも寂しいじゃありませんか」

「すると、好奇心ということですか」

「そう言われちゃ身も蓋もない。しかし当たっていなくもない。なんだかこの案件には、商売抜きで惹きつけられるものがあるんです。怖いもの見たさとでも言いましょうか」

「当初考えていたより、ずっと複雑な構図があるとみているわけですね」

「ええ。私の力の及ばないところをあなたがカバーしてくださった。お陰で見えないはずだったことがいろいろ見えてきた。私一人で突っ込んでいたら、とんでもない落とし穴に嵌《は》まるところでした」

　楠田は笑って蕎麦を啜る。思いがけない縁で付き合うことになったこの人物に、盟友のような親しみを感じていることに私は気づいた。九月半ばのあの日、楠田が私のもとを訪れなかったら、私はなにも知らずにいまも平穏な生活を送っていたはずだった。

　人生にあらぬ波風を立てたその張本人を、恨むどころか感謝さえしていた。兄の死がもし私たちが想像しているようなものなら、そしてそれを知らずに私が人生を終わるとしたら、それはいま歩みはじめようとしている人生よりもずっと空疎なものになっていたはずだった。

あの至仏山の頂での兄との約束を私はいまも忘れていない。むろん私はあのころのような少年ではない。法を犯すような手段を行使する意思はない。しかしもし兄が私を関与させずに思いを遂げようとし、その結果命を失ったとするのなら、私にはその遺志を継ぐ義務がある。私はその運命の一撃から決して逃れられない。

そのときふと窓の外に目を遣って、穏やかではない思いにとらわれた。駐車場に停まっている車は五台ほどで、私のパジェロからだいぶ離れた一角にグレーのインテグラがある。その運転席にいる男が気になった。ゴルフキャップを目深に被り、濃いサングラスをかけている。マンションに侵入されたあの夜、エレベーターの前で見かけた不審な男と、稲取へ行く途中で遭遇した、やはり似た風体の男の印象が重なった。

関越道を沼田へ向かうあいだ、グレーのインテグラがつかず離れず背後にいたのを思い出す。たしか品川ナンバーで、いまそこに停まっているのも品川ナンバーだ。高速を走行中に同じ車が道中の仲間になるのは珍しくもないが、ここまでくると偶然とはいいがたい。

男に気取られないようにさりげなく蕎麦に箸をつけながら、楠田にそのことを耳打ちした。楠田は横目でちらりと車を見遣り、さらに周囲に素早く視線を走らせる。男の仲間がいないかどうか確認したのだろう。昼どきにはまだ早いせいか、店内には家族連れが何組かいるだけで、こちらの話が聞こえそうな席に人はいない。楠田は表情を変えずに訊いてきた。

「たしかに臭い。どうしますか。撒くことは可能ですか」

「それより、じかに話をしてみませんか」

「証拠があるわけじゃないから、しらばくれるだけでしょう」

「私に考えがあります。まずはこいつを片付けましょう」

私は視野の片隅に車を捉えながら、手付かずだった炊き込みご飯に箸をつけた。

2

食事を終えて店を出たときはまだ正午過ぎで、外科部長との約束の時間まで間があった。私たちはパジェロに乗り込み、素知らぬ顔で駐車場を出た。グレーのインテグラに動き出す気配はない。

沼田街道を西へ向かう。やはり追ってくる様子はない。杞憂だったかと肩の力を緩めかけたとき、駐車場からあのインテグラが走り出すのが小さく見えた。二〇〇メートルほど後方を追尾してくる。

高速を降りてからその存在に気がつかなかったのは、たぶんこうして車間距離をとっていたせいだろう。ウィークデーの日中で、行きかう車両はごくまばらだ。距離が開いても向こうは見失う心配はない。

私にとっては郷里の隣町で土地鑑はある。十分ほど走って右手にハンドルを切って、山林のなかをゆく枝道に進入した。楠田は私がなにを企んでいるのか興味深げだが、敢えて質問はせずににやついている。

未舗装の林道を五〇〇メートルほど進み、パジェロを路肩に停めて外へ出た。一分もしないうちに車の排気音が聞こえ、あのインテグラが姿を見せた。こちらが停まっているのには気づいたはずだが、引き返せば却って怪しまれると考えてだろう。速度を落とさず近づいてくる。私は林道の真ん中に立って通せん坊をするように両腕を広げた。楠田も慌てて車を降りてくる。

インテグラは私のすぐ手前で停車した。傍らに歩み寄ると、男はサイドウィンドウを下ろし、なに食わぬ顔で訊いてきた。

「どうしたんですか。エンストでも？」

「いや、なぜおれを尾けているのか、理由を訊こうと思ってね」

「尾けてなんかいませんよ」

男は平然とした表情だ。

「行く方向が偶然同じだったというわけ？」

私もしらばくれて問いかけた。

「そうですよ。へんな勘ぐりは止めて欲しいな」

「だったらどこへ行くの？」

「そんなの、こっちの勝手でしょ」

「知らないいなら教えてやろうと思ってね。この道は二〇〇メートルほど行くと行き止まりなんだよ。そのあいだに民家は一軒もない」

「そ、そうなの。知らなかったよ」

男は明らかに狼狽している。サングラスの下の肌はまだ若々しい。歳は二十代前半といったところだろう。体格は小柄で痩せていて、マンションで遇った男とも、稲取へ行く途中で遇った男とも特徴が一致する。

「どうしておれを尾けている」

もう一度、私は訊いた。男はそれでもしらばくれる。

「近道かもしれないと思って、つい入っちゃったんだよ。教えてくれて感謝するよ」

「どこへ行くつもりなの？　近道ってことは、目的地があるわけだ」

「そ、それはその──。ねえ。どうでもいいじゃない。人がどこへ行こうと勝手じゃない」

「だったら人のマンションへ侵入するのもおまえの勝手か」

「ど、どういうことよ。誰があんたのマンションへ？」

「おれのマンションとは言っていないぞ」

「そういう意味にとれるでしょ。へんな言いがかりをつけて欲しいな」

男は苦り切った表情だ。楠田はこれ見よがしに手帳を広げてナンバーをメモしている。

「東名のサービスエリアでも遇ったような気がするな。こうやっておれの身辺をいつもうろついているのか。誰に頼まれた？」

「冗談じゃないよ。無い腹を探られて迷惑なのはこっちだよ。あんまりしつこいと警察を呼ぶよ」

男はポケットから携帯を取り出した。これ以上押し問答してもしらばくれ通すだけだろう。楠田がもういいというように目配せする。私は林道の出口の方向に顎を振った。男は不快感剝き出しで鼻を鳴らし、シフトレバーをバックに入れた。路肩の藪に車の尻を突っ込んでUターンさせ、そのまま振り向きもせずに走り去る。

「惜しかったですね。楠田さんの柔道の技で締め上げてもらう手もあったんだけど」

私が舌打ちすると、楠田は鷹揚に笑った。

「大丈夫。ナンバーから所有者を特定できますから」

「そんなことが簡単に？」

「陸運局に申請すれば誰にでも教えてくれますよ。うちのアシスタントにさっそく出向かせます。身元がわかれば、背後関係は苦もなく把握できるでしょう」

携帯を取り出して短縮番号を押し、アシスタントに手短にその旨の指示をすると、楠田はなにごともなかったように私を促した。

「きょうはこれで尾行は諦めたでしょう。時間もちょうどいい。病院へ向かいましょうか」

3

沼田総合病院は民間の病院だが、規模は比較的大きく、鉄筋三階建ての真新しい建物は、経営面でもまずまず成功していることを窺わせた。

五十代半ばくらいのがっしりした体格の外科部長は、この日は外来が休診だとのことで、ゴルフにでも出かけるようなカジュアルな私服姿で私たちを迎えた。外科部長室はちょっとした企業の社長室並みで、地方の病院が中央から大物医師を招聘《しょうへい》するのにいかに意を尽くしているかが想像できた。

「これが残っていた電子カルテです。死体検案書の控えもあちこち探してみたんですが、そちらはやはり見つかりませんでした」

私たちを革張りの応接セットに誘《いざな》うと、外科部長はコンピュータから出力したらしいＡ４サイズのコピーを差し出した。手書きのカルテよりは判読しやすいが、大半が横文字の用語の羅列で、読めても意味はわからない。

外科部長は身を乗り出して、スキャナーで取り込んだものらしい手書きの人体図の何ヵ所かを手にしたボールペンで突ついてみせた。

「頭部、胸部、右脇腹、左大腿部、それに両手首と両足首――。つまり体の至るところに内出血が見られるとの所見が記されています。そのうち手首と足首には、それぞれぐるりとほぼ半周するかたちで青痣ができています」

「死体検案書では、どれも湖面に浮かんでいた流木による打撲とされたようですが」

楠田が問いかけると、外科部長はうんざりしたような顔でため息を吐いた。

「ほかの部位のことはともかく、流木に当たったって手首や足首にぐるりと青痣ができるなんてことはありえませんよ。それにこれは私の主観ですが、水死しようとしている人間がわざわざ流木の浮いている湖面に飛び込むでしょうか。流木に引っかかって体が浮いたら死ねないし、そもそもそんなものに当たったら痛いでしょう。死のうとしている人間だって痛いのは嫌なはずですよ」

外科部長の言い分はすこぶるわかりやすい。私は勢い込んで問いかけた。

「つまり手首と足首の痣は索条痕とみていいわけですね」

「写真があれば正確に判断できるんですがね。死体検案書には添付されていたかもしれません。警察にも捜査記録の一部として残っているはずなんですが、そちらはご覧に？」

外科部長の問いに楠田は首を振った。

「すでに自殺として決着がついた以上、保存する義務はないということでして」

「まあ、警察の対応としてはそんなところでしょうがね。しかし現場に最初に到着した刑事が、一目見て索条痕と判断したというお話でしたな」

「ええ。一度だけ地方新聞の記事になりましたが、他紙を含めて続報はなかったようです。地方紙の記者に喋ったのはその刑事本人だという確認もとっています」

外科部長は力強く頷いた。

「私も索条痕だとみています。その刑事の証言もそれを裏付けます。刑事というのは商売柄、異常死体を見慣れていますから、彼の判断が適切だった可能性は高い」

「カルテにはそのような記述は？」

今度は私が訊いた。外科部長はカルテに目を落として言った。

「あくまで遺体の状況について客観的に記述しているだけで、成因等についての判断はここでは下していません。ただ気になるのは――」

首を傾げて外科部長は続けた。

「水についての記述がないことです」

「水というと？」

楠田が問い返す。外科部長はカルテから顔を上げた。

「溺死の場合、かなりの量の水を呑み込みます。ほとんどの場合、肺にも水が浸潤《しんじゅん》します。これは解剖しなくても、遺体の胸部や腹部を押せば口から出てくるのでわかります。ところがそれについての記述がない。ほかの部分に関しては詳細なのに」

「死亡時に水を呑み込んでいなかったと――」

「そういうことはまれにあります。水に落ちたとたんに心臓発作その他の理由で即死したとか。しかしこの方の場合はそれはありえません。というのは全身にチアノーゼが確認できた旨の記述があるからです。チアノーゼというのは酸素の欠乏によって皮膚が青紫色に変わる現象です。それは明らかに窒息死を意味します。溺死の場合、死因はほとんどが窒息死です。ただし――」

「水に落ちる前に窒息死していたとしたら」

私は思わず先回りをした。外科部長は重々しく頷いた。

「可能性としてはむろん考えられます。ただし首の回りに圧迫痕がないので、絞殺されたという証拠もないわけです」

「いずれにしても、なんらかの理由で窒息死して、そのあとダムに投げ込まれたと推測することは可能ですね」

外科部長はなお慎重に言葉を続ける。

「断言はできません。要するに水を呑み込んだ、もしくは肺に吸い込んだという記述が見当たらないだけで、それが実際あったのかなかったのかの判断が、このカルテからはできないということです。ただし水に落ちる前に死亡していたのなら、全身にみられる内出血は流木に当たってできたものではない。死んでいる人間は内出血を起こしませんから。本人確認されたのは肉親の方ですか」

「はい。父です」

私が答えると、外科部長はさらに訊いてきた。

「警察はそれだけで本人と同定を？」

訝しい思いとともに私は答えた。

「遺留品に本人の身元を証明するものがいろいろあったようです。運転免許証とかクレジットカードとか」

「お父さんが確認されたというなら間違いはないと思いますが、水死体というのは誤認されることが多いんです。窒息死というのは大変苦しい死に方で、先ほど申し上げたようにチアノーゼで肌の色がひどく変わっている。まだ腐乱していなかったとしても苦悶の表情も残りますから、生前とはだいぶ印象が違うものでして、写真と照合しても判断がつかないケースも多いんです。血液型による同定は？」

「そこまでは聞いていません。遺留品と父の証言で本人同定は済んだものと解釈していましたが。なにをおっしゃりたいんで？」

「いや、弁護士さんから電話でお話を伺ったときも、血液型を確認した話が出なかったものですから。まあ、監察医制度がない地方ではそのへんはおおまかといいますか、お父さんのご確認で警察もすんなり納得したということでしょう。ただ血液型も照合しておけば、極めて高い確率で同定できたはずなんです。ＡＢ型のＲｈマイナスというのは日本では二千人に一人くらいしかいないんです。お兄さんの血液型は？」

外科部長の言葉にいいがたい衝撃を覚えた。傍らから楠田が私の顔を覗き込む。

「ＡＢ型です。ただしＲｈマイナスだったとは聞いていません」

外科部長は不審げな表情で首を捻る。

「カルテには記載されていなかったんですが、じつは病理検査の記録もコンピュータに残っていて、調べてみたら血液型がＡＢのＲｈマイナスだった。もしお兄さんがそうなら、家族の方が知らないということは考えにくい。プラスの人はほとんど気にもしないで生きていますが、マイナスとなると、事故で大量出血したような場合に大変なことになる。だから家族も普段から心にかけているものなんです」

「兄からも父からもそんな話は聞いたことがありません」

「あなたは遺体を確認していないんですね」

「ええ。当時外国にいたものですから。帰国したときはすでに荼毘に付されていて――。死体検案書には血液型のことは記載されていたんでしょうか」

「わかりません。死体検案書というのは、まあ死亡診断書の別名のようなもので、とくに重大な事件性が認められない限りは、死因を特定するだけのごく限定された記述だけだと考えていいでしょう。自殺という予断があって書かれたとなるとなおさらね」

「もし兄がRhプラスだったとしたら、遺体は兄とは別人のものだったことになりますね」

「そういうことですな。いや、私自身がすでに弁護士さんからお話を伺って、少なからぬ予断を抱いている。そういう主観にもとづく憶測にすぎないわけですが」

言い訳めいた調子だが、外科部長の表情には、自分の指摘が的を射たことを確信しているような自負が滲む。傍らで楠田は色を失っている。

「済みません。ちょっと電話をかけさせてください」

私は携帯を取り出し、電話帳に登録してある朱実の携帯を呼び出した。呼び出し音が何度も続く。苛立つ思いでしばらく待つと、朱実の声が流れてきた。

「章人さん？　病院でなにか新しいことが出てきたの？」

朱実も私の携帯番号を登録しているのだろう。前置き抜きの気ぜわしい調子で訊いてくる。

私は心を静めるように一呼吸置いて問いかけた。

「兄の血液型はわかりますか。献血手帳とかそういうものは手元にないでしょうか。正確に知りたいんです。Ｒｈ型まで」

朱実は即座に答えを返した。

「それならＡＢ型のＲｈプラスよ。生前、私に母子手帳を見せてくれたことがあるの。彼、ずっと大事に保管していたのよ。いまも遺品のなかにあるわ。でも、それがなにか？」

私のいい加減な記憶は間違ってはいなかった。高鳴る鼓動を抑えられない。

「じつは――」

私はここまでの話の成り行きをかいつまんで伝えた。朱実が息を呑む気配が電話の向こうから伝わってきた。

「もしかしたら、夫が生きている可能性があるわけね」

かすれたような声で朱実が訊いてくる。それも十分に考えられる。私のところに届いた兄からの電子メールは本物だったのかもしれない。喜びとも慄きともつかない感情の奔流が湧き起こる。

「可能性としてはたしかに考えられるでしょう。詳しいことはまたすぐ連絡します」

そう断っていったん電話を終えて、私は外科部長に向き直った。

「母子手帳の記録では兄はＡＢ型のＲｈプラスでした。遺体が兄のものでなかったのは、これで間違いありませんね」

「少しお待ちを」

外科部長はやおら立ち上がると、自分のデスクに戻り、パソコンに向かってマウスを操作した。ほどなく傍らのプリンタが動き出す。トレイに出てきた用紙を手に取って、外科部長はこちらに戻ってきた。

「これが遺体から採取した血液のデータです。間違いありません。ＡＢ型のＲｈマイナスです」

その用紙を受け取ってざっと目を通す。血液型の欄にはたしかにＡＢ型Ｒｈマイナスとある。ほかの検査項目の意味はわからない。私は問いかけた。

「病理検査でなにか異常は見つかりませんでしたか。たとえば薬物反応のような」

外科部長は怪訝な表情をみせたが、質問の意図を問うでもなく、その点をあっさり否定した。カルテの所見からみても窒息死であることは間違いなく、それが溺死か別の理由によるものかは、やはり判断しかねるというのが彼の結論だった。

「しかし事件性についてなんの議論もなく、この所見だけで自殺の結論に達したとしたら、警察の捜査もずいぶん杜撰《ずさん》なものですな」

外科部長はそう慨嘆し、必要なら公の場で証言することもやぶさかではないと言ってくれた。その節はぜひにと応じ、丁重に礼を言って私たちはその場を辞した。

朱実には病院を出てすぐ楠田が連絡を入れた。私から報告して朱実の反応をじかに知りたかったが、それは自分の仕事だというように楠田は私に電話を回さず、状況を冷静に説明し、あすにでも会っていろいろ相談したいと申し入れた。朱実もそれに応じたようだった。

沼田の市街に向かう車のなかで、楠田はしばらく寡黙《かもく》だった。兄の死が他殺によるものだったという事実を暴きたて、保険金を朱実の手に取り戻すという楠田の目算もこうなると軌道修正が必要だろう。想像もしないかたちで彼はギャンブルに敗れたのかもしれなかった。

私にとって気がかりなのは、楠田がこのまま手仕舞いしてしまうかもしれないということだった。率直に問いかけると、楠田は珍しく気色ばんだ。

「先ほども申し上げたとおり、私は金だけで動いているわけじゃないんです」

私は心強い思いで確認した。

「調査はこのまま続けられるんですね」

「もちろん。この事件の真相をすべて明らかにするまでは。それにね——」

楠田は秘密ごとを打ち明けるように、助手席から体を寄せてきた。

「私が朱実さんから請けた仕事はごく限定されたものなんです。つまりお兄さんの死が他殺によるもので、それにお父上が関与していたことを立証することです。当初の計画は警察もしくは検察に再捜査を促し、まず刑事裁判でお父上の有罪を勝ちとることでしたが、そちらが動かないなら最初から民事訴訟を起こす手もあります」

「刑事裁判で有罪にならなくても民事で勝ち目があると」

「有名な例でいえば、例のO・J・シンプソン事件です。刑事では無罪でしたが、民事では敗訴して、遺族に多額の補償金を支払うことになりました。そんな例が日本でもないわけじゃありません」

「しかし遺体が兄のものじゃないとしたら」

「現状では法的にお兄さんのものと確定され、それに対して保険金が支払われた。その事実関係をわざわざ法廷で争う必要はないんです。あの遺体が別人のものだということを立証する責任はこちらにはないわけで」

「血液型のことは秘匿しておくと？」

私は不審さを滲ませて問いかけた。楠田は臆する気配もない。

「お父上が一億五千万円の保険金を不当な手段で取得したことが、むしろこれで明白になりました。ダム湖に浮かんだ遺体がお兄さんのものではないことをお父上は知っていたはずだ。それは自殺か他殺か以前の問題です。お父上は明らかな意図をもって保険金を詐取したことになる」

私は皮肉を込めて確認した。

「悪党からは遠慮なく金をふんだくれという理屈ですか」

「夫を失い、本来なら権利があったはずの保険金を一銭も受け取れず、忘れ形見の幸人君を懸命に育てている朱実さんを見殺しにしろと言うんですか。悪意の側ではなく、善意の側に立つ人間を擁護するのが、この社会に法が存在する理由であるべきだと私は考えます。法が善意を挫《くじ》くものであるのなら、私は弁護士バッジを返上します」

楠田の口調に悪びれるところはない。私もついむきになる。

「兄は生きていないと楠田さんは考えているんですか？」

「朱実さんからもあなたからも、旧友の国崎孝典からもお兄さんのお噂は聞きました。朱実さんを残して勝手に雲隠れをし、平気で音信不通でいられる方だとは私には思えない。死体は別人だったかもしれない。しかし残念ながら生きていらっしゃるとはやはり考えにくい」

楠田は痛いところを突いてくる。兄名義のあの不審な電子メールを受け取って以来、私の心にも一時は希望が生まれかけた。しかし兄の性格を思い、彼がもし生きていると仮定するならば、やはりその行動はあまりに解せないものだった。

生きていて、私にメールを送るほど身近にいるのなら、幸人の存在だって知っているはずなのだ。残された朱実の苦境を思えば、それを頰被りして済ませられないのが兄のはずだった。兄がやはり殺されたとするのなら、私としても楠田の目論見を否定しにくい。

「そうされるなら邪魔立てはしません。それが最善の解決になるのかもしれません。保険金の一億五千万円は受け取るべき人の手に渡るわけですから」

そう答えながら、私はなお腑に落ちないものを感じていた。もしこれが朱実、楠田、そして兄まで含めた周到な謀略だとしたら——。兄はどこかで生きており、すべてを承知のうえで彼らが今回のことを仕組んでいるとしたら——。

その考えを私は頭から振り払った。古川が調べ上げた義母淑子の来歴が真実なら、兄はやはり殺された可能性が高いといえるだろう。まずはその確証を得ることが、いま第一に私がやるべきことだった。

楠田はきょうは沼田のホテルに投宿するという。実家に向かう私の身を案じてのことらしい。取り越し苦労だと遠慮をしても楠田は応じず、あす朝八時に必ず電話を寄越すようにと釘を刺す。電話があれば無事の証《あかし》で、なければなにかが起きたと判断し、迅速に行動を起こすつもりらしい。

やむなく駅近くのホテルの前で車を停めて、楠田がチェックインするのを確認してから、私は一人でみなかみへ車を走らせた。

4

みなかみ町へは午後三時過ぎに着いた。まず役場へ立ち寄って父の戸籍謄本を請求した。義母に関する記載は古川が調査したとおりで、出生地は神奈川県小田原市。父は上野実雄、母は昭子。従前戸籍は中央区新川だった。

役場での用事を終えて、実家に電話を入れようかと思ったが、例の尾行者のことが頭にあった。私が沼田にいたことはすでに父や義母の耳に入っているかもしれない。そのあたりの反応を探るには突然出向くほうがいいだろう。

奥利根の渓谷の紅葉は目も眩むばかりだった。実家の庭に車を乗り入れると、古株の事務員の掛井が事務室の戸口からこちらに駆け寄ってきた。

「あら、お坊ちゃん、お珍しいじゃないですか。どうしたんです、突然?」

「いや、近くまで来たもんだから、寄らずに帰るのもなんだと思って」

「それが、社長はきょうとあす、組合の懇親旅行で房総へ出かけてらっしゃるんですよ」

掛井は困惑した表情だ。義母と私の相性の悪さは彼女もよく知っている。父がいないあいだに一波乱起きることを心配しているのだろう。しかしこちらとしては淑子と差しで話せる絶好のチャンスともいえる。車から降りて母屋に向かいながら、私は掛井に問いかけた。

「佳代さんは？」

実家を訪れた最大の目的は義母の指紋を採取することだった。しかし及川佳代にはじかに問い質してみたかった。彼女が前島雪乃ではないかという思いを私はまだ捨て切れずにいた。オーストラリアにいるはずの雪乃からはいまも返事が来ていない。私の実家にいる及川佳代が彼女なら、手紙がきちんと転送されていないことも考えられる。

兄が生きているかもしれないという思いにしても、やはり私は捨て切れなかった。そうだとしたらその消息を知っている可能性がいちばん高いのが前島雪乃ではないか――。ここまでの車中、そんな思いが昂《こう》じるのを私は抑えがたかった。

「それがねえ――」

「どうかしたの？」

私は嫌な予感を覚えた。掛井は表情を曇らせる。

「体調を崩して東京へ帰られたんですよ」

心臓を冷たい手で触れられたような気がした。私は問いかけた。

「いつ？」

「二週間ほど前です。それ以前から体がだるいと言ってたんです。顔色が悪くて、だいぶ痩せちゃって――」

「病院へは行ったの？」

「ええ、でも単なる疲労だということでした。慣れない土地で働くのは大変だし、そのうえ、ねえ――」

掛井が義母のことを言っているのはわかった。体がだるい、顔色が悪い、痩せる――。私は条件反射のように薬物中毒という言葉を想起した。そのとき頭上からやけに機嫌のいい女の声が降ってきた。

「あら、章人君。ずいぶん久しぶりじゃない。どうしたのよ、突然？」

見上げると、栗色に染めた髪をゆったりと膨らませた、派手な化粧の女が新棟の二階の窓から見下ろしている。高そうなシルクのブラウスにピンクのブレザー。耳元や胸元には大粒のパールのアクセサリー――。これからどこかのパーティーに出かけるような装いだが、これが義母淑子の普段着なのだ。私は挑発するように言葉を返した。

「兄のことで気がかりなことがあるんです。少し話を伺えますか」

義母は訝る気配もなく私を誘った。

「だったら、母屋じゃなくこっちへ上がってらっしゃいよ。いまお茶とケーキを用意するから」

第十二章

1

「懐かしいわね。あなたと会うのは何年ぶりかしら」

「そうだね。百年ぶりくらいかな」

義母の淑子との会話はそんなふうに始まった。正確に言えば会うのは兄の葬儀以来で、つまり六年ぶりということになる。その歳月が父から奪ったものは健康と覇気であり、付け加えたものは老いと兄の死にまつわる疑惑だった。

しかしその六年間が淑子に与えた変化はほとんどないようなものだった。外見上の老いは金銭で修復が可能だし、精神面での老いにも金銭はなんらかの老化防止効果を持つのかもしれない。

九月に訪れたとき父から聞いた話では、淑子には株式投資からの収益と父の会社からの役員給与を合わせ毎年二、三千万円の所得があり、そのほとんどが外国旅行や美術工芸品と宝飾品の購入や美容整形に消えているという。

もちろん投資にはリスクは付き物で、つねに順風満帆というわけではない。火傷したことも何度かあったが、そのたびに父の資産の山林を切り売りしてなんとか損失を穴埋めしたらしい。要するに深沢家の資力がバックにあるからハイリスク・ハイリターンの大胆な投資行動がとれるのだと、父は苦々しい口調で言ったものだった。

「それでお兄ちゃんの話って、いったいなんなの？」

きびきびした所作で紅茶とケーキを用意しながら、淑子は四方山《よもやま》話をしている暇はないとでも言うように訊いてくる。佳代さんが辞めて以来、まだ新しい家政婦は入れていないらしい。

その指先がケーキ皿やティーカップに触れた位置を記憶にとどめながら、私も前置きは抜きで問いかけた。

「兄さんは本当に自殺したと思ってるの？」

ここで尻尾を摑めなくても、指紋さえ採取できればいい。峰川淑子が上野淑子に成りすました事実をあけぼの探偵社の水谷が証明してくれる。この日やることはそれだけのつもりだったが、せっかくの獲物を目の前にしてみたら、このまま取り逃がすのが惜しくなってきた。淑子の口から真相が聞けるはずもないが、とりあえず揺さぶりをかけて反応をみても損はないだろう。

「周りでいろいろ噂が立っているのは事実だけど、どうしてあなたは身内の言うことを信じないで世間の有象無象の勘ぐりに耳を傾けるのよ？　だったら誰が殺したと言いたいの？」

淑子はひるむ気配もなく切り返す。私は大胆に踏み込んだ。

「兄に一億五千万円の生命保険をかけた人間じゃないかな。心当たりは？」

淑子にとっては、それも予期した問いのようだった。

「それは本人に決まってるじゃない」

父があれほど否定した保険金収受の事実を淑子はあっさり認めてきた。これ以上隠しとおすのは無理だとみて、新たな嘘で塗り固めようという作戦のようだ。私は大袈裟に驚いてみせた。

「本人が？　父を受取人にして？」

淑子は皮肉な笑みを浮かべる。

「そのことを表沙汰にしなかったのは、あなたのように信じようとしない人間が世間には大勢いると思ったからよ」

「しかし、どうして兄さんが？」

私はもう一度、あからさまに当惑してみせた。淑子はいかにも芝居めいた調子で応じる。

「息子が愛する父親を受取人にした生命保険契約を結ぶのは、世間では別に珍しいことじゃないと思うけど」

通じるはずのない嘘で押してくる淑子のそんな態度を、私は明らかな挑戦と受け取った。

こちらの手の内をどこまで把握しているかは知らないが、しらばくれ通す自信があるらしい。

兄が死んだあと朱実のもとを訪れた生保会社の調査員の話によれば、その保険の契約者は父だということだった。楠田がそのあと問い合わせると、守秘義務を楯に一切の回答を拒絶した。朱実もその保険証書は見ていない。つまり死人に口なしで、こちらが攻めあぐねると見込んでのことだろう。しかしこちらには切り札がある。私は落ち着いた調子で質問を続けた。

「その保険料を負担したのも兄さんだったわけ？」

「もちろんそうよ」

淑子はしらっと答えるが、それが嘘なのはわかっている。楠田が竹脇から提供を受けた修正申告書の写しには、父が受けとった死亡保険金は一時所得として記載されていた。もし保険料を負担したのが兄だったら、税法上それは相続税の対象になる。一時所得になっているということは、保険料を支払ったのが父であることの証明なのだ。そのことにはいま敢えて言及せず、私はさらに問いを続けた。

「二人の仲はよく知ってるでしょう。兄さんが父のために多額の保険料を支払うなんて考えられない」

「雄人君は主人に借りがあったのよ」

「借金をしていたと？」

「そう。詳しいことは知らないけれど、主人からは一億ちょっとだったと聞いてるわ。雄人君はそのとき担保を提供できなくて、その代わりにと主人を受取人にした生命保険契約を結んだらしいのよ」

「兄さんからはそんな話は聞いていないけど」

「きっと言いにくかったんでしょ。あなたには最悪の親子関係だとずっと思わせていたわけだから」

「兄さんと父が仲がよかったというわけ？」

私は不審さをあらわにしたが、淑子は意に介さない。

「仲よしというほどじゃないにしても、それ以前よりはましな関係になっていたのはたしかよ」

「この家にも来てたの？」

「夜中にこっそり来て、暗いうちに帰ったことはよくあるわよ。従業員や近所の人に見られたくなかったんでしょうね。親子の縁を切るって大見得切ったのは雄人君のほうだったから」

私は頭からそれを疑った。父がいないのをいいことにというべきか、いや父がいたにしても、いまなら口裏を合わせて似たような話をしたことだろう。私はゆっくり首を横に振った。

「いくらなんでもそれは信じられないよ」

「別に信じなくてもいいのよ。でも人間は変わるものなのよ。私たちと彼はあのころすでに和解していたんだから」

「和解？　兄さんと父やあなたの不仲はそういう類のものじゃない。僕にしたってそうだ。それは運命に織り込まれたもので、お金の貸し借り程度のことで解消できるようなものじゃない」

私は強い口調で言い切った。淑子は挑むように顎を上げた。

「あなたがいろいろ嗅ぎ回っているのは知ってるわよ。楠田とかいう弁護士や雄人君の妻だとかいう怪しい女と結託してね。雄人君が自殺ではなく殺されたことにして、主人が受けとった保険金を奪い取ろうとしているわけでしょう」

淑子は開き直っている。ポーカーフェイスを保ちながら、こちらもカウンターパンチを一発見舞ってやった。

「そんなことは勝手に想像すればいいことだ。それより、勝又を使ってこちらの身辺を嗅ぎ回っているのはあなたのほうじゃなかったか」

「勝又って誰のこと？」

淑子は露骨にとぼけてみせる。

「馬鹿らしくて説明する気にもならないな。父が総和警備保障の高崎支社長の地位に押し込んでやった元刑事だよ」

「ああ、あの人——。主人のところへはよく出入りしてるけど、私はとくに面識はないわ。養鶏場に彼の会社の警備システムが入ってるから、そんな関係でビジネス上の付き合いがあるだけよ」

そうではないことを私は勝又本人からすでに聞いている。楠田が拉致されたときに電話で交わした会話でも、勝又の反応は父よりも淑子との強い繋がりを想像させた。

「そこまでしらばくれると、却って疑惑が深まるだけだけど」

「その勝又がなにをしようと、私とは関係のないことよ」

淑子はあくまでしらをきる。私は追い討ちをかけた。

「だったら、こちらがあなたの周囲を嗅ぎ回っているという話は、どこの誰から仕入れたわけ？」

「得体の知れない脅迫状が届くようになったからよ。一月くらい前からよ。やってるのはあなたたちとしか考えられないわ」

「脅迫状？」

私は思わず声を上げた。

「もちろん匿名だから、誰が出したかわからない。でも汚いやり口じゃない。楠田という弁護士が竹脇税理士に強引に接触してきたという話は耳にしたわ。もちろん守秘義務があるからあの人はなにも話していないはずだけど。気味が悪いから、勝又という人に頼んで母屋と新棟に最新の警備システムを設置してもらったのよ」

　淑子の顔にかすかな怯えの翳が浮かんだ。脅迫状の話はまんざら嘘ではなさそうな気がしてきた。

「脅迫の内容は？」

「どうしてそんなことを訊くのよ。あなたたちの仕業なんだから、先刻ご承知なわけでしょう」

　淑子の口調は強気だが、探りを入れているのは明らかだ。私や楠田の仕業だというのは単なる当て推量だろう。脅迫状を送ったのが私たちではないとしたら、内容を話せば藪蛇になる。見方を変えればその脅迫状には、淑子や父に恐怖心を呼び起こすに足る情報が記されていたということでもある。

　そうなるとこちらの頭も混乱してくる。竹脇は我が身可愛さで、申告書の写しを楠田に提供したことを父にも淑子にも黙っているはずだ。勝又がいまもこちらの動きに目を光らせているのは間違いないが、それを淑子や父に報告しているかどうかも怪しくなってきた。勝又が淑子や父とは無関係に行動している可能性が浮上する。つまり脅迫状の送り主は勝又だという考えも成り立つ。勝又と淑子が結託していたという前提が崩れると、状況は一挙に錯綜する。

あるいは水谷がすでに行動に出ていた可能性も考えられる。しかし彼が把握している事実は指紋による照合抜きでは単なる状況証拠にすぎない。あのいかにも慎重な水谷が、効果の期待できない空砲を撃つとは考えにくい。もちろん楠田や朱実がそんなことをする理由はさらにない。

ではいったい誰が脅迫状を――。

やはり勝又の可能性がいちばん高そうだ。父と義母を除けば、兄の自殺事件の真相にもっとも近い場所にいた人物だ。遺体が兄とは別人のものなら、父と口裏を合わせ、それを兄の遺体だということにした共犯者ということになる。

その勝又が掌を返して脅迫に走った。ここまでの勝又の行動はそのための下準備のようなものだった――。想像すらしなかった展開だが、むしろその可能性を等閑視してきたことが迂闊だったとも思えてくる。

勝又はどこまで真相を知っているのか。私の部屋に侵入し、パソコンの中身を覗いたのがその手先の仕業なら、私も楠田もその後はセキュリティを厳重にしたし、新たな侵入の形跡もみられない。つまり私たちがここ最近明らかにした事実には気づいていないはずだった。だとしたら脅迫の内容は、兄の自殺事件の裏事情に触れるものだったと想像せざるをえない。しかしそれなら淑子や父が最初に疑うのは勝又のはずだ。

淑子が私たちに疑惑の目を向ける理由は、勝又が知らないはずの事実に言及しているからだろう。だとすればそれは、兄があけぼの探偵事務所の古川を通じて調べ上げたあの事実とも考えられる。再び水谷の可能性が浮上してくるが、やはりそれはありえないという感触が拭えない。楠田や朱実の仕業とはなおさら考えにくい。

いずれにしても淑子の曖昧な話からは送り主の特定は不可能だ。かといってその内容を淑子が明かすとも思えない。思考はひたすら堂々巡りだ。

しかしこちらに対する嫌疑はやはり晴らしておく必要があるだろう。なんであれ濡れ衣を着るのは愉快ではないし、無用な警戒心を抱かせるのは今後の攻め手を考えても得策とは思えない。向こうがすでに感づいている程度までなら、こちらの手の内を教えてやってもよさそうだ。

「楠田弁護士と連絡を取り合っているのは事実だよ。しかし僕にとっては兄の死の真相を究明するためだし、楠田氏のほうは、兄の死に父やあなたが関与している事実が証明されれば、法的手続きによって保険金の返還を要求する腹積もりだ。あなたや父を脅迫して得なことはなにもないし、そんな行為が発覚すれば、弁護士としての立場を不利にするだけだからね」

淑子は力のない笑みで応じた。

「あなたたちの思惑は、やはり私がみていたとおりなわけね。あなたの言い分は、まあ納得できるわ。だったら問題は誰が脅迫状を送ったかよ」

「そう訊かれても、こちらは答えようがない。そもそもどんな内容で、誰に宛てて送られたのかも聞いていない」

さりげなく応じて淑子の反応を窺った。淑子の顔から一瞬表情が消え、化粧の下の老いがわずかに滲み出た。

「大したことじゃないのよ。大袈裟に騒ぐ必要はないの。どうせ根拠のない憶測で、それが真実だなんて誰も証明できっこないんだから」

淑子は私の問いには答えていない。本人はそれでかわしたつもりだろうが、私は理解した。その手紙に書いてあったのはやはりあのことだ。水谷が指紋の照合によって証明しようとしている、二人の淑子にまつわるあの秘密――。

それを知っているのは水谷と私と楠田と朱実、調査を依頼した兄とそれを受けた古川。その古川はすでに死んでいる。そして兄は――。

胸の奥でまたなにかがざわめいた。兄からのあの謎めいた電子メール。沼田総合病院の外科部長が指摘した血液型の矛盾――。楠田は認めたくないようだが、ダム湖に浮かんだ遺体が別人のものなら、兄がどこかで生きている可能性はやはり否定しがたい。

根拠は病院のコンピュータに残っていた病理検査の記録だけで、入力ミスということもありうる。遺体はとうの昔に荼毘に付され、検証することは不可能だ。楠田が俄かに信じようとしないのも十分理解できる。もし兄が生きているとすれば、その後、朱実に対しても私に対してもなぜ音信がなかったのか。生きている人間がきょうまで死んだ人間として振舞ってきた理由がわからない。

しかし淑子に脅迫状を送ったという点に限れば、それが兄だとすると納得しやすい。兄にはそうする動機がある。もし淑子が母の殺害に関与していた可能性があるとみたのなら、兄は黙ってそれを見逃しはしない。

2

必要なら一泊してでもと覚悟していたが、水谷から頼まれた指紋の採取は思っていたより簡単に済んだ。

淑子が話の途中で手洗いに立ったとき、目の前のケーキ皿を裏返し、彼女の指が触れた部分にアルミ粉入りのスプレーを吹きつけた。透明な粘着フィルムをそこに押し当てて、ゆっくりと引き剝がす。それを黒い台紙に貼りつけると、くっきりとした指紋が浮かび上がった。

吹きつけたアルミ粉をティッシュペーパーで拭い取り、ケーキ皿を元の位置に戻して、あとは素知らぬ顔で戻ってきた淑子と会話を続けた。

淑子はやはり想像以上にしたたかで、交わした会話の大半はばれてもともとの嘘と黙秘の混合物だった。こちらが知りえたことで本人の言葉で裏付けられたことは一つもなかった。しかし一ヵ月前に受けとったというその脅迫状の件だけは、こちらにとって貴重な新情報だった。淑子にしてもその送り主を突き止めたい一心で私に明かさざるを得なかったということだろう。もちろんそれがどういう内容なのか、ついに淑子は語ろうとはしなかった。

勝又と淑子の関係についても、その脅迫状の件でむしろ曖昧になった。送ったのが勝又である可能性が否定できない以上、二人が緊密に結びついているという解釈もぐらついてくる。

私のマンションへの侵入者にせよ、きょう東京から沼田まで尾行してきたインテグラの若い男にせよ、勝又と繫がっているのはまず間違いないし、楠田が拉致された事件に至っては、勝又本人がわざわざ楠田と踏み込んだ会話をしている。

そうした勝又の動きのすべてが父や淑子への忠誠に基づくものだと決めつけることは危険

な予断になる可能性がある。

こちらの動きを監視したり楠田を恫喝したりという勝又の動きは、むしろ淑子や父を恐喝のターゲットとして想定しているがゆえに、私たちの動きが目障りだという理由によるものかもしれない。

そう解釈しておくほうが私にとっては心の落ち着きがよかった。兄がどこかで生きていて、父と淑子に復讐を仕掛けているという解釈にはやはり慄然《りつぜん》とするものを禁じえない。六年のあいだ、兄は私にとって死者であり続けた。その復活をどうしても喜べない自分にいま私は直面していた。それはある種の罪悪感となって私の心を侵食する。

私は兄を愛していると信じてきょうまで生きてきた。しかしそれはこの現実の世界で心と心を触れ合うことのできる、あるいはかつてそうできた同質の生を共有する者としての兄だった。

もしいま兄がどこかで生きているとしたら、それは私にとってあまりに異質な存在だった。その身の上にどんな出来事が起きたにせよ、彼は私と同質の生をかなぐり捨てて、自らの意思で黄泉《よみ》の国に下った人間だとしか理解できなかった。

そんな可能性を生々しい現実感を伴って想起することがなかったからこそ、あの電子メールを受け取って以来、兄が生きているかもしれないという思いにときに心を躍らせることができたのだろう。

しかしいまは状況が明らかに異なり、私はこの六年間を死者として生きてきた兄の影に恐怖すら抱いていた。それがあの至仏山の頂での誓いを成し遂げようという執念の賜物《たまもの》だとしたら、その思いに共感するには私の魂はあまりに月並みで、あまりに臆病で、あまりに自己保身的なのかもしれなかった。

もちろんそれはもっともありえない可能性の一つとして想定できる話にすぎない。兄はおそらく生きてはいない。血液型の矛盾はおそらくデータ処理のミスに起因するものだろう。死因が自殺であれ他殺であれ、父と勝又が兄だと確認した遺体が別人のものだったと考えること自体に無理がある。

あるいは百歩譲って遺体が兄とは別人のものだったと仮定しても、その発見によって死亡宣告されたことに対し、兄が異議申し立てをしなかったということは到底考えがたい。だとすればその遺体とは別に、兄もまたなんらかのかたちで死亡していたという考えに落ち着く。

いずれにしても兄は死んだのだ。私は自分にそう言い聞かせ、自らを苛む慙愧《ざんき》の念から逃れようとしたが、けっきょく自分の心は騙せない。兄が生きているかもしれないという思いに対して抱いた嫌悪の感情は、忌まわしい刺青のように私の魂に彫り込まれてしまったようだった。

淑子は夕飯を食べていかないかとお義理程度に誘いをかけたが、私は居たたまれない気分になっていた。仕事がたまっているからと答えると、それ以上引き止める気もないようだった。

帰りしなに事務所のなかを覗くと、掛井がまだ仕事をしていたので、辞めてからの佳代さんの消息を訊いてみた。東京へ帰るとは聞いたものの、いまどこにいるかはわからないという話だった。

3

楠田が投宿している沼田市内のビジネスホテルに着いたときは、すでに午後七時を過ぎていた。

事前に電話を入れておいたので、楠田はロビーに降りて私を待っていた。話したいことがいろいろあった。慌てて帰るような用事もなく、けっきょくこの日は私も同じホテルに泊まることにした。

楠田はまだ夕食を済ませていないという。私も腹の虫が鳴き出していたので、とりあえずフロントで部屋を確保してから連れ立ってホテルを出て、駅前の居酒屋の暖簾をくぐった。

酒と肴《さかな》を適当に注文し、実家でのことの次第を報告すると、楠田は脅迫状の送り主は勝又だと迷わず断定した。兄が生きているという考えはその頭には一かけらもないようだった。

「あけぼの探偵事務所の水谷といい、勝又といい、いよいよ強欲な連中がハイエナのように群がってくる気配ですな。もっとも先方にすれば私たちも同類にしか見えないでしょうけど——」

楠田は破顔一笑して焼酎のお湯割りをぐいと呷った。

「例のインテグラの所有者を陸運局で調べたところ、大田区大森北七丁目三番地の石川潔《きよし》という人物でした」

「そうですか。しかしそれだけの情報じゃ、どういう素性の人間か調べるのは至難の業ですね」

「ところが向こうが尻尾を隠す努力を怠ってくれていましてね——」

楠田はにんまり笑ってテーブルに届いたホッケの焼き物に箸をつける。

「その番地にある建物はある大手企業が所有してるんです」

「ひょっとして？」

「お察しのとおりです。総和警備保障の社員寮でした。それで宅配便の業者を装って携帯から電話を入れてみたんですよ。代引きの荷物があるんで、そういう人物が居住しているかどうか確認したいとね。管理人が出て、たしかに居住しているがきょうは不在だという返事でした」

楠田は声を弾ませる。私は重いため息を吐いた。

「やはり勝又の息のかかった人間だったわけですね」

「そのようです。ライバルの動向は気にかかるということでしょう」

沼田総合病院を出てからしばらくは落ち込んだ様子だったが、楠田はすでに普段の楽観的な姿勢を取り戻していた。淑子が語った数多《あまた》の嘘は、それ自体が犯罪の証左だと請け合った。

兄の生死の問題に関しては、私が自分の不安を宥めるために思いついたのと同じ理屈——コンピュータに残っていたデータ自体にミスがあり、血液型の矛盾はじつは存在しなかった——を採用し、ダム湖に浮かんだ死体は兄のもので間違いないという確信を楠田は披瀝《ひれき》した。

私もそれに反論を加える気は起きなかった。落ち着いて考えれば、遺体が兄ではなかった可能性を指し示す証拠はただそれだけであり、そもそもそれ自体が再検証不能なコンピュータ上の記録にすぎないというわけだった。

法の専門家からみて、それを証拠として過大評価するのは危険だとする楠田の考えを私は迷うことなく受け入れた。

「じつはあなたと別れたあと、沼田総合病院の外科部長に電話を入れたんです。私の考えを縷々説明しました――」

楠田は得々とした表情で語り出した。

「要はプロバビリティの問題です。いくらチアノーゼや死亡時の苦悶で人相が変わっているといっても、肉親が見間違うとはやはり考えにくい。警察関係者も運転免許証の写真と照合ができたわけで、瓜二つの双子の兄弟でもない限り、本人か別人かの同定に誤りがある可能性は低いと考えるべきだ。一方でＲｈのプラスとマイナスを入力時にミスする可能性は決して低くはないし、すでに死亡した人間の検査結果で、命に関わるような問題ではない。チェックがおろそかになっても不思議はないと申し上げた」

「部長の考えは？」

「もちろん私の意見に賛同してくれましたよ。法廷では血液型の問題には触れず、死因に関する不審点についてのみ証言してくださるそうです。それから――」

楠田はさらに続けた。

「せっかくご当地にいるわけですから、もう一仕事しようと、例の索条痕うんぬんの記事が載った地方新聞の支局に出向いてみたんです。なにぶん古い話ですから、もう異動していないんじゃないかと思ったら、なんとその記者はまだ在籍していましてね。そのときの事情を訊ねてみたら、たしかに情報をくれたのは当時沼田警察署刑事課の刑事だった勝又だったそうです」

　楠田はグラスを置いて身を乗り出した。

「その記者自身も現場で遺体を見ていて、やはり手足に紐で縛られたような痣があるのに気づいていたようなんです。勝又は証人喚問しても言を翻す可能性があるので、その記者にも証言を依頼したところ、快く引き受けてくれましたよ」

　楠田はいよいよ打って出る腹を固めたようだった。朱実とも話したが、刑事事件としての再捜査は望み薄だし、もし立件されても、犯人逮捕、起訴まで持ち込めるかどうかは保証の限りではない。それよりもじかに民事の法廷に持ち込んで争ったほうが勝訴の可能性が高いと楠田は強調する。

　刑事事件と違って、父が兄の殺害に関与した事実を完全に立証する必要はなく、兄の死が自殺ではなく他殺だったという事実をまず立証すればいい。そのうえで不仲だった兄を被保険者とする多額の保険契約が結ばれたことの不自然さを指摘し、父に対する保険金支払いに重大な疑義があるという裁判所の判断が引き出せれば、一億五千万円の保険金の返還命令を勝ち取れる可能性は八〇パーセント以上だと楠田は言う。

「朱実さんはそれで納得を？」

　私は訊いた。楠田はやけに明るい表情で頷いた。

「もちろん。たとえ民事でも、勝てば実質的に刑事で有罪判決を勝ち取ったのと同等の価値がある。ご主人もそれで浮かばれると喜んでいますよ」

「血液型の矛盾のことは、どう受け止めていますか」

私は確認した。ここでいちばん肝心なのは朱実の考えだった。楠田の戦略どおりことを進めるとなると、兄が死んだという事実に対してこちらは一切の疑義は挟めないことになる。その点に関する楠田の考えは法曹家としてはごくまっとうなものだろう。しかし一般の人間の感覚として、それも自分の夫の生死に関わることへの朱実の感覚として、いったいどうだろうかと私は訝った。

「じつは、その点についての悩みは大きかったようです。私としては自分の考えをきちんと説明したつもりですが、最終的にはクライアントである朱実さんが判断することですから――」

楠田は穏やかに目を細めて続けた。

「ご主人が生きていたら、それはすばらしいことだとおっしゃっていました。幸人君にしても、まだ会ったことのないお父さんが生きて現れたらそれ以上に幸せなことはないでしょう。しかしそれはありえない願望だと、最終的には判断されたようです」

「現実的な判断をされたわけですね」

「大事なのはお金だと言ってしまえば身も蓋もない話ですが、しかしそれもまた人生においては重要な真実です。あるかないかもわからない希望のために、いま手に入れられる幸福を犠牲にすることが、果たして幸人君の将来のために、また彼女にとってもよいことなのかと――」

朱実の苦渋が痛いほどに伝わった。そして朱実の判断に私も賛成だった。兄がもし生きていたとしても、彼自身は死者として生きることを望んだわけだった。そんな自分のために、朱実が現実の幸福を犠牲にすることを、彼は決して喜びはしないと私も考えたかった。

4

翌日は午前八時にホテルをチェックアウトし、関越道を飛ばして東京に戻った。採取した淑子の指紋は、沼田を出発する前に封書で水谷に送っておいた。用事があるという池袋で楠田を降ろし、自宅マンションに戻ったときはまだ午前十時だった。溜まっていた郵便物を抱えて部屋に戻り、コーヒーを淹れて一服した。

郵便物の大半はダイレクトメールで、あとは電話料金の請求書と、出版社からの支払通知だった。前島雪乃からの手紙はきょうも来ていない。佳代さんとも会えず、その行方も確認できず、こうなるとせっかく稲取で引き出した謎の解明への糸口は、いまや風前の灯火《ともしび》といえそうだった。

旅の疲れに加え、いつになく早起きしたせいか、急に眠気を催して、ソファーに横になったとたんに眠りに落ちた。

残雪の至仏山を兄と登っている夢をみた。私は身軽だったが、兄はなにやら重そうな荷を背負っていた。それでも兄の足どりは私より軽く、荒い息を吐く私を尻目に急勾配の尾根を鼻歌交じりで登っていく。風は柔らかく、空は魂が吸い込まれるように青く、残雪と雲の輝くような白が私の心を弾ませた。

まもなく到着した至仏山の頂には大勢の人がいた。どの人もスーツやドレスや和服を着ていた。山に登る服装をしていたのは私たちだけだった。

兄は人垣のなかに割って入った。私も慌ててあとを追った。人垣の中央には兄が背負っていた荷が置いてあり、兄の姿は消えていた。その荷は背負い子《しょいこ》に括りつけられた黒い長方形の箱で、その中身がなんなのかを私は知っているようだった。

私はそれを背負おうとした。しかし地面に根を生やしたように重かった。なんとか担ぎ上げて兄を探しに行かなければという切迫した思いに駆られたが、それが私には到底背負い切れないものだということもわかっていた。

周囲の人々は私に向かって囃《はや》し立て、叱咤し、嘲笑した。私は泣きたい気分になった。必死でもがいていると、人垣の外に兄の姿が見えた。兄は喪服のような黒いスーツに着替えていた。

私に一瞥をくれると、兄はそのまま背を向けて、走るように山を降っていった。ふと見ると周囲にいた人々の姿も掻き消えて、私一人が頂に残されていた。

喧しい電話の呼び出し音が、そんな奇妙な夢の世界から私を引きずり出した。慌てて飛び起きてデスクの受話器をとると、二村《にむら》という古い付き合いの山岳雑誌の編集者からだった。

「ああ、いたの。楽しい企画を用意したんだけど、引き受けてくれる？」

朝っぱらからの能天気な調子が疎ましいが、食うための仕事を捻り出してくれる相手だから贅沢も言えない。

「また馬鹿げた仕事じゃないでしょうね。この前は『人跡未踏の藪ルート』で、その前は『廃道を行く』だった」

「どっちもあれでけっこう評判だったのよ。藪漕ぎをやらせたらあんたの右に出る者はいないし、読者にすればそういう変なルートって、自分で行くのは嫌だけど、他人が歩いた話にはなぜか興味が湧くもんなのよ。いわば代行登山だね」

たしかにその二つの企画は注目を集め、私は〈藪山のエキスパート〉として名を馳せて、それが新しい仕事の獲得にも繋がった。とはいえそんなものをライフワークにしようなどという気はさらさらない。

「今度はもう少しまともな企画にしてくださいよ」

哀願するように言うと、二村は歯切れの悪い口調で切り出した。

「そうね。今度はかなりまともじゃないかと思うんだ。『日本の仙人』というシリーズなんだけどね」

そのタイトルを聞いただけで、なにやら悪い予感がした。

「できればお断りしたいですね」

「そう言わないで。要するに山で暮らしている奇人変人のところを訪ねて、人生哲学やらなにやらをインタビューしてもらいたいわけよ」

「私にはそういう変わった知り合いはいませんよ」

「ネタはこちらで用意するから心配はいらないよ。お願いだから。この企画にはおれの出処進退が懸かってるわけでさ」

これまでも二村が打ち出した企画はすべて出処進退が懸かっているという触れ込みだった。

「どうせその人の居どころもまともな場所じゃないんでしょ。別の人を探してください。そろそろ〈藪山のエキスパート〉の看板は下ろしたいんです」

「だったら最初の回だけでも付き合ってよ。場所はあんたの実家のすぐ裏だよ。至仏山の西面の狩小屋沢の源頭近くに古い炭焼き小屋があって、どうもそこで人が暮らしているらしいんだよ」

　狩小屋沢といえば奥利根の奈良俣《ならまた》ダムの上流から至仏山に突き上げる急峻な沢で、いくつもの秀麗な滝を連ね、日本百名谷の一つにも数え上げられている。無雪期には沢登りを楽しむ登山者が数多く入山し、そのためルートもある程度は整備されているから、これまでの藪山ネタと比べれば取材ははるかに楽なはずだ。

「どういう人物なんですか」

　つい油断して訊いてしまった。二村は弾んだ声で説明する。

「沢登りで入山する登山者のあいだで話題になってるそうなんだよ。顔じゅう髭だらけで、迷彩柄のコンバットスーツみたいなのを着て、カモシカやサルしか歩かないような藪とか高い崖を人間離れしたスピードで歩き回ったり、尾根の上で物思いに耽《ふけ》っているような姿を見かけるというんだがね」

「どこで暮らしているんです？」

「ほとんど潰れかけた無人の炭焼き小屋から煙が立つのをよく見かけるそうで、どうもそこが仙人様のお住まいらしいんだ。沢登りのクライマーが頻繁に出入りする沢筋にはほとんど降りてこないから、近くで対面した人間はいないし、当然、話をした人間もいないらしい――」

二村は断片的な情報に想像を交えて、まことしやかな仙人譚を紡ぎ出す。

「話を聞けばたしかに興味も湧くけど、でも本人は世間とは一線を画して一人暮らしを楽しんでいるわけでしょう。そういう人の生活に興味本位で介入するのは、やはり気が退けるなあ」

なんとか断ろうとしてそう応じたとき、ふと頭のなかにランプが点った。背筋をぞくりとするものが這い昇る。その人物は人が出入りする沢筋のルートではなく、獣道や廃道になった杣道を伝い、廃屋と化した炭焼き小屋を根城に、山中を縦横無尽に動き回っているらしい。

私と兄の少年時代――。小刀や鉈で藪を刈り灌木の枝を切り払い、獣道や廃道を繫ぎ合わせて、高平山の山中につくり上げたあの周回路――。

兄はそれを〈ホーチミン・ルート〉と名づけた。それは兄と私の少年時代の魂の王国だった。家では抑圧されていた心の翼を目いっぱい広げ、想像力の空を自由に羽ばたいた日々――。

不意に目頭が熱くなる。その人に会いに行くべきだと私は直感した。ほかの仕事を抛り出してでも、そこへ行くべきだと確信した。いまそうしなければ、私は永遠にその時を失うだろう。私の人生は悔いに満ちたものになるだろう。

「わかりました。引き受けます」

私は心の震えを覚えながら、二村にそう答えていた。

第十三章

1

沼田から帰った二日後、幻の仙人にインタビューするために、私は再び奥利根の山懐へ向かった。

水上インターで高速を降りたのが午前十時。藤原ダムに着いたのが午前十一時。山中で幕営する予定なのでスケジュールはのんびりしたものだ。実家のある藤原湖左岸を避け、ダムの手前で分岐する対岸のバイパスを通り、ダム湖の上流で再び県道水上片品線に合流して、さらに上流へとパジェロを駆った。

須田貝《すだかい》ダムを過ぎてしばらく進むと、奈良俣ダムの巨大な堤体が目の前にそそり立つ。それを仰ぎ見ながら右折して木の根沢の谷あいに入り、湯ノ小屋温泉の先で県道と分かれてならまた湖に向かう。オートキャンプ場を過ぎ、楢俣林道入り口のゲートで車を乗り捨てて、湖岸に沿う林道を上流へと歩きはじめた。

仙人が住むという狩小屋沢は、高校生のとき兄とトレースしたことがある。困難ではない、楽しめる沢だった。しかし季節はいま初冬だ。水量が少ないとはいえ、夏なら爽快なシャワークライミングもこの時期は骨身にこたえる。そこで今回は沢沿いに右岸の尾根に延びる林道を行くことにした。

　奥利根上流の山々はすっかり冬枯れて、林道の路肩には数日前の残り雪がちらほら目についた。至仏山の頂稜部はすでに白銀に縁どられている。その裳裾《もすそ》が楢俣川の谷底まで下ってくるのもまもなくだろう。

　ならまた湖の湖端から楢俣川に沿って緩やかに登っていく。林道は川床を離れて尾根を巻き、いったん狩小屋沢に降りて対岸の尾根を登り返す。葉の落ちた広葉樹林帯を縫って標高一三〇〇メートルあたりに達したところで林道は途切れた。

　その先はクマザサや灌木のブッシュが難攻不落のバリケードのように行く手を阻んでいる。灌木はすでに落葉しているが、常緑のクマザサは濃密に生い茂り、仙人が暮らす炭焼き小屋があるという標高一七〇〇メートル付近までは相当のアルバイトを強いられそうだった。

　しかしそこに炭焼き小屋があるということは、かつては人が往来するための杣道があったわけで、ブッシュに覆われているとしても痕跡はあるはずだ。かつて私と兄が高平山に縦横に張り巡らしたあの〈ホーチミン・ルート〉も、そんな廃れた杣道や獣道を手斧とナイフで切り開いたものだった。

　私が仕事仲間から奉られている〈藪山のエキスパート〉の称号は幼いころのそんな経験によるもので、藪の弱点を読み、獣道や廃道を見つけ出す勘が他人より発達しているせいだと信じている。それを伝授してくれたのは兄だった。その贈り物がいま私と彼を結びつける引力の役割を果たしているような気がしてならない。二村から仙人の取材の依頼を受けたとき、熱病のように魂を震わせた強いインスピレーションはいまも心を捉えて離さない。

時刻は午後三時を回っていた。林道の末端はやや広い草地で、手前の小沢にはこの季節でも水流があり、この日の泊地《はくち》には最適だった。これから藪に分け入っても、日没前に炭焼き小屋を見つけ出すのは困難だと思われた。

幕営の準備をしようとザックを降ろしながら傍らのブッシュに目をやると、クマザサの葉群れに不自然な乱れがあるのに気づいた。その一角だけ並びが不揃いで、茎が折れたり葉が落ちているのが目についた。獣道の入り口ならもっと明瞭だ。廃れて下草が繁茂した杣道だろう。

山に慣れた猟師でも見逃すほどの異状にすぎない。しかしそれは私にとって、兄が近くにいる可能性を示す明瞭な刻印だった。私たちの〈ホーチミン・ルート〉への入り口は、どれもそんなふうにカムフラージュされていた。

それは兄が考えたやり方だった。濃密な下草に埋まった廃道を復活させるとき、私たちは入り口から数メートルほどはそのままにしておいた。ルートに入るときはクマザサを踏みしだいたり灌木の枝を折ったりしないように神経を使った。そこから先はきれいにブッシュを刈り取った私たちのハイウェイだった。

私は急遽予定を変更した。降ろしたザックを再び背負い、両手に軍手を着け、灌木の枝の跳ね返りで目を痛めないようにゴーグルでガードして、頑迷なブッシュの城砦に足を踏み入れた。かつての流儀どおり、強靭な下草や灌木の圧力を泳ぐような身のこなしで懐柔《かいじゅう》しながら、慎重に五メートルほど進むと唐突に藪が切れ、幅五〇センチほどのトレールが現れた。

歩行を妨げない程度まで下草が刈りとられ、行く手を阻む灌木の枝も新しい切り口を覗かせて刈り払われていたが、頭上を覆う枝はそのままだ。灌木の枝の下を行くトンネルのようなトレールは、高い位置から発見されにくいし、夏の陽射しや雨を遮る屋根にもなる。それは私と兄が高平山に〈ホーチミン・ルート〉を拓いたときの手法そのものだった。

兄と二人で山で過ごしたあの時代にタイムスリップしたように心がざわめき立った。私はもはや疑っていなかった。このトレールの行き着く先に彼がいる――。なぜそこにという問いは胸中に浮かばない。それは会って訊いてみればいいことだ。いまはなによりも会うことが先決だ。

もちろんこれが兄の手によるものだとはまだ断定できない。私たちが高平山に秘密ルートを切り開いたやり方は、必ずしも兄の独創ではなく、この土地の伝承だったのかもしれない。兄がそれを誰かから学んだのなら、地元の猟師や釣り人がこのルートを切り開いた可能性もなくはない。しかしそんなごく当たり前の疑義が、いまの私には空疎な屁理屈にしか聞こえない。深い藪に穿たれた人ひとり分の幅のトレールを、私は速いペースで登り出した。勾配はきつく息は弾んだが、心はそれ以上に躍動していた。

狩小屋沢右岸の尾根を巻いて延びるトレールを一時間ほど登った。高度計の針が一七〇〇メートルを指したあたりで、唐突に樹林と藪が開け、草地の広場に飛び出した。その一角に古びた小屋があった。炭焼き小屋といえば、雨露をしのぐために四方の柱に屋根をかけただけのものが多いが、その小屋には立派に壁も戸口もある。

里から遠いため、かつての所有者はここに滞在して炭を焼いたのかもしれない。遺棄されてだいぶ年月が経っているようで、戸口に接して造られた炭焼き窯は崩壊しかけているが、小屋のほうはまだ十分使えそうだ。

人の気配はしないが、周囲の草地には新しい踏み跡が幾筋もある。最近ここで人が生活していたのは間違いない。太陽は上越国境の山並に沈み、至仏山の頂稜は血潮のような朱に染まっている。小屋の周囲にはすでに紫色の黄昏が忍び寄っていた。

ゆっくりと小屋へ歩み寄る。朽ちかけた戸口には小型の南京錠が掛けられていた。戸板ごと壊すのはわけないが、それを人の立ち入りを禁じる居住者の意思と私は受け取った。戸口の節穴から覗くと、壁板の隙間から漏れ入るかすかな外光で物の配置がおぼろげに見える。

狭い土間の奥に一段高い板の間がある。その片隅にコッヘルやアルミのプレート、オプティマスの灯油ストーブといった調理器具が整頓されている。食料でも入っていそうな段ボール箱もいくつかある。

梁に渡されたロープには寝袋やアノラックや灯油ランタンが掛けてある。土間には大型のポリタンクがいくつかあり、マジックインキで、水、灯油などと書き分けてある。しかし屋内からは食事をしたり暖をとったりしたような生活の匂いがしてこない。仙人はただいま外出中のようだ。それも近場ではなく、数日もしくは数週間の遠出といったところらしい。

しばらく居候して帰りを待つことにした。食料は三日分ほど用意してある。二村への義理だけなら不在だったと報告すれば済むことだが、この先は私の意思による行動だ。その人の顔を見るまでは、言葉を交わすまでは、ここはどうにも去りがたい場所だった。

しかしその夜も翌日も、その人は姿を見せなかった。小屋の周囲からはあの特徴的なトレールが何本も延びていた。私はそのほとんどを踏査した。東へ向かえば至仏山の荒々しい西面に突き上げる狩小屋沢の源頭に抜けられた。そこから稜線伝いに東に向かえば鳩待峠に出る。雪のない季節なら峠から沼田市内までバスかタクシーで一時間半ほどだ。

沢の中流部へ降るトレールも何本かあった。岩魚《いわな》釣りに絶好な瀞《とろ》に降れるものもあった。私が登った林道とは別ルートで楢俣川の本流に向かうルートもあった。獣道にわずかに手を加えた程度の細いトレールが、東西南北に延びるメインルートをあちこちで繋いで、その全体は外部から侵入した者には迷路でしかない。

　三日目の朝、テントの外が白々と明るかった。顔を出してみると、炭焼き小屋の屋根や草地に一〇センチほどの新雪が積もっていた。しばらく模様眺めしたが、雪は次第に吹雪の様相を呈してきた。小屋の住人はこの日も現れそうにない。食料はそろそろ尽きかけていた。

　冬将軍が到来した奥利根で山籠《やまごも》りできるほどの装備は持参していない。うしろ髪を引かれる思いで撤退することにした。簡単な昼食をとったあと、取材用のノートの一ページに手紙をしたためた。それを小屋の戸口の隙間から投げ入れて、私は謎の仙人の隠れ家の玄関先を立ち去った。

2

　その日の夕刻にマンションに戻ると、郵便受けには三日分の郵便物やチラシが溜まっていた。

　部屋に持ち帰り、点検する気にもなれずソファーの上に抛り投げると、チラシやDMのあいだから見慣れない外国切手が貼られた封書が覗いていた。慌ててそれを引き抜いた。差出人はブリスベーン在住の前島雪乃――。待ちに待ち、諦めかけていたオーストラリアからの音信だった。私は呼吸を整えながら封を切った。

〈ご返事が遅れたことをお詫びします。じつは私は一度あなたにお会いしています――〉

達筆な手書きの文面はそんな文言から始まり、彼女が及川佳代の名で家政婦としてみなみの実家に入り込んでいたことを告白していた。私の直感はやはり当たっていたわけだった。

返事が遅れたのは、ブリスベーンのアパートに届いた郵便物を日本に転送してくれるように依頼しておいた知人が、私からの手紙を見落としたせいだと言い訳をしていた。先週、ブリスベーンへ帰り、郵便受けの隅に貼りつくように残っていたのを発見して、さっそくこの手紙をしたためたとのことだった。

しかし私が手紙で質問したのはそのことではなく、兄が死に至った事情について心当たりがないかということだった。そこには奇病で死んだ彼女の弟の妻が義母と同一人物ではないかという疑義も示しておいた。兄が母の死への義母の関与を疑っていた可能性についてもさりげなく伝えておいた。

便箋で二十枚を超す長文の返信で、雪乃はそれらの問いに誠実に答えていた。その内容は私が手紙を書いた時点での期待を上回ってはいたが、大半は兄があけぼの探偵事務所に依頼した調査の結果で、私もすでに把握しているものだった。

兄と雪乃が知り合ったのは、遺体が発見される五年前のことだという。得意先の接待でたまたま〈東雲荘〉に投宿した兄が、宿の雰囲気と女将のもてなしが気に入って、以後、気が向くとふらりとやって来るようになったらしい。

そんなときふとした会話の弾みで、兄のほうから母の死について抱いている疑惑を語り出した。話を聞くうちに奇妙なことに気づいた。兄が疑っている義母の名が淑子《としこ》で、自分の弟の妻の名が淑子《よしこ》。読みは違うが字は同じだ。年齢も一致した。なにより容姿が瓜二つだった。結婚前の職業が代議士秘書だという本人の触れ込みも偶然の一致とは考えにくかった。

しかし戸籍上の出自は異なっていた。私立探偵事務所に調査を依頼してその謎を解明したいと言い出したのは兄だった。調査の結果は、私があけぼの探偵事務所の水谷から聞いたとおりだった。

義母淑子を巡る複数の殺人疑惑――。それが真実なら淑子が危険な女であることは自明だった。すでに気心が知れていた兄の性格から、淑子に対してなにか行動を起こすかもしれないと雪乃は感じとり、早まったことはしないようにと重ねて釘を刺していたらしい。

兄の死はたまたま目にとまった全国紙の小さな記事で知ったという。地方の自殺事件など全国紙には普通は載らないものだが、例の地方紙と同様、その記事も殺人の可能性を示唆するものだったらしい。勝又が地方紙の記者に漏らしたという手足の索条痕の情報は、それを聞いた記者の耳にだけとどまっていたわけではなかったようだ。

　雪乃もまたそれが自殺ではないという思いを抱いた一人だった。兄は淑子が触れて欲しくない部分に触れたのだ――。雪乃はそう直感した。

　弟にかけられていた巨額の生命保険のことも頭に浮かんだ。兄が淑子の闇の部分に迫ろうとして命を失ったのだとしたら、その遺志を継ぐべきは自分だという思いが、以後、雪乃の脳裡に棲みついた。

　自分でも理解しがたい運命の予兆のようなものを感じて、その記事のことは胸の裡にしまっておいた。腹心の安井を含め、その記事に目を留めたものは周囲にはいないようだった。

　その翌年には長年の夢だったオーストラリアでの第二の人生を踏み出したが、それも心に平穏をもたらさなかった。

　今年の春、所用があって帰国したとき、ふと思い立って兄の故郷を訪れた。単なる好奇心のつもりだったが、宿泊した地元の旅館の帳場で、父の依頼で掲示されていた家政婦募集の貼り紙を見つけた。雪乃は迷わず電話で応募の意思を伝えた。

　及川佳代の名は偽名ではなく現在の本名で、夫の死後、新しい戸籍をつくり、その際旧姓の及川に戻したのだという。弟が荒木姓だったのは跡取りのいない資産家の伯父と養子縁組みをしたためで、淑子が弟を結婚相手に選んだ理由はその資産目当てではなかったかとも雪乃は疑っていた。雪乃という名は旅館の女将としての通り名で、戸籍上の本名は佳代だが、いまも日常生活では前島雪乃の名を併用しているという。

自分の正体が発覚したときの危険のことはほとんど頭に浮かばなかった。弟が結婚したときはすでに稲取に嫁いでいた。自分も含め周囲が結婚に反対した淑子とは一度も顔を合わせていない。弟の旧姓や姉の名前を淑子が知っていれば、そこから素性がばれる危険性はむしろんあったが、そのときはそのときと腹を括った。もしばれるようなら、それは二人の淑子が同一人物だったことの証左でもある。それが確認できるだけでも十分意味があると雪乃は考えた。

面接に応じたのは淑子だった。気づいた様子はまったくなかった。安心した反面、落胆もした。つまり二人の淑子が同一人物である確証はそこではまだ得られないわけだった。採用はその場で決まり、雪乃はいったん東京に戻って仮住まいのウィークリーマンションを解約し、住み込みの支度をして、三日後にまた戻ってきた。

淑子も父も当初は家政婦の雇い主としては最悪の部類だったが、旅館の女将として積んだ客あしらいのキャリアは無駄ではなかった。一週間もしないうちに淑子は家事の主導権を明け渡した。あの狷介な父も雪乃の料理にぞっこんで、折々にご機嫌を伺うような言葉さえかけるようになったという。九月に私が実家を訪れたとき、潜入作戦はすでに佳境に入っていたわけだった。

　しかし無謀ともいえるその作戦の成果は乏しかったと、雪乃は手紙のなかで告白していた。父も淑子も兄の死に関わる話題は一切口にしなかった。本人たちの言動から尻尾を摑むのは諦めて、雪乃は従業員や近隣の人々と努めて接触するようにした。しかし地元での深沢家の威光はいまも健在なようで、父や義母に関わる話については一様に口が重かった。

　そんななかで、唯一、兄の死をめぐる謎と関わりのありそうな話を耳にした。近所の食料品屋の主人から聞いた話で、実直なその人物のことは私もよく知っていた。

　それは兄の遺体がダム湖に浮かぶ三日前のことで、その日の早朝、主人は山菜採りに出かけた集落の裏手の山道で兄とよく似た人物を見かけたという。背恰好も顔立ちもそっくりだが、無精髭を生やし、服装は浮浪者のようにみすぼらしかった。

「おい雄人、こんなところでなにしてんだ？」

　主人がそう呼びかけると、男は踵《きびす》を返して山の方向に逃げ去った。主人はあとを追おうと思ったが、自分をよく知る兄がそんなふうに逃げるはずがないし、東京でそこそこの会社を経営しているとも聞いていた。それがいま時分、故郷の山を浮浪者のような恰好で歩き回っているのはやはり不自然だ。人違いだろうと思い直したが、今度は別の不安が湧いてきた。

　土地の人間なら主人はほとんど顔を知っている。兄でないとしたら他所から来た人間だ。

風体からして観光客や登山者にも見えなかった。そのころ一帯で空巣事件が頻発していた。主人は店に戻り、その不審人物のことをとりあえず警察に通報しておいたという。

その目撃譚の意味を雪乃は測りかねたが、それがもし兄だったとしたら、その死の背景となんらかの関係があるのは明らかだった。以来そのことが心にかかり、いまも頭を悩まし続けているという。

そのくだりを読んで私の心は揺れ動いた。それは兄が生きている可能性に繫がる証言だった。その男がRhマイナス型の血液の持ち主だとしたら、発見された遺体と兄の血液型の矛盾に説明がつく。殺されたのはその男で、兄の身代わりに使われたのかもしれない。だとしたらそれは父や淑子が画策したことなのか、それとも兄自身が――。私の頭のなかでまた新たな謎が渦を巻き出した。

雪乃が体調に異変を感じるようになったのは、私が実家を訪れてまもなくのころからだという。どことなくだるいような症状から始まって、やがて微熱や頭痛が続くようになった。最初は風邪だと思っていたが、そのうち脱毛が激しくなり、食欲も落ちて、体重が急速に減り出した。

病院で検査を受けても異常は見つからない。医師は心因性のものだという。しかし脳裡をよぎったのは弟の命を奪った奇病のことだった。弟の最期を看取った両親からは、やはり同じように微熱や頭痛が絶え間なく、体重が減り、髪が抜け、病院での検査で異常は見つからなかったと聞いていた。

淑子や父はそんな彼女を気遣ったが、雪乃の疑念は募るばかりだった。ここに居続ければ殺される――そんな本能のような恐怖を覚えた。堪らず父に暇を申し出た。父は慰留した。淑子も熱心に引きとめたが、その意図にはやはり不審なものを感じざるを得ず、けっきょく固辞してオーストラリアへ戻った。

ブリスベーンの病院でも体調不良の原因は特定できなかったが、医師は放射性タリウムによる中毒の可能性を指摘した。血管造影などに使われる検査用薬剤で、医療用として簡単に入手できるが、大量に、あるいは一定量を継続投与された場合には死に至る劇薬で、体外への排出が迅速なため、使用された痕跡を見つけるのが非常に困難だという。

あけぼの探偵事務所の古川の調査では、淑子は大学で薬学を学んでいたらしい。だとしたら薬物に詳しいのは当然で、薬剤師として勤務した経験があるとしたら、伝手《つて》を使ってその種の薬物を入手するのも容易なはずだった。

体調はオーストラリアに戻ってからは急速に回復し、いまはなんの問題もないと雪乃は書いているが、もし医師の指摘どおりだとしたら危うく命を失うところだったと、私は他人ごとではない恐怖を覚えた。淑子は雪乃の正体に気づいていたのかもしれない。最初から殺害する目的で、素知らぬふりをして雪乃を雇い入れたのかもしれない。

そのときテーブルの上で電話が鳴った。受話器をとると、あけぼの探偵事務所の水谷の声が流れてきた。

「どこへ行ってたのよ、何度も電話をかけたのに。ずっと留守電で、メッセージを吹き込んでも連絡もくれない」

「ああ、済まなかった。仕事で山へ行ってたんです」

「せっかくいい情報を知らせてやろうと思ったのに。興味がなければこっちは黙っててもいいんだよ」

例の指紋の件らしい。口振りからすると当たりのようだった。

「そんなことはありませんよ。やはり？」

「お手柄だよ、深沢さん。どんぴしゃだった。上野淑子と峰川淑子は間違いなく同一人物ですよ」

水谷は明るい声で言った。私にすれば明るい気分で応答できる話ではなかった。それはいわば運命からの最後通牒だった。真実を究明したいというただそれだけの願いからの行動が、おそらくは兄を破滅の淵へと導き、いまその誘いの手が私にまで伸びてきている。

「それからね、これはおまけなんだけど——」

水谷は一つ咳払いをした。

「峰川淑子と上野淑子の関係がわかりましたよ。清和薬科大学の同期生です」

それは意外な情報だった。調査を担当した古川は、そちらの線は個人情報保護の壁に阻まれて断念したはずだった。

「どうやって調べたんです」

「たしかに近ごろの大学というところは簡単に卒業者の情報を漏らしちゃくれません。ただし薬剤師国家試験の合格者名簿は国が公示する情報だから、個人情報保護の対象じゃない。ふと思いついて付き合いのある名簿屋に訊いてみたら、もちろんあると言うんですよ。世間じゅうの名簿を掻き集めるのが連中の商売で、いまじゃそれをぜんぶコンピュータに入れているから絞り込むのもあっというまです。日ごろの付き合いのよしみでサービスさせましてね。峰川淑子の名前を検索させたんです。しかし――」

「なかった？」

「そう。親は薬剤師にするつもりでいても、娘のほうは期待に応えてくれなかったということでしょう。そこでまたひらめいて、今度は上野淑子で検索させたわけですよ。今度は大あたり。昭和四十九年に国家試験に合格してました。そこには出身大学名も記録されていたわけですよ」

「それが清和薬科大学だった」

「そうです。そこで一計を案じてね。大学へ電話を入れたんです。薬局を経営している者だと嘘をついて、今度雇い入れようとしている薬剤師が持参した薬剤師免許証がどうも偽造臭い。出身大学はそちらだと言っているが、その点も怪しい。峰川淑子という学生は本当に在学したかどうか調べてもらえないかと言ったんです。偽学生に悪さされたんじゃ大学の評判に関わると思ったんでしょうな。すぐに調べてくれました」

「結果は？」

「ちゃんと薬学部に在籍していて、上野が国家試験に合格した年、峰川も卒業だけはしてましたよ。親は薬剤師にしたかったんでしょうが、娘は思惑どおりの人生を歩まなかったわけだね。試験は受けなかったのか、受けたけど落ちたのかまではわからないけど」

「しかし同じ時期に同じ大学の薬学部に在籍していたということは――」

「もともと面識があった可能性はありますな。名前が同じ淑子というのは偶然でしょうが、それが縁で仲がよかったのかもしれない」

「それに、成りかわるには便利ともいえますね。女性は結婚で姓は変わっても、名前はまず変わらない。読みは違っても同じ名前で通せるほうが、なにかのときに誤魔化しやすい」

「いずれにしても隠したつもりの尻尾がそこで出てしまった。同じ名前じゃなかったら、お兄さんだって二人が同一人物だったとまでは考えなかったでしょう」

水谷は電話の向こうで嘆息する。

二人の淑子の問題は楠田の本音としてはどうでもいいはずだ。本来父が受け取る資格のない一億五千万円の保険金を返還させれば、目的は達せられたことになる。しかし私の場合はそれでこと足れりとはいかない。ことここに至って、至仏山の頂で兄と交わした約束はいや増して私の魂を呪縛する。

「それで、あなたはどうするんです?」

私は苦いものを嚙み締めながら問いかけた。水谷は妙に清々しい口調で答えた。

「なにもしませんよ。いやね。本当を言えば私だって半信半疑だった。しかし指紋の照合で古川が調べ上げたことが真実だったことが証明された。ひょっとしたら古川もあなたのお兄さんもその女に殺されたのかもしれない。そう考えたら怖くなってね。私はいたって気が小さい人間なんです。何百万になるか何千万になるか知りませんが、その程度の金を強請りとるために命まで懸ける気にはなれない」

「だったらこのまま手を引くと?」

「そういうことです。私としては古川の執念に答えを与えてやれたことで十分なんです。もちろんお兄さんの執念に対してもね。ご心配なく。調査料を請求したりはいたしません。あとはあなたにお任せします。煮るなり、焼くなり、放っておくなり――」

突っ支《か》い棒を一本外された気分だった。兄の死の真相を解き明かすうえで、水谷と楠田の両側面からの援護射撃に内心期待を寄せていた。目の前に立ちはだかっているのは淑子という底知れぬ悪だった。どう闘うべきか思い悩んだ。母の死が淑子の手によるものだとしても、それについてはすでに時効で、法によって裁く手立てはもはやない。

その晩、私は前島雪乃に返信を書いた。こちらで起きたきょうまでの顚末を隠さず知らせた。

3

雪乃からの国際電話は、その五日後にかかってきた。

「突然の電話では失礼かなとも思ったんです。でも手紙じゃまだるっこしくて――」

雪乃は挨拶もそこそこに闊達な口調で切り出した。

「その弁護士さんは、もう民事訴訟の準備を進めているんでしょ？」

「そのようです。公判が開始されるまでには少し時間がかかると聞いていますが」

「そのときは私も帰国するわ。ぜひ公判を傍聴したいし、必要なら証言だってできるし」

雪乃の口調に迷いはない。意想外の申し出に私は当惑した。

「しかし弟さんの件は――」

「もちろんとっくの昔に時効よ。あなたのお母さんの件もね。だからってなにもしないではいられないのよ。私が傍聴人席につくだけで、向こうには圧力がかかるかもしれないでしょう」

雪乃はきっぱりと言った。命の危険さえ冒して私の実家に潜り込んだその行動力を思えば、止めようとして止められるものではなさそうだ。楠田は嫌がるかもしれない。裁判では父が兄の死に関与した疑惑に集中したいはずだった。しかし雪乃とじかに会って話す機会が持てれば、死に至るまでの兄の挙動について、手紙や電話では伝わらない微妙な部分もわかるかもしれない。私は率直に歓迎の意を示した。

「ダム湖に浮かんだ死体が本当に兄のものだったのかも含めて、私はすべてを解明するつもりです。そのために力をお借りすることがあるかもしれません」

「私だってそうよ。もしその死体がお兄さんじゃなかったとしたら、どうして彼は生きたまま死人になる道を選んだのか。私が死んだ弟のことを話したのが彼をそんな道に踏み込ませたきっかけだとしたら、それは私にも責任があるわけだし――」

運命がもたらした不条理を呪うように雪乃は深いため息を吐いた。その言葉に触発されたように、私の裡でなにかが弾《はじ》けた。

「自ら望んだものであれ、やむを得ず陥った状況であれ、もし兄が生きているなら、そんな境遇から救い出してやりたいんです。そしてもし母を殺したのが義母だとしたら——」

「お兄さんとの約束を果たすの？」

「どんなかたちであれ、償いはさせなければならないと思っています」

雪乃の声にただならぬ気迫がこもった。

「私もそうよ。弟の命を奪ったのがあの女だとしたら、それを法によって裁けないのだとしたら、私なりのやり方で裁きを与えてやりたいの」

4

一週間後、楠田は前橋地方裁判所沼田支部に訴状を提出した。

原告は深沢朱実、被告は父——深沢紘一。訴状の内容は、被告には長男である深沢雄人の殺害に関与した合理的な疑いがあり、その生命保険金を受け取る適格性を欠く。ゆえに受領済みの一億五千万円の保険金を法定相続人である原告に返還せよというものだった。

裁判所は原告の居住地を管轄する東京地裁にすることもできた。むしろ裁判を有利に進行するためにはそうするのが常道だ。しかし地元の名士である父へのプレッシャーを計算に入れて、楠田は敢えて被告の居住地を選択したらしい。

父が兄の殺害に関与した疑いを裏付けるため、楠田は四人の証人を申請した。現場で索条痕のある兄の遺体を目撃した地方紙の記者、医師の観点から検死結果とカルテの記載の矛盾を指摘した沼田総合病院の外科部長、当時沼田総合病院の勤務医で、死体検案書の作成を担当した医師、そして兄のビジネス上のパートナーだった国崎孝典――。

さらに父が保険金を受け取った年度の確定申告書と修正申告書の正本および検察が保管していた兄の死体検案書が証拠として申請された。沼田税務署と前橋地方検察庁は裁判所の命令に従ってそれを提出した。

検案書作成を担当した医師の証人申請は楠田のとっておきの爆弾だった。楠田はその医師とじかに面談し、父から虚偽の死体検案書の作成を委託され、二百万円の謝礼を受領した旨の供述を得ていた。

ここでも楠田の説得は巧みだった。その件はすでに公訴時効が成立し、供述しても罪には問われないこと、否認した場合は裁判所の命令で銀行口座の入出金状況が調査でき、被告側からの入金が確認されれば偽証罪に問われること、作成された死体検案書に対し、法医学に造詣のある沼田総合病院の外科部長が批判的な意見書を提出する予定であることを示唆すると、医師はあっさり当時の事情を供述したという。

もちろんいずれも情況証拠で、父が兄の殺害に関与したことを直接立証するものではない。しかしそこが民事裁判と刑事裁判の大きく異なるところで、刑事事件の場合のいわゆる「疑わしきは被告側の利益」の原則は民事では重視されない。その嫌疑が合理的だとみなされればこと足りる。裁判所は原告の請求を認めるはずだと楠田は断言した。

父は金に糸目をつけず、知名度では楠田など足元にも及ばない東京の一流弁護士を立ててきた。楠田はファイトを漲らせた。しかし相手の作戦は意表を突いた。被告側弁護人は準備書面提出の段階で和解を申し出た。訴訟事実については一切争わず、代わりに原告に五千万円を支払うという内容だ。和解が成立すれば口頭弁論を待たずに裁判は終結する。

楠田によれば、日本の民事訴訟の第一審は三割以上が和解によって解決しているとのことだった。闘っても勝訴はありえない。それなら金銭による和解で犯罪者の汚名を着せられることだけは避けようという被告側の意図が窺えた。

金額的にはまだ不満だが、和解提案自体は考慮に値すると楠田は朱実を説得した。裁判にこだわれば一審だけで一年以上はかかる。さらに控訴、上告と長引けば原告の負担はさらに大きくなる。和解で十分な金額が引き出せれば、それは事実上の勝訴といえ、ここは名を捨てて実をとるのが賢明だというのが楠田の言い分だった。

事実上の勝訴という言葉を楠田は強調したが、私にとっては無意味な妥協だった。知りたいのはあくまで真実だった。しかしそれが諸刃の剣であることもわかっていた。兄が生存しているという確信は私のなかで日に日に膨らんでいた。楠田にしてもその可能性がゼロだとは決して思っていないはずだった。

裁判のなりゆきで発見された遺体が兄のものではないと判明した場合、保険金の支払い自体が無効になり、父が保険金を返却すべき相手は、朱実ではなく生命保険会社ということになる。そのうえそれは兄が元気な姿で朱実のもとに戻ることを意味しない。つまり朱実にとって裁判そのものが徒労に終わる可能性がある。

和解の場合、被告側が支払うのはあくまで和解金で、保険金の返還という形式はとらない。つまりここで和解が成立すれば、のちに兄の生存が確認されても朱実にはそれを返却する義務がない。あらゆる可能性を考えて、和解は原告の朱実にとってもっとも有利な選択といわざるをえない。結論は朱実に託された。私にしても傍聴のためにわざわざ帰国した前島雪乃にしても、もちろん口を出すべき立場ではなかった。

朱実は和解を受け容れた。楠田はしたたかな交渉力を発揮して、和解金は一億二千万円まで跳ね上がった。朱実の同意を得て、十二月の上旬に和解は成立した。父は敗訴によって犯罪者の汚名を着せられる代わりに、受け取った保険金の大半を失った。そして私たちはその生死を含めて、きょうまで追及してきた兄にまつわる謎の一切に対し、法的な手段で真実を究明するチャンスを失ったわけだった。

楠田はいい仕事をしたということになるのだろう。朱実も人生の未来が開けたわけだった。朱実に支払うことになる一億二千万円は、父にも少なからぬ打撃を与えるはずだった。父は和解手続きのすべてを弁護士に任せ、裁判所へは一度も顔を見せなかった。

5

十二月も半ばを迎え、暖冬だといわれる東京の風もいよいよ冷たさを増してきた。兄にまつわるあれやこれやで手につかなかった仕事の埋め合わせに、私はひたすら本業に没頭していた。

和解が成立してから、楠田はある打ち明け話をしてくれた。訴訟の準備段階で裁判所の文書提出命令を取りつけて、兄を被保険者とする生命保険証書の写しを生保会社から入手したという。証拠として提出するつもりは毛頭なかったが、それは兄の事件の謎の一つを解明するもので、楠田にすれば私へのサービスといったところのようだった。

楠田は証書に残された兄の署名の筆跡鑑定を行なった。朱実から提供を受けた兄のパスポートの署名と比較したところ、似せる努力一つしていない赤の他人のものだったらしい。概ね想像はついていたが、やはり兄には無断の契約だったことになる。

「すべてが保険金詐欺や殺人に結びつくわけではないんですが、そういう行為自体は珍しいものじゃありません。勧誘員が本人確認したことにすれば、ほとんどフリーパスですからね」

楠田は鷹揚に笑った。公判の証拠としてそれを提出しなかったのは当然で、もし提出すれば父の容疑はより濃厚になるものの、契約自体が詐欺行為という結果になり、生保会社から保険金の返還を要求されかねない。楠田の目算とすれば、それでは虻蜂《あぶはち》取らずに終わるわけだった。

画策をしたのが淑子か父かはわからないが、保険金詐取の目的で兄に保険がかけられた事実はこれで動かしがたい。しかしダム湖に浮かんだ死体は本当は誰なのか。それが兄ではないことを父も知らなかったのではないかという疑念が湧いてきた。私のなかでは兄が生きているという思いは確信に近いものになっていた。念頭にあるのは前島雪乃が耳にしたという食料品屋の主人の話だった。

少年時代から私たちを知っている主人が見間違えるほどその男が兄に似ていたとしたら、間違えて殺害された可能性が浮上する。死亡推定時刻は未明から明け方で、暗闇や薄明のなかでは肉親でも判別が難しいはずだった。父は自ら遺体を確認しているが、自殺への偽装が発覚することを惧れるあまり、細かい身体特徴まではチェックしなかったとも考えられる。窒息死の場合、人相もだいぶ変わって見えると沼田総合病院の外科部長も言っていた。

では兄はどうして行方をくらましたのか。明らかなのは兄が自ら死者となることを望んだことだった。その後の六年間を、兄はどこでなにを思って生きたのか。結婚したばかりの妻を捨て、あの謎めいた電子メールを除けば私にさえ一切の音信もなく――。

仕事に集中しようという気持ちと拮抗するように、その答えを知りたいという思いが募ってくる。その夜、私は決断した。これから出かけよう。狩小屋沢のあの炭焼き小屋へ――。

すでに一帯は根雪に覆われているだろう。吹雪と烈風がその内懐《うちぶところ》への不用意な侵入者を冷徹に排除しているだろう。しかしそう決断したとき、心も体もすでにその準備を整えていたことに私は気づいた。たとえこの冬いっぱいをそこで過ごすことになろうとも、私はその人に会う必要がある。

時刻はまだ午前零時前だが、一度決めたらもう腰が落ち着かない。まずは出発することだ。不思議に心が急いていた。いまここで気が変わりでもしたら、私は永遠にその人を取り逃がしそうな気がした。早く着きすぎるようなら、どこかのサービスエリアで仮眠すればいい。

喫緊《きっきん》の仕事はすでに片付いていた。締め切りが先の仕事はキャンセルのメールを入れた。

山道具の保管庫になっているクロゼットから七〇リッターのザックを取り出して、冬用テントや防寒着、ガスストーブ、燃料、コッヘル、食器その他を詰め込んだ。食料は途中、深夜営業のスーパーに立ち寄って仕入れることにした。

パッキングの済んだザックに山岳用のスキーとストックを括りつけ、戸口へ向かおうとしたとき、デスクの上で電話が鳴った。こんな深夜にいったい誰が——。不審な思いで受話器をとると、思いがけない声が耳に飛び込んだ。

「章人、助けにきてくれ。このままじゃおれは殺される」

父はひどく怯えているようだった。いつもの人を見下したような口振りは鳴りを潜めていた。悲痛な声で父は続けた。

「やつだ。やつが復讐にきた。おれが殺したわけじゃない。やったのはあいつなのに。なんでおれだけを——」

やつが復讐にきた——。やったのはあいつ——。私は沸き起こる戦慄を抑え込み、宥めるような調子で問いかけた。

「やつとは誰なんだ、親父？　あいつとは誰なんだ？」

「雄人だ。死んだはずなのに、化けて出やがった。おれを取り殺しに気やがった」

父の言葉はどこか呂律が回らないように聞こえたが、それが酔いのせいでも体調のせいでもないことに私は気づいた。父は震えているのだ。歯の根が合わないほどに——。

　私はもう一度問いかけた。

「あいつとは誰のことだ？」

「淑子だよ」

　私の背筋にも悪寒が走った。父は兄が死んだと思っている。殺したのは淑子だとも信じているようだ。そしてその兄が亡霊になって現れて、自分を取り殺そうとしていると言う。そんなことを口走ること自体、ある種の錯乱状態にあると感じさせるが、切迫した状況に置かれているのはたしかなようだ。私は呼吸を整えてさらに問いかけた。

「家には誰がいるんだ？」

「おれ一人だ。淑子は投資家仲間の忘年会だとかで、前橋に行っている」

「専務に来てもらったらどうだ」

「ヘルニアがひどくなって、三日前に入院した」

「兄貴が化けて出たって、要するになにが起きたんだ」

「脅迫されていた。最近ずっとだ。おまえたちの母親を殺したのはおれだと言っている。自分を殺したのもおれだと言っている。しかしおれはなにもしていない。やったのはぜんぶ淑子だ。それなのに雄人はおれを地獄に連れていくと言いやがる。さっきまであいつは庭にいたんだよ」

「兄貴が？」

「そうだ。熊撃ち用のライフルを持って。おれの猟銃なんかじゃ太刀打ちできない。それにあっちは幽霊なんだから、撃たれたってもう死にっこない」

父の声が悲鳴のように裏返る。言っていることは支離滅裂だが、それでも父は言及した。母を殺したのも、兄を殺したのも淑子だと――。いま父が直面しているのは現実に迫っている脅威だという思いが強まった。しかしなにかが変だ。言葉にしようのない違和感がある。

「警察に通報したらどうだ」

「さっきしたよ。怪しいやつがうろついていると言ったら、駐在が来て、家の周りを調べて回って、誰もいないと言って帰っちまった。おれの頭がおかしいと言いたいような顔をしていたよ。相手が幽霊だと言っても信じちゃくれないだろうから、こっちはそれ以上なにも言えなかった」

「わかった。これからそっちへ向かう。戸締りを厳重にして、おれが着くまでは誰も家に入れないでくれ」

そう答えて受話器を置いた。心臓がどくどくと音を立てていた。父の精神状態が普通ではないのはたしかだ。かといって、庭で見たというライフルを持った男が幻覚だとも思えない。

もしそれが本当に兄だとしたら――。

慌ててザックを背負い直し、私は戸口に向かって駆け出した。

第十四章

1

沼田の手前から降り出した小雪が、月夜野《つきよの》を過ぎるころには本降りになった。水上インターを降りたときは午前一時。深夜の一般道を走る車はまばらだった。

助手席に転がしてあるデイパックの底にはトランクルームから回収してきた七発の実包を残すコルト・ガバメント。状況が必要とするかどうかではなく、私の魂がそれを必要とするがゆえに携行した。

県道水上片品線は綿のような新雪に覆われ、先行車のまばらな轍《わだち》はすでに埋もれかけていた。ワイパーが描く半円の向こうを雪は何億もの蛍《ほたる》の群れのように舞い、蒼褪めた亡霊のような路肩の木々がヘッドライトの光に浮かんでは背後の闇に消えてゆく。替えたばかりのスタッドレスタイヤは新雪を力強くグリップする。無雪期と同様のペースで藤原ダムの堤体を渡り、新立岩《しんたていわ》トンネルを抜けた。

父の住む藤原の集落は、谷を埋めるように垂れ込める雪雲の下でひっそり息を潜めていた。途中、父には二度電話を入れた。私が向かっていると知って安心したのか、向こうから寄越したときよりは落ち着いていた。

実家に着いたのは午前二時。車を乗り入れた庭には人の気配はない。雪はしんしんと降りつのり、あらゆる物音が微細な結晶の堆積に吸収されるかのように屋敷全体が静まり返っていた。

父のいる母屋の玄関に立ち、ドアフォンのチャイムを鳴らしたが応答がない。つい先ほどの電話でまもなく着くと伝えておいた。あれだけ怯えて助けを求めていた父が応答しないというのが腑に落ちない。さらに何度かボタンを押したが無駄だった。家じゅうがなにかへの恐怖に竦んだように沈黙している。玄関の引き戸に手をかける。軽く引くと抵抗もなく動いた。不審な思いで足を踏み入れた。

「父さん、いるのか。返事をしてくれ」

煌々《こうこう》と明るい玄関ホールに自分の声だけが谺する。奥に続く廊下にも明かりが点いている。吝嗇家の父には似つかわしくない。兄の亡霊への恐怖のせいだとしたら玄関の錠が開いていたのが不自然だ。亡霊であれ生きた人間であれ、外からの侵入者に恐怖を抱いているのなら、戸締りは厳重にするのが当然の心理だろう。

「親父。章人だ。いるんだろう。どうして返事をしないんだ？」

もどかしい思いで靴を脱ぎ、呼びかけながら廊下を進む。父の恐怖が乗り移ったのか、どこかに潜んでいるかもしれない悪霊に警告するように無意識に強く床を踏み締める。その足音が不気味なエコーを伴って家じゅうに響き渡る。

居間のドアを開けて、私はその場に立ち竦んだ。目の前のその光景を、消し去ることができるならそうしたかった。

2

父が見たという兄の亡霊の話は本当だったのだろうか。兄はこの屋敷の庭を訪れたのだろうか。父の言うように熊撃ち用のライフルを携えて――。

父の額を穿った銃弾が、ライフルもしくは拳銃から発射された通常弾なのは素人の目にも明らかだった。

父はソファーの背もたれに寄りかかり、穏やかな視線を前方に向けていた。その死を納得して受け容れたようにさえ見えた。額の銃創と背後の床に散った血飛沫《ちしぶき》や脳漿《のうしょう》や骨片がなかったら、私は父に声をかけていただろう。

その手にも、居間のどこにもその銃創に見合う武器はなかった。ソファーの脇には愛用の十二番径の猟銃が立てかけてあったが、使われた様子はない。

私が悲しかったのは、父の死そのものにいかなる悲しみも覚えないことだった。兄がもし生きていて、この事態を引き起こしたのだとしたら、彼を守るべきは私だった。

あの至仏山の頂での約束を彼は果たしたのだ。いや、まだそれは途上かもしれない。だとしたら彼にはもう一仕事残っている。あるいはすでにそれは果たされているのかもしれない。義母淑子は忘年会で前橋に出かけたというが、その安否は確認のしようがない。

父の遺体を発見したのは最後に電話を入れてから二十分ほどあとで、体温はほとんど下がっていなかった。私が着いたとき、庭にも玄関付近にも人が歩いた跡は見かけなかったが、この雪の降りなら足跡や轍は五分もあれば埋まってしまう。

母屋も新棟もくまなく点検したが、むろん人は誰もおらず、荒らされた形跡もなかった。父を殺害したのは兄ではないという気がしてきた。父は兄の出現をあれだけ惧れていた。しかし父の死に顔に恐怖の色はなかったし、抵抗の形跡もない。犯人は父と親しい、兄以外の人間の可能性がある。

すぐに立ち去るべきかもしれなかった。しかし不思議な磁力のようなものがこの場所を離れがたくしていた。警察に通報する気はなかった。警察への不信感はいまや拭いがたい。あの裁判のお陰で、私と父の不仲を知らない者はこの土地にもはやいない。通報すれば第一容疑者に擬せられるのは間違いない。

そのとき窓の外で物音がした。窓辺に歩み寄り、カーテンをわずかに開けると、雪明かりの庭の中央に人の姿が見えた。服装は暗い色調の上下のアノラック。手にしているのは熊撃ち用のライフルではなく、登山用の伸縮式ストックだ。背中には小型のザック。顔の半分を髭が覆い、バンダナでまとめた髪は肩まで伸びていて、容貌までは判別しがたい。

しかし私の体は一瞬硬直した。それが兄だと思ったのは、彼の亡霊が現れたという父の話からの先入観か、それとも肉親だけが感じる遺伝子レベルのインスピレーションとでもいうべきか。条件反射のように窓を開け、庭の男に声をかけた。

「兄さん。兄さんじゃないのか？」

男はなにも答えない。私に視線を据えたまま、逃げるでもなく、近寄るでもない。

「おれだよ。章人だよ。答えてくれ。兄さんなんだろう？」

男は黙っている。否定しないことは肯定を意味すると受け取った。

「親父を殺したのか？」

男は振り向いて小さく横に首を振った。その答えに私は安堵を覚えた。一方で目の前の男が本当に兄なのか、確信が持てなくなってきた。もしそうならその態度があまりに素っ気ない。六年ぶりに会う弟に語るべき言葉を持たないことが信じられない。しかし赤の他人の侵入者なら、慌てて逃げるか攻撃的な態度に出るはずで、私に姿を見られてなお悠然とそこにいる理由も理解しがたい。

やがて男は私に背を向けて、庭を横切り、ガレージの裏手に向かった。私は慌てて玄関に回り、靴紐を緩めたままのマウンテンブーツを突っかけて庭に飛び出した。

ガレージの裏手に走り込んだときはすでに男の姿はなく、雪面に穿たれた大股の足跡が山林の奥へと続いていた。靴紐を締め直し、急勾配の斜面をしばらく追った。激しさを増す雪が瞬く間に足跡を埋めてゆく。けっきょく男を捉えられず、追跡を断念して戻ってきたところで、事態がまずい方向に転がっていることに気づいた。

庭に中型のバンが滑り込んできた。ボディに〈総和警備保障〉のロゴマークがある。ガレージの陰から様子を窺うと、バンは私のパジェロの横に停まり、二人の警備員が降りてきて母屋の玄関に向かった。

脅迫状が届くようになってから、母屋と新棟には勝又の会社の最新警備システムを導入したと淑子から聞いていた。センサーやらカメラが異状を検知したのかもしれない。私の姿もカメラに写っているだろう。こんなところで面倒に巻き込まれたくはなかった。

私は植え込みの陰を通って庭を横切り、新棟のポーチの暗がりに身を隠した。警備員はインターフォンを何度か押したあと、錠がかかっていないことにやっと気づいて、引き戸を開けてなかに駆け込んだ。

その隙を突いてパジェロに走り、運転席に飛び込んだ。エンジンはすぐにかかった。バックで県道に飛び出し、車首を奥利根の上流方向に向け、アクセルを踏み込んだ。

警備員たちは追ってこない。屋内の状況に動揺していまはそれどころではないはずだ。しかし私の車がなくなったことにはすぐに気づいて、通報を受けた警察はこの車を緊急手配するだろう。その前に行けるところまで行きたかった。目指すのはあの炭焼き小屋だった。先ほどの男は必ずそこに現れる。それが狩小屋沢の仙人であり、そしてやはり兄だと信じたかった。その口からすべてを聞き出すことを私は切に願っていた。

3

県道から分かれ、ならまた湖畔のオートキャンプ場に出たところで楠田の携帯を呼び出した。携帯が通じるのはここまでで、谷筋に入ってしまえばあとは尾根上まで通じない。深夜でも遠慮はしていられない。

応答したのは留守電だった。至急電話が欲しい旨のメッセージを入れて待っていると、下流方向からパトカーのサイレンが聞こえてきた。奥利根の谷に谺を撒き散らしながら、その数は次第に増えてゆく。楠田からは数分で着信があった。挨拶抜きで事情を説明すると、楠田は慌てて説得にかかった。

「それじゃ容疑が強まるだけです。殺していないなら逃げる必要はない」

「しかしこちらにはアリバイがない。父との不仲を考えれば動機がなくもない。それ以上に、いまという時を逃せないんです。それでは兄を一生とり逃がすことになる」

「警察に任せればいい。その男がお兄さんだとは言い切れない。もしそうだとしても、お兄さんが犯人かどうかはまだわからない」

「警察になにができるんです。義母が犯した大罪を法は裁けなかった。彼らがなすべきことをしていれば、兄も私も普通の人生が歩めた。父だって死なずに済んだでしょう」

「なにをするつもりなんです」

「とにかく兄を、いやその男を追ってみます。居場所は見当がつきます。もし私に父殺しの容疑がかかった場合、楠田さんには弁護をお願いしたい。真犯人はたぶん別にいます」

その疑念は私のなかで強まる一方だ。ビデオカメラは私の姿とその時刻を記録しているだろう。それは父の死亡時刻と近いはずだ。しかし真犯人の記録はおそらく残っていない。カメラの死角を知っているか、カメラの記録装置を操作できる人間ならそれは可能だ——。楠田は私の言わんとするところを理解した。

「つまり、あなたは罠に嵌められた？」

「ええ、真犯人はあの時刻に私が来るのを知っていた。電話が盗聴されていたのかもしれない。父殺しの濡れ衣を着せるのに私ほど好都合な人間はいない。いずれにせよ、鍵を握っているのは兄なんです」

「わかりました。逮捕されるようなことがあれば弁護を引き受けます。しかし無理をしないように。銃を所持して逃走中と判断すれば、警察は強硬手段に出ますから」

楠田は父の殺害に使われた凶器のことを言っている。私が本当に拳銃を所持していることはむろん知らない。


パジェロはその場に乗り捨てて、ザックにコルト・ガバメントを忍ばせた。その荷を背負い、山岳用スキーを履いて楢俣林道のゲートをくぐる。まだ柔らかい新雪にシールの利きはすこぶるよく、狩小屋沢出合いまでを一時間弱で登った。

警察車両のサイレンはもう聞こえない。いまは実況見分の最中だろう。捜索の手が伸びる前に尾根上の林道終点に出たかった。その先の藪の迷路に紛れてしまえば、俄か仕立ての捜索隊の手には負えない。

尾根を登るトレールに先行者の足跡やシュプールはない。庭にいた男が炭焼き小屋の住人なら、途中まで車を使った私が先回りしているはずだ。北西からの寒風が頭上の梢を震わせ、ヘッドランプが照らす視界を雪の礫《つぶて》が埋め尽くす。寒気は露出した鼻や頬の感覚を奪っていくが、適度な湿度を含んだ雪を新品のシールは確実に捉え、リズミカルな登高動作で体温は上昇する。

一時間ほどで林道の終点に出た。秘密ルートの入り口の藪はふわりと雪を載せ、周囲に自然に溶け込んでいる。スキーを外してザックに固定し、クマザサや灌木の枝を折らないように注意しながら足を踏み入れる。藪を抜けたところでまたスキーを着け、傾斜の増したトレールを登り詰める。

登るにつれて雪は深まり、スキーを履いていても脹脛《ふくらはぎ》までもぐる。それでもこの豪雪地帯としては序の口だ。このままの勢いならあすのうちには二メートル近くに達するだろう。急峻な山岳では、それは容易に人を寄せつけない自然の障壁だ。

小屋に着いたのが午前四時三十分。屋根は分厚く雪を纏い、寒風がささくれた壁板に無数のエビの尻尾を成長させていた。予想どおり人の気配はないが、留守中の訪問者への心遣いか、戸口には錠がかかっていない。

掛け金を外し扉を引いた。かすかに灯油の臭いがする。食事の残り香のような生活臭もある。奥の板の間に腰を下ろし、ランタンを取り出して点火する。柔らかい光に屋内の光景が浮かび上がる。そこで暮らす人が誰なのかを私は了解した。それは高平山のあの〈ホーチミン・ルート〉の洞窟の記憶に重なった。

兄は物を散らかすことをしなかった。洞窟内の物の配置には彼なりの法則があった。食器や道具類は用途ではなく使用頻度によって分類し、よく使うものほど自分の近くに置く。この小屋の物の配置もそのようだった。

板の間の壁板に私が投げ込んだ手紙がピンで留めてある。取材ノートの一ページを破った用紙は何度も読み返したように皺がつき、フェルトペンで走り書きした文面のあちこちが水滴でも落ちたように滲んでいた。

自分の名を名乗ったあと、私は次のような言葉を書き残していた。あなたがもし兄なら語って欲しい。この六年間、どこでなにをしていたのか。手紙でも電話でも、どんな方法でも音信が欲しい。私たちは兄弟以上の兄弟だった。あなたが半生を通じて抱いてきた思いを、私も間違いなく共有していると——。

薄い壁板の向こうで風はいよいよ猛り狂う。小屋のなかの温度も外と変わりない。私のガスストーブより火力の強そうな兄の灯油ストーブを拝借し、二リッターほどの湯を沸かすうちに、屋内の空気は暖まってきた。

沸かした湯で紅茶をつくり、自分と兄のテルモスを満タンにする。庭で見た兄の服装はあまり耐寒性があるとは思えなかった。冷え切った体で到着するだろう。私の経験では、そんなときいちばん嬉しいのが温かい飲み物だ。

熱い紅茶を啜りながらラジオを聴いた。父の事件はどこも報じていない。楠田に状況を報告しようと携帯を取り出したが、気象条件のせいか電波状態は圏外になっている。

けっきょく兄が現れるまですることがない。ストーブの火を消すと室温は下がり出したが、熱い紅茶で体は芯から温まっている。空腹も感じたが、それを凌駕《りょうが》する睡魔に襲われた。

重くなった目蓋の裏に、穏やかだった父の死に顔が浮かんでくる。父もまた犠牲者だった。あの女と関わり合わなければもっとまっとうに人生を終えられたのだ。すべてを奪われ、奪われたことも知らずに死んでいった。私が父を殺害したことにすれば、父の財産の一切があの女のものになる。たぶん抜け目なく父にもかけているだろう巨額の生命保険金まで。

父は幸せだっただろうか。自らが蒔いた種とはいえ、あの奇妙に安らかな死に顔が、母の死以来背負い続けてきた業苦から解放された安堵のようにも受け取れた。

4

鋭い悪寒に襲われて目が覚めた。私は胎児のような姿勢で板の間に横たわり、小刻みに五体を震わせていた。奥歯が音を立てていた。

室温がひどく下がっていた。慌てて跳ね起きてテルモスの紅茶をカップに注ぐ。まだ十分温かい。立て続けに三杯飲み乾すと、ようやく震えが治まった。

板戸の隙間から光が射し込んでいる。夜が明けたようだ。時計を見ると午前七時を回っている。兄はまだ帰らない。不安を覚えた。このあたりの山に慣れている兄なら一時間と遅れはとらないはずだった。

そのとき小屋の外で雪を踏む足音がした。慌てて戸口へ走る。扉を開けようとしても動かない。迂闊だった。外に積もった雪が扉を押さえつけている。

足音が止まった。体重を預けて懸命に押すと、扉はやっとわずかに動いた。さらに勢いをつけて何度か体当たりすると、体をこじ入れられる隙間ができた。飛び出した外は一メートルを超す積雪で、吹雪は微塵《みじん》も止む気配がない。新雪のなかを泳ぐように進むと、掻き分けた雪に赤いものが混じった。

すぐ目の前に男が倒れていた。アノラックの右胸部に焼け焦げたような穴がある。銃創のようだ。出血で周囲の雪が日の丸のように染まっている。私はうろたえた。雪と氷のこびりついた髭と長髪のあいだから私を見つめる瞳は紛れもない兄のそれだった。

「章人か?」

兄の口から漏れたその言葉は、辛うじて風音に消されず耳に届いた。肩を抱き起こしながら私は問いかけた。

「そうだ。誰にやられたんだ、兄さん？」

兄は力なく首を横に振る。

「知らないやつだ。いや——。知ってるかもしれない。でも思い出せない」

「思い出せない？」

兄は曖昧に頷いた。話はどこか要領を得ないが、まずは応急手当が先決だ。雪上を戸口まで引きずって、あとは背負ってなかへ運び込む。銃創は右胸部を貫通していた。呼吸は苦しそうだが出血は思ったほどではない。手持ちの救急セットを取り出して、まず傷口を消毒し、新しいタオルを宛てがって、それを伸縮性の包帯で押さえておいた。

狙撃されたときの状況を兄は説明した。私と遇ったあと裏山伝いに湯ノ小屋温泉に出て、楢俣林道を歩きはじめたとき、背後からスノーモビルの走行音が聞こえてきた。道の脇で様子を窺っていると、突然銃声がして足元の雪が飛び散った。兄は慌てて川床に向かう斜面を駆け降りた。

振り向くとライフルを兄に向けている男の顔が見えた。銃声はさらに続いた。右の胸に焼けるような痛みを覚え、そのまま意識を失った。気がつくと岩の間の雪溜まりに落ち込んでいた。起き上がって林道を見上げると男はもういない。そのあと兄は痛みを堪えて深雪をラッセルし、なんとか小屋まで辿りついたという。

いまは狩猟の解禁期で、この一帯で銃声は珍しくない。ハンターが移動にスノーモビルを使うことも少なくない。銃声くらいで警察に通報する住民はいない。つまりいまは人狩りに適した季節でもある。

私は当然のことを問いかけた。

「なぜこんなところで暮らしているんだ」

「ここは、おれが生まれた土地なのか？」

兄はすがるような眼差しで問い返す。私は当惑した。なにかがおかしい。

「そうだ。昨晩、おれと遇っただろう。あそこがおれたちの生まれた家だ」

「そうなのか。なぜか気になる家だった」

「自分が誰だか知っているのか」

「田中一郎《たなかいちろう》――」

「田中一郎？　いつからそんな名前に？」

「病院を退院したあと、授産所の所長さんにつけてもらった」

「病院？　授産所？」

私は言葉を失った。重度の記憶障害――。ここまでの話し振りもどこかたどたどしく、知能の面でも障害があるようにみえた。失った六年のあいだに兄の身になにが起きたのか。

しかしいまはまず兄の命を救うことが肝心だった。兄を探し出すという本来の目的は達したのだ。すぐに救助を要請しよう。私が警察に拘束されることになっても構わない。あとは楠田がなんとかしてくれるだろう。

携帯はまだ圏外表示のままだった。前回滞在したときは仕事上のメールを何通か受け取った。普通の条件なら通じる場所なのだ。一メートルを超す積雪と猛吹雪のなか、一人で兄を担ぎ下ろすのは至難の業だ。兄ともども疲労凍死するのがおちだろう。いまは電波状態の回復を待つしかなかった。

5

携帯が通じるのを待ちながら、私は兄に問いかけた。兄は訥々《とつとつ》と答えた。語彙は同年齢の大人の半分ほどだろう。その拙《つたな》い言葉を想像力で補って把握した事実はこうだった。

兄が遡れる記憶は六年前の夏までで、目が覚めたのは病院のベッドの上だった。医師の話では、その三日前にみなかみ町近郊の山林で意識を失っているところを地元の住民が発見し、病院へ運んできたらしい。

兄は自分が誰でどこから来たのか、なぜそこにいたのかもわからなかった。精密検査の結果、脳内に比較的新しい梗塞が見つかった。一時的な呼吸停止、もしくは一酸化炭素中毒による脳組織の損傷が疑われた。

身元がわかる持ち物はなにもなく、病院には二ヵ月ほど入院していたが、記憶はついに回復しなかった。退院後は病院の斡旋で前橋市内の授産所に入所した。田中一郎という名はそのときつけられた。授産所にいたのは一年で、その後は市内の製パン工場で働いた。

この炭焼き小屋に居ついたのは半年前からだという。工場の親睦旅行で水上高原を訪れたとき、兄は不思議な慄きを覚えた。自分が暮らす場所はここだと直感した。ここでやるべき重要なことがあるような気がした。

工場を辞め、貯金を下ろして登山用品一式を購入し、兄は再びやってきた。なぜかこの土地の地理を熟知していた。藪山歩きが苦ではないどころか楽しくて仕方がない。テント暮らしをしながら山に入り浸るうちに、この炭焼き小屋を見つけて住み着いた。

小屋の持ち主に見つかれば追い出されると思い、食料の買い出しには鳩待峠経由で沼田に出るか、夜間に県道水上片品線を歩いてみなかみに出ることにした。地元の人間が顔を知っているはずの兄に気づかなかったのはそのためのようだった。

私の手紙を読んで、兄はただならぬ動揺を受けたらしい。大海原に浮かぶ孤島のように、二人で故郷の山を歩き回ったあの記憶だけが忽然《こつぜん》と蘇った。しかし手紙にあった章人という名が自分の弟の名だということは思い出せても、自分の本当の名前は思い出せない。連絡をとりたいとは思ったが、手紙には住所も電話番号も書かれていなかった——。

　そこは私が迂闊だったが、兄が記憶を失っているとは思いも及ばなかった。私のもとに届いた兄名義の電子メールのことも訊いてみたが、むろん身に覚えがないと言う。そちらはやはり勝又の仕業とみるのが妥当だろう。

　夜間に何度かみなかみ方面へ降るうちに、兄は藤原集落にある大きな屋敷が気になり出したという。我慢できずに何度か庭に忍び入り、家人に見つかっては逃げ出した。兄もその家の主や妻の顔を見た。そのとき奇妙な懐かしさと同時に、名状しがたい憤りを抱いた。それが失われた記憶への糸口のように思えた。昨晩もみなかみへ降った帰りに実家の庭に立ち寄った。父が兄の亡霊を見たと電話してきたのはそのときだろう。

　私が訪れる少し前にも、どこかで見たような男が実家にやってきたと兄は言う。男は居間で父と雑談していた。口論するような調子ではなかった。唐突に銃声が轟《とどろ》いた。カーテンの向こうでなにが起きたのかはわからない。しかし会話はそこでぴたりと途絶え、まもなく男は玄関から出てきて、県道の路肩に停めてあった車で立ち去ったという。そのあと自分を狙撃したのもその男のようだと兄は言う。

　鹿や猪などの夜行性動物を狙うハンターが夜間に狩りをすることは珍しくない。近隣の住民はその銃声をとくに怪しまなかっただろう。そのあとやってきた私に突然声をかけられて、どう反応していいかわからず、兄は慌ててその場を立ち去ったらしい。

ふと思った。狙撃した男は兄を私と勘違いしたのではないか。私を犯人に仕立てたうえで殺してしまえば、あとは死人に口なしだ。この時期なら狩猟中の誤射と言い逃れることもできる。

兄は熱い紅茶を何杯もお代わりし、青ざめていた顔に血色が戻った。出血はなんとか治まっているようで、時をおかず救助隊が来てくれれば命に別状はなさそうだった。しかし携帯電話の受信状況はまだ圏外のままだ。

兄は自分の来歴を訊いてきた。私は兄が理解できる言葉で、語れるだけのことを語った。実の母の死や高平山に築いた少年時代の王国、その後の二人の人生の転変――。

短時間で話せる内容ではなかったが、物書きとしての技巧を尽くして、遺漏のないダイジェストを語ってやった。しかし母の死についての疑惑や父との確執、至仏山の頂でのあの約束のこと、つい数時間前に兄の目と鼻の先で父が射殺されたことも、いまはまだ伏せておくことにした。現在の兄の心にそうしたネガティブな負荷を加えることが賢明だとは思えない。しかし妻がおり、まだ見たことのない息子がいるという話は兄の心を揺らしたようだった。

「本当なのか。おれには奥さんと息子がいるんだな」

兄は瞳を輝かせた。私は大きく頷いた。

「六年間、ずっと一人だった。親切にしてくれる人はいたけど、家族はいなかった。どんな人なんだ、おれの奥さんて？　美人か。優しいのか。息子は可愛いか。賢いか」

私はザックのインナーポケットから写真を取り出して手渡した。兄に会ったら見せようと持参した東京ディズニーシーでの朱実と幸人のスナップだった。兄の目に涙が滲んだ。私は問いかけた。

「思い出したのか、兄さん？」

兄は首を横に振った。

「思い出せない。でもなんだか懐かしい。息子はおれに似ているな。奥さんはしっかりした人のようだ。息子をちゃんと育ててくれてるんだな」

「奥さん」という他人行儀な呼び方からは、朱実を自分の妻だと実感できないもどかしさが伝わってきた。それでも兄は幸せそうだった。

目の前の兄がかつての兄に戻れる可能性は低い。それでも朱実と幸人に一刻も早く引き合わせたかった。朱実はそんな兄を喜んで受け容れるだろうか。私の頭に否という答えは浮かばなかった。

6

午前八時を過ぎて、携帯の表示が圏内に変わった。さっそく楠田を呼び出した。

「ああ、深沢さん。連絡がつかなくて心配してたんです。現在の状況は？」

兄との遭遇の経緯を説明すると、楠田はひとしきり感嘆の声を上げ、すぐに麓での捜査状況を伝えてくれた。すでに自ら群馬に乗り込み、手回しよく沼田署の捜査本部と接触しているらしい。

「防犯カメラに写っていた姿と玄関前に停まっていた車を根拠に、本部はあなたの逮捕状を請求しました。車はならまた湖のオートキャンプ場で発見されています。吹雪が止み次第、その方面へ捜索隊を投入する予定です。いま伺ったことをさっそく本部に伝え、山岳救助隊の派遣を要請します。同時に弁護人の立場から、極力あなたへの逮捕手続きは執行しないように談判します。じつは先ほど面白い話を耳にしたんですが、まずはお兄さんの救助の手配を済ませないと。折り返し電話を入れますからお待ちください」

そう言っていったん通話を切り、十五分後に楠田は向こうから電話を寄越した。本部は消防署と連絡をとり、急遽救助隊を差し向ける準備に入ったという。まずはひと安心だった。

続けて楠田が披露した話は興味深かった。それはこれまで頭を悩ませてきた最大の謎への重要な糸口になりそうだった。

例の裁判で協力してくれた地方紙の記者から聞いた話だという。向こうも今回の事件の取材で沼田署に張りついていたらしい。一週間ほど前、沼田署管内で強盗未遂で逮捕された男が、六年前の夏にやはり強盗目的で人を殺したと供述した。その現場と日時が兄のものとされる遺体が発見された現場と日時に一致しているというのだ。

男は当時、地元の不良グループのリーダーで、藤原集落の裏山で寝起きしているホームレスがいるのを知り、仲間三人と襲撃を企てた。夏の盛りに涼を求めて山間部のリゾート地へホームレスがやってくることは珍しくない。ホテルや旅館からは贅沢な料理が残り物として捨てられる。山中には人目につかず暮らせる場所がいくらでもある。そんな彼らが意外な額の現金を所持していることが多いのも不良仲間からの情報で知っていた。

その日の未明、計画は実行された。場所は藤原ダムの遊歩道。ターゲットのホームレスがその時刻、ホテルの余り物を求め、そこを通ってリゾート地区まで出かけて行くことを彼らは把握していた。抵抗するホームレスを三人がかりで殴り倒し、両手両足をロープで縛り、頭にビニール袋を被せて窒息死させた。

財布を抜こうとしたところへ車がやってきて、遊歩道の駐車場に停車した。遺体は山中に捨てる予定だったが、目撃されたら目も当てられない。そのうち車から人が降りてきたので、遺体は放置して逆方向へ退散した。

　ほどなくニュースで、ほぼ同時刻にその場所から入水《じゅすい》自殺した人間がいたことを知った。しかし放置した遺体のことは報道されない。自殺したのは地元の名家の長男で、東京で会社を経営している人物だった。殺したホームレスと別人なのは明らかだった――。

　その供述を受けて沼田署はダム周辺を捜索したが、けっきょく遺体は見つからない。被害者の身元も特定できず、該当する失踪届も出ていない。つまり殺人事件の要件が満たされず立件不能という結論に達したらしい。

　前島雪乃から聞いた、食料品屋の主人が見かけたという兄によく似た男のことがその話と分かちがたく結びついた。そのことを私は楠田に伝えた。楠田は勢い込んだ。

「殺されたのはその男です。どこかでその遺体とお兄さんが入れ替わった。からくりはまだ見えませんが、そう考えれば筋が通る」

「そのからくりを知っているのは、おそらく義母と、もう一人の重要人物――」

「勝又ですね」

　打てば響くように楠田は応じる。

　私はそれを疑っていなかった。勝又は兄の殺人未遂にはたぶん関わってはいない。しかしあの事件をきっかけに父に取り立てられ、なにかと便利に使われてきたであろう勝又に、淑子が目をつけなかったはずがない。老残の身をさらす父を淑子は見限ったのだ。自然死を待てば自らも老いてゆく。華のあるうちにすべてを手にしたいという願望をあの淑子が抱いたとしても不思議はない。二人で手を組んで父の資産をもぎ取ろうと誘われれば、勝又は決して断らない。そんなふうに男を籠絡《ろうらく》する手管にしても、淑子は人一倍長けていたはずなのだ。

私は不快な慄きとともに楠田に問いかけた。

「勝又がいまどこにいるかわかりますか。というより、父が殺された時刻から現在までのアリバイが証明できるかどうか。兄は銃声を聞いたときに実家を訪れていた男を、特定はできないが見たことがあるようなことを言っていました。勝又は兄とは高校の同窓で、記憶の痕跡が残っていた可能性があります」

「さっそく調べてみます」

楠田はそう請け合って、兄の容態を気遣い、もうしばらくの辛抱だと励まして通話を終えた。傍らで寝袋にくるまれて兄は静かに寝息を立てている。顔色はそう悪くない。

風音がやや弱まってきた。外に出てみると、雪雲のあいだに真新しい布地のような青空が覗いている。雪はほぼ止んでいた。まもなく救助隊が動き出すだろう。逮捕状を手にした捜査員も一緒に登ってくるだろう。

警察は兄の証言を採用してくれるだろうか。なにしろ戸籍上は死んでいる人間なのだ。勝又のアリバイが証明できなかったとしても、警察の嫌疑をそちらへ振り向けることは難しそうだ。現状では私があらゆる点でクロなのだ。すべてが勝又と淑子による仕掛けだとしたら、まんまとそれに嵌まった私が迂闊だった。

兄の亡霊への父の恐怖を彼らは巧みに利用した。匿名の脅迫状の話も父の恐怖を煽《あお》り立てるための狂言の疑いが強い。父が最後に頼るのが私だということを彼らは計算に入れていた。それを口実に母屋と新棟に導入した最新の警備システムは、私を陥れるための罠だった。

7

兄の容態が悪化したのはそれからまもなくだった。顔色が悪いのに気づいて傷の具合をチェックすると、再び出血が始まっていた。新しいタオルを当てても流れ出す血であっというまにぐしょ濡れになる。このままでは命に関わるが、山岳救助隊はいま準備を始めたばかりで、そうすぐには動けない。

替えのタオルも尽きるころ、遠くからスノーモビルの排気音が聞こえてきた。救助隊にしては動きが早い。不穏な思いで外に出た。排気音はこの小屋へ続く尾根道から聞こえてくる。

私は小屋の裏手に回った。そこには五メートルほどの小高い露岩がある。階段状の岩場は雪を被っており、たやすく登れた。上からは雪をつけた広葉樹の梢越しに尾根の全容が見渡せた。

雪煙を立てて二台のスノーモビルが登ってくる。操縦する二人の肩には狩猟用ライフルらしい大型銃。警察ではない。救助隊でもない。兄を狙撃した連中だろう。頑強な障壁だった藪もいまは雪に埋もれている。スノーモビルなら十分もかからず踏破できる。転げるように露岩から駆け下りて、寝ている兄を揺り起こした。

「兄さん。敵がやってきた。ここは危険だ」

「敵？　おれを撃ったやつか？」

「たぶんな。スノーモビルで登ってくる」

「どうしてここにいるとわかったんだ」

兄は訝しげに問いかける。自分の秘密アジトの秘匿性には自信があったはずだった。漏れたとすれば警察か消防関係者。救助を依頼した関係上、楠田経由でこの場所のことは伝えてある。敵は警察や消防にコネのある人間だ。勝又への疑惑がさらに濃くなった。

楠田に電話を入れたが、いくら呼び出しても応答しない。こちらの電波状況は良好だ。今度は楠田のほうに問題があるらしい。いずれにせよ楠田と連絡がとれても、いま差し迫る危機を逃れる手立てにはならない。ここは自力で生き延びるしかない。

「行こう、兄さん。起きられるか」

声をかけると兄は寂しげに微笑んだ。

「一人で逃げろよ。おれが一緒じゃ足手まといだ」

「冗談を言うなよ。兄さんを待っている人がいるじゃないか。生きて帰って、奥さんと息子に会うのが兄さんの義務じゃないか」

強い調子で促すと、兄はさらに表情を曇らせた。

「自分の女房のことさえ思い出せない。頭の具合も人並みじゃない。これ以上生きてたって、みんなに迷惑をかけるだけだ。おれなんかを助けようとして、おまえまで死んだら元も子もないだろう」

兄の目尻に滲んだ涙を指で拭いながら、嗚咽を堪えて私は叱咤した。

「おれの知っている兄さんは強い男だった。どんなに追い詰められても最後まで闘う男だった。おれたちを殺そうとしているのは兄さんをそんなふうにしたやつらだ。おれたちの本当の母さんを殺した女の手先だ。父さんもそいつに殺された。おめおめそいつらの餌食になるのが悔しくはないのか」

「本当なのか、その話？」

兄は咳き込みながら起き上がろうとする。その肩を支えながら、力を込めて頷いた。

「兄さんはおれに約束した。母さんを殺したやつを見つけたら、自分の手でそいつを殺すって。おれも兄さんに約束した。兄さんを殺そうとするやつがいたら、おれがそいつを殺してやるって――」

そんな話はできれば避けたかった。しかしいまこの状況で、なんとしてでも兄を奮い立たせたい。兄の心がそれで壊れるのならやむを得ない。兄の強さを信じることだけが、二人が生き延びるための唯一の道だった。私はザックのサイドポケットからあのコルト・ガバメントを取り出した。

「なんだか覚えているか、兄さん？」

兄はそれを食い入るように見つめながら、ひどい頭痛に襲われでもしたように苦悶の表情を浮かべた。体全体が痙攣し、額に脂汗が滲み出している。私は慌てて問いかけた。

「どうした、兄さん？　傷が痛むのか？　苦しいのか？」

蓬髪《ほうはつ》を掻きむしりながら、腹の底から絞り出すような声で兄は言った。

「母さんを殺したのは淑子だよ。おれはあの雌狐の尻尾を掴んで、締め上げてやろうと出かけていった。六年前のあの晩だよ。あいつは洗いざらい喋ったよ。どうせおれを殺すつもりだったから。母さんのときは親父をそそのかして、車で出かける前に強力な睡眠薬を飲ませたそうだ。その晩、おれも睡眠薬で眠らされ、車のなかに排気ガスを引き込まれた。自殺に見せかけて殺すつもりだった——」

私は息を呑んだ。閉ざされていた兄の記憶の扉を押し開いたのは母の死についての私の言葉だったのか、二人の思い出が凝縮した鋼鉄の塊だったのか。いずれにせよ思いもかけない奇跡が起きたらしい。兄は続けた。

「おれを殺そうとしたのは淑子に頼まれた地元のやくざだよ。そいつらは車の外で酒を飲みながら、おれが死ぬのを待っていた。おれは必死で車から逃げ出したが、そのときはもう手遅れで、排気ガスをたっぷり吸って頭をやられていたらしい。どこをどう歩いたのかわからない。気がついたら病院にいたんだよ——」

頭のなかでジグソーのピースが嚙み合った。兄に逃げられたやくざたちは、たまたまそこで兄とよく似たホームレスの遺体を見つけ、身なりを整えたうえでダム湖に投げ込んで、仕事を済ませたことにしたわけだろう。遺体を確認した父がそれに気づいていたかどうかは、いまとなっては知りようがない。

スノーモビルはさらに近づいていた。こちらにも銃があるとはいえ、敵の火力はライフル二挺。まともに闘って勝ち目はない。まずはいったんこの小屋を離れ、有利なポジションを確保すべきだ。兄から聞きたいことは山ほどあるが、いまは行動するときだ。

なんとか兄を立ち上がらせ、肩を貸して外へ連れ出した。出血が思ったよりひどい。雪に点々と残る血の染《し》みを、敵に気づかれないように足で揉み消しながら、露岩の基部まで兄を導いた。登れるかと訊くと兄は頷いた。

スノーモビルの排気音がさらに高まった。一刻の猶予もない。兄は激しく咳き込みながら、それでも着実な動作で岩場を攀《よ》じた。続いて私が登り終えたとき、広葉樹の林から二台のスノーモビルが飛び出した。

乗っている男の一人は勝又だった。もう一人は石川潔。私のマンションに侵入し、行く先々で尾行してきたあの男——。露岩の上に腹這いになり、コルト・ガバメントのスライドを引いた。

兄も私の傍らに腹這いになったが、その姿勢はいかにも苦しげだ。露岩の上は風を遮るものがない。小雪混じりの寒風が露出した顔を針のように刺す。多量の血液を失っている兄の体温低下が心配だ。

勝又たちはライフルを構えて小屋の戸口に立った。いまならこちらが圧倒的に有利だ。敵は私が銃を所持していることをたぶん知らない。こちらは岩陰に身を隠し、向こうには身を守る楯がない。薄い壁板の炭焼き小屋は銃弾からの防御の役には立たない。勝又は小屋の扉を蹴破ると、なかを覗き込んで毒づいた。

えた声で兄に請け合った。

「いねえぞ。どこへずらかりやがった」

「兄貴のほうは重傷を負ってます。そう遠くへは逃げられないでしょう」

　石川が宥めるように言う。二人はライフルの筒先を下げてスノーモビルに戻っていく。抑えた声で兄に請け合った。

「大丈夫だよ、兄さん。この銃一挺で十分撃退できる」

　兄は返事をしない。胸騒ぎを覚えて傍らに目を向けた。兄はうつ伏せのまま雪面に顔を埋めていた。流れ出た血が胸の下の雪を真紅に染めていた。

「兄さん、どうした。なにか言ってくれ」

　声をかけながらその肩を強く揺すった。兄の体はなんの抵抗も示さない。頸動脈に指を当ててみる。拍動は停止していた。雪に埋もれた顔をこちらに向け直し、鼻と口に手をかざす。呼吸も止まっている。不思議に穏やかな表情で兄はこと切れていた。まるで朱実や幸人と和やかに語り合っているような――。

　その頬にそっと両手を当てた。かじかんだ掌に兄の生命の余熱が伝わってきた。そのかすかな温もりさえ、吹きすさぶ寒風が情け容赦なく剝ぎ取ってゆくようだった。

「兄さん、死なないでくれ。おれ一人を、置いてきぼりにしないでくれ」

　生の兆候のかけらもない兄の体をかき抱いて、私は何度も呼びかけた。ゴム製の人形ででもあるように、兄はまったく無反応だった。

　底知れない絶望の空洞を、悲しみと怒りの混合物が膨張するマグマのように埋め尽くす。滾《たぎ》り立つ感情の内圧だけで、私は辛うじてこの世界に存在していた。溢れ出る涙をダウンジャケットの袖で拭い、私は露岩の上に立ち上がった。コルト・ガバメントを両手で構えて――。

「勝又、用があるならここにいるぞ！」

「これは、これは、深沢のお坊ちゃま。死にぞこないのお兄さんもそこにいるのかい。そんな危ない玩具を、どこで手に入れた？」

　勝又はせせら笑う。この銃で本当に人を殺すことになるとは一度も考えなかった。勝又もそう思っているらしい。舐めきった様子でゆっくりとこちらにライフルを照準する。しかしいまの私に迷いはなかった。私の指は躊躇なくトリガーを引いた。

　四五口径ＡＣＰ弾の強烈な反動に腕が痺れた。乾いた銃声が四囲の山と谷に谺した。茫然《ぼうぜん》とした表情でこちらを見ながら、勝又はがくりと雪上に膝をついた。額の中央から血が噴き出した。そのまま前のめりに倒れ込み、勝又は顔面を雪に埋めた。

　別の銃声が四方に谺した。左上腕部に焼けるような痛みが走った。石川が怯えた表情でこちらに銃口を向けていた。すかさず石川に照準し、右手だけで弾倉が空になるまで撃ち尽くした。石川は雪上でくるくるダンスを踊り、糸の切れた操り人形のようにくずおれた。

8

私は兄の死を二度体験したことになる。一度目の死は不可解な謎に満ちていた。その死への疑念がある意味でその意味を薄めてくれていた。二度目の死によって兄は本当に死んだ。私は失ったものの真の意味を理解した。

兄は最後の肉親だった。いやそれ以上の存在だった。実の母を失ったのち、私と兄は互いにとってこの世界に一つしかない特別な魂だった。私はいまこの宇宙でたった一人の存在だということの意味を、逃れようのない状況で嚙み締めていた。

露岩から兄の遺体を担ぎ下ろし、小屋の板の間に横たえて、荷物をまとめて外へ出た。雪雲の切れた南東の空に純白の至仏山がせり上がる。スキーを履いてデイパックだけを背負い、その頂上を目指して歩き出した。

それは兄と私が最初に踏んだ二〇〇〇メートル級の頂だった。亡骸になった兄よりも、生きていたときの兄の追憶に浸りたかった。そのとき交わした約束をこんなかたちで果たすことになるとは、ついいましがたまでは想像さえしなかった。

撃たれた左腕の出血は止まっていた。樹林帯を抜けると新雪の表面は固くクラストし、シールの利きは悪いがその分スキーが沈まない。左腕には力が入らず、ストックは右しか使えない。突風に煽られてバランスを崩しながらも、一時間ほどで二〇〇〇メートルを超えた。雲間から覗く空の青は、私の悲しみを映したように深かった。

狩小屋沢源頭の露岩の陰で小休止していると、ダウンジャケットのなかで携帯が鳴った。楠田からだった。

「深沢さん、朗報です。容疑が晴れました。あなたがやってくる二十分前に、勝又公也がご実家を出るのを近隣の住民が目撃しています。狩猟用ライフルを持っていたそうで、お父上が受けた銃弾も同種のライフルのものでした。勝又はいま所在がわからず、捜査本部は指名手配の手続きを進めています」

そのことがいまは楠田が考えるほど朗報ではなくなったことをどう伝えようかと戸惑っていると、楠田は声を落として先を続けた。

「それからもう一つ。こちらは訃報です。深沢淑子さんが昨夜殺害されました。前橋市内のホテルで開かれた忘年会の帰途、二次会の店に向かう途中の路地の暗がりで、ナイフで刺されたそうです」

その報告には衝撃を受けた。

た。

「犯人は？」

「直後に自首してきたそうです。あなたもご存知の方です。誰だと思います？」

楠田の謎かけに私の心臓は鋭く収縮した。まさか――。楠田は神妙な口調でその名を告げ

「及川佳代。通称は前島雪乃。弟さんの仇を討ったということでしょうか」

裁判の前に交わした国際電話で、雪乃が口にしたあの言葉が蘇る。

〈弟の命を奪ったのがあの女だとしたら、それを法によって裁けないのだとしたら、私なりのやり方で裁きを与えてやりたいの〉

淑子という女の魔性に人生を狂わされた人がそこにもいた。いやそう言っていいのかと私は訝った。雪乃が貫いたのは、この世界の理不尽に抵抗する意志だった。報われることも、称《たた》えられることも求めず、ただ自分の心の真実に殉じようとする意志だった。それは私と雪乃がいま共有する一つの思いともいえた。私は努めて穏やかに切り出した。

「こちらからもお伝えしたいことがあります。兄は死にました。ですから救助隊派遣の必要はなくなりました。代わりに遺体の回収をお願いします。兄を含めて三体あります」

楠田は頓狂な声を上げた。

「どういうことで？」

「一体は兄です。出血多量で死亡しました。あとの二体は勝又公也と石川潔。例の勝又の子飼いです」

「いったいどうして？」

「勝又と石川は私が殺害しました。その件については、改めて楠田さんに弁護を依頼することになるでしょう」

楠田は憂慮を滲ませて訊いてくる。

「正当防衛が成立する状況ですか」

「たぶんしません。私の意思で射殺しました。詳しいことは接見のときにお話しします。私は負うべき罪から逃れようとは思いません」

そうきっぱり言って通話を切ると、この世界への希望の一切を断ち切るように、携帯を眼下の狩小屋沢の谷に投げ捨てた。岩陰から立ち上がり、再びスキーを履いて、私は至仏山の頂に突き上げる雪壁を登りはじめた。

最後に残った謎のことを私は考えていた。あの電子メールは、やはり兄が送信したものではなかったかと。この日、唐突に記憶が蘇ったようなことが、兄にはときおり起きていたのではなかったかと——。

そんなとき、兄は少年のころのあの約束が私の人生を呪縛することを予見して、その軛から私を解放しようとあのメッセージを寄越したのではないか。そして兄自身は自らの誓いを実行に移そうという意志を変えることはなかったのではないか——。

兄は私のメールアドレスを知っており、私はそれをきょうまで変えていない。兄はときおり沼田やみなかみに買い出しに出かけていたらしい。街に出ればインターネットカフェも利用できる。匿名で利用できる無料メールアドレスもある——。

そう考えることで、私が期せず巻き込まれた理不尽な運命の奔流にようやく意味を与えることができたような気がした。

兄が単なる記憶喪失者としてその人生を終えたと考えるのはあまりに哀しすぎた。父も淑子も勝又も死んだ。物語の結末をいまや私は思いのままに描くことができる。そう解釈することで、私は兄の志を自分の魂のうちに救い上げることができる。

朱実と幸人のことを思った。兄を救ってやれなかったことが、幸人の本当のパパを還してやれなかったことが悔やまれた。

そして思った。兄の代わりにはなれないにしても、いつかはわからない将来、私が自由の身になることがあったとき、あの二人は私を受け容れてくれるだろうかと。私はいま気づいていた。自分には愛する者が必要なのだと。それも痛切に——。

幸福ではないが惨めでもなかった。悲しみは尽きないが、心は安らいでいた。風は見上げる稜線で唸りを上げ、頭上では仮借ないほどの青空が、雪雲を押し開いてその領域を広げていた。

解　説――ハードボイルド×（山岳冒険＋社会派ミステリー）

佳多山大地

アメリカ人の好みは十五分も二十分もかけてコチコチに茹であげた固茹で玉子だ。これがつまり「ハードボイルド・エッグ」で、俗語では「食えないやつ」「御し難い奴」「手強い相手」の意味になる。「ハードボイルド野郎」は一時期、〝締まり屋（どケチ）〟の意味で使われたこともあったが、第一次大戦後は「非情な」「苛酷な」という意味が定着した。（中略）二〇年代の俗悪な市井の読物雑誌《ブラック・マスク》に拠ったダシール・ハメットらのパルプ・ライターが生みだしたヒーローたちは、まさにこの形容詞のためにある男たちだった。

――小鷹信光『私のハードボイルド』（二〇〇六年、早川書房）より十代後半の生意気ざかりの男子にとって、ハードボイルド小説は紛《まご》うかたなく〝男の教科書〟だった。一昔《ひとむかし》を十年単位とすれば、たしかに二昔前まではそうだったと経験上断言することができる。

ダシール・ハメットにレイモンド・チャンドラー、そしてロス・マクドナルド。彼ら〝正統ハードボイルド御三家〟が生みだしたタフで行動派の私立探偵は、男子憧れの偶像《アイドル》だった。時に智略《ちりやく》をめぐらせ、いざとなれば危険に飛び込むことを避けず、自らが下す正邪の判断に従って事件を解決にみちびくも多くを報われることは決してない……。そう、わからず屋な〈大人〉になどなりたくなかったあの頃、僕らはただ〈男〉になりたかったのだ。

年齢だけはいい大人の私立探偵たちは、しかし職業人ではなかったと言うべきだろう。内面のやさしさや脆《もろ》さから万《よろず》面倒ごとを背負い込む彼らは、社会の片隅でどうにか折り合いをつけて生きている一人の〈男〉だった。チャンドラーが紙上で血肉を備えさせたフィリップ・マーロウに典型的だが、警察官や政治家といった〝権力の側の人間〟と見ればいちいち突っかかるような子供っぽい態度が、とても分別ある〈大人〉のそれだとは言えない。そんな彼らの、アメリカ的というよりただ青臭い自警主義《ヴィジランティズム》に裏打ちされた生き様は、将来自分がいったい何者になれるのかちっともわからなかったあの頃、学ぶべき価値があると信じることのできた数少ない模範《モデル》のひとつだった。

本書『偽りの血』(二〇〇七年初刊時のタイトルは『許さざる者』)は、いまどき珍しいくらい固茹でに出来上がったハードボイルド小説である。笹本稜平の筆歴《キャリア》のなかでは、じつに異色作と位置づけられるだろう。

笹本稜平は二〇〇〇年に『暗号 BACK DOOR』(現在『ビッグブラザーを撃て!』と改題して光文社文庫に入れられている)で小説家デビューを果たすと、その翌年、第十八回サントリーミステリー大賞に投じた情味あふれる私立探偵小説『時の渚』で大賞と読者賞をダブル受賞し、出版界の話題をさらった。今は廃《な》きサントリーミステリー大賞(一九八三年創設/サントリー、文藝春秋、朝日放送共催)は、選考委員による公開シンポジウムで大賞受賞作が決まる試みも斬新で、同時に一般公募の読者代表五十名の投票で「読者賞」が授与される点もミステリーファンの関心を集めたものだ。

とまれ、笹本稜平の作家的イメージを決定づけたのは、じつに受賞後第一作の『天空への回廊』(〇二年)だった。主人公の日本人登山家が米露核戦争の危機を回避すべく厳冬のエベレストで孤独な闘いに挑む物語は、冷戦後における国際謀略小説の可能性を独自に模索しつつ第一級の山岳冒険小説として圧倒的なスケール感を誇る。人類が自ら産みだした大量破壊兵器の恐怖と、人間の肉体的限界を思い知らせる大自然への畏怖とを切り結ばせてサスペンスを高める書きぶりなど、瞠目させられたものだ。さらに翌年、笹本は舞台を山岳から海洋に移して『天空への回廊』と双璧を成す大作『太平洋の薔薇』で第六回大藪春彦賞に輝き、斯界での地歩を揺るぎなく固めた。

その後も笹本はコンスタントに冒険・謀略小説を執筆する一方、二〇〇七年に『越境捜査』を発表して以降は警察小説の分野にも精力的に進出し作風の幅を広げているのだが、デビューから一貫してこだわりを持っているのは、ある時は山の男たちの、またある時は海の男たちの、時には職業として警察官を選んだ男たちの〝枉《ま》げぬ矜持〟を描き切ることにほかならない。だから笹本の小説の主人公は固茹でに出来た男ばかりなのであるが、それでも本書『偽りの血』のように、ど真ん中ストレートのハードボイルド小説に取り組むのは初めての挑戦だった。

本書の語り手は、一人称の「私」ことアウトドア関係の取材物を得意とするフリーライター、深沢章人《ふかざわあきと》。作者の笹本自身、大学を卒業後に出版社勤務を経て、海運分野に軸足を置くフリーライターとして実績を重ねていた。三十代半ばすぎの主人公は、笹本が等身大の過去の自分を反映させたところがあるのかもしれない。そして、主人公の「私」の語り口からは、若き日の笹本が特にチャンドラーの小説から多くを学んだことが充分に窺い知れる。

上州の旧家、深沢家に蟠《わだかま》る不信。「私」の三歳年上の兄、深沢雄人《ゆうと》は六年前に故郷の山間のダム湖で溺死体となって発見された。当時、警察は自殺と断定したが、私のもとを突然訪れた弁護士の楠田は保険金目的で兄が殺害された可能性を匂わせる。楠田の依頼人の名は、深沢朱実《あけみ》。兄が死の直前に入籍していたらしい女性だ。私と兄は暴君の父と冷淡な義母に決して飼い馴らされぬよう強い絆で結ばれていた。私は今も半信半疑だが、実母の交通事故死は父が仕組んだのだと兄はずっと疑っていたのだ。そんな兄が、父を受取人に指定して一億五千万円の巨額な生命保険に加入していたという。兄と父の間に横たわる深い溝は埋めがたく、かかる契約を兄が自分の意思で結ぶとはとても思えない。もしそれが事実なら、まさか兄は父に殺されたのではなかったか……。

笹本は、ただ懐古趣味に浸ってチャンドラー流のハードボイルド小説を現代の日本で再生産したわけではない。笹本の作家的個性は、二人の兄弟の〝約束の地〟を尾瀬の名峰至仏山《しぶつさん》の山頂に定めたところに刻印されているし、このことはプロローグ風の冒頭の場面ですでに予告されているから書いてしまってもいいだろう、「私」の人生を懸けた決闘の地は純白の魔物と化した中部山岳地帯となる。また、山岳冒険の醍醐味に加えて見逃せないのはアクチュアルな社会派テーマが畳み込まれていること。戸籍制度の穴、殺人事件の時効の壁、監察医制度の不備、そして死亡保険金の受け取りの事実を確定申告書に記載しないで済ます詐欺的手口……。社会派ミステリーの要素もたっぷり鏤《ちりば》められていて、謎解きの興趣をそそること請け合おう。

　つねに〈男〉を描いてきた作家、笹本稜平は、本書に先行してまさしく私立探偵を生業とする主人公が一人称で物語るユーモア色豊かなハードボイルド連作集『恋する組長』を上梓している（「小説宝石」誌上で二〇〇二年一月号から〇六年十二月号まで不定期掲載されたものを纏めた）。どたばた喜劇《スラップスティック》のセンスを前面に押しだした、いわゆる軽ハードボイルドに挑んだことが、やはり一度は〝楷書のハードボイルド〟に立ち戻らねばならないと笹本に決意させたのだろうか。

　まさしく笹本印の〝男の教科書〟といえる『偽りの血』だが、もし作中で暴かれる真相が許されざる者の視点で語られたとしたら、それはそれはとんでもない犯罪小説《クライム・ノベル》になったはずである。いずれ笹本には、〈悪〉の側から物語を描き切ることも期待したい。

——書評家

この作品は二〇〇七年十二月小社より刊行された
『許さざる者』を改題したものです。

偽《いつわ》りの血《ち》

笹本稜平《ささもとりょうへい》

平成22年10月10日　初版発行

発行人——石原正康
編集人——永島賞二
発行所——株式会社幻冬舎
〒151-0051東京都渋谷区千駄ヶ谷4-9-7
電話　03(5411)6222(営業)
　　　03(5411)6211(編集)
　　振替00120-8-767643
印刷・製本—図書印刷株式会社
装丁者——高橋雅之

幻冬舎文庫

ISBN978-4-344-41546-1　C0193　さ-31-1